The Sto
세월
사계절의 목걸이
1

달크로이츠
산맥
큰 노른손 산맥
달크로이츠
지방 (구 신성령)
아스레리온 강
노른손 지
이름없는 산
님블
아세이유
아르장띠외
이진즈 숲
드라니
대 평
낫소
세르무즈
이진즈 강
멘느 강
앙글라제
도크렌-시
푸른 오라즈 강
마리뉴

하 얀 산 맥
엠버리 영지
트뢰멜
노 르 마 크
지 방
이베카
서벗강
겔라드리안 숲
겔라벤
메르농 샘
이스나미르
카라드-리텐
외링
헴넨
펜로즈
아르나
아 르 나 강
프레안데로강
로아킨강
갈리엔 다 아이에
아라스탄 호수
아라스티니아 숲
아라스마드 샘
아라스티니아 강
룬서스
테들란
쌍둥이 만
돌아오지
않는 바다
(동쪽 바다)
록서스
위트비산맥
코로시츠
상텔로즈 숲
달크로즈
크로즈님 강

[아룬드_Arund]

수레바퀴, 도는 것, 순환, 되풀이, 달력의 한 달

세월의 돌 세계의 달력 체계

; 14 아룬드(月) 달력

14월 '노현자(Elder Sage)'
1월 '음유시인(Troubard)'
2월 '암흑(Darkness)'
3월 '아르나(Arna)'
4월 '타로핀(Tarophin)'
5월 '키티아(Kitia)'
6월 '인도자(Guardian)'
7월 '약초(Herb)'
8월 '파비안느(Pabianne)'
9월 '환영주(Harsh Miosa)'
10월 '방랑자(Wanderer)'
11월 '점성술(Astrology)'
12월 '문자(Word)'
13월 '황금(Gold)'

모두가 홀로 서 있을 때,
처음으로 손을 내민 이가 있어 세상이 시작되었습니다.
마지막의 누군가는,
아무의 손도 받지 못한 채 손을 내주어야 할 것입니다.

처음 손을 내민 이를 기다리는
나는 마지막 술래
그의 손을 잡으면 세상은 드디어 원이 되고
천만 년 동안 벌인 놀이가 끝나 집에 갈 시간…….

차 례

The Stone of Days

세월의 돌 1

사계절의 목걸이

1장.

14월 '노현자(Elder Sage)'

2장.

1월 '음유시인(Troubard)'

1장.

14월 '노현자(Elder Sage)'

1월 '음유시인(Troubard)'

2월 '암흑(Darkness)'

3월 '아르나(Arna)'

4월 '타로핀(Tarophin)'

5월 '키티아(Kitia)'

6월 '인도자(Guardian)'

7월 '약초(Herb)'

8월 '파비안느(Pabianne)'

9월 '환영주(Harsh Miosa)'

10월 '방랑자(Wanderer)'

11월 '점성술(Astrology)'

12월 '문자(Word)'

13월 '황금(Gold)'

14월 '노현자(Elder Sage)'

노현자의 별 '낭시그로 호(Nansigro Ho)'가 지배하는 한 해의 마지막 아룬드(月). 겨울이 시작되는 달이며 또한 가장 겨울다운 일기를 보이는 달이기도 하다. 그대는 서리 낀 창 아래에서 입김으로 언 손을 녹이며, 용서하지 않는 심판자의 예지를 써나갈 수 있으리라.

노현자의 별은 이 시기 초저녁 하늘에 떠올라 차가운 은빛을 발한다. 이름이 가진 '매몰찬 늙은이'라는 의미처럼, 그는 선행과 악행 모두에 때가 되면 피해갈 수 없는 대가를 선고하는 자이다. 마찬가지로 노현자 아룬드를 상징하는 노인, 즉 '법칙의 장로' 역시 인자한 노인의 모습을 하고 있으나 동시에 모든 생명의 변화와 결과를 거두어 가는 죽음의 뒷모습을 지니고 있다. 그는 다음 단계로 가려는 영혼 앞에 서서 행동과 대가의 대차를 맞춘다. 그의 허락 없이는 누구도 마지막 휴식으로 갈 수 없다.
'법칙의 장로'를 나타낸 옛 그림들은 보이고자 하는 의미에 따라 크게 두 가지로 나뉜다. 하나는 흰옷을 걸치고 큰 의자에 걸터앉은 밝고 인자한 얼굴의 노현자이며, 다른 하나는 낡고 검은 로브(robe)에 거대한 낫을 들고 우뚝 선, 두려운 모습의 저승 길잡이이다. 두건에 가려진 얼굴은 불길한 검은 빛을 띠며, 그가 들고 있는 낫은 '시간의 낫', 또는 '수확의 낫'이라고 불린다.

같은 겨울에 속하는 암흑 아룬드(2월)와 비교할 때, 암흑 아룬드가 뜻하지 않은 불행을 의미한다면 노현자 아룬드는 원인이 뚜렷한 불행을 주재한다. 이 시기에는 영적 존재들에게 반감을 살지도 모르는 불경한 행동을 삼가는 것이 좋다. 사소한 잘못을 크나큰 불행으로 보답 받게 될지도 모른다. 여행하는 자들은 넓은 들판에서 갑작스레 일어나 방향을 완전히 지워버리는 '노현자의 입김' 즉, 눈보라를 조심할 필요가 있다.

이 아룬드를 상징하는 경구는 "늙은이는 내일을 내다보고 잠자리에 든다"이다. 좋은 일에는 좋은 결과, 나쁜 일에는 나쁜 결과가 돌아오고 은혜에는 보답이, 악행에는 원한과 복수가 뒤따른다. 또한 노현자 아룬드는 모든 여행을 끝내고 안식에 이름, 다음 단계로 가기 위해 심판을 받음, 본래 왔던 곳으로 되돌아감, 잃었던 과거의 연결고리를 되찾음, 운명이 새로이 결정되어 재어짐, 오랜 지혜를 빌려 미래를 내다봄 등을 암시한다. 이 아룬드를 상징하는 빛깔은 흰색, 또는 은색이다.

— 점성술사들이 달력에 적는 각 아룬드의 의미,

그중 열네 번째.

1. 큰사슴 잡화점

나는 꿈을 꾼다.
목소리를 듣는다.

「네게 친숙한 그 세계,
언제까지나 계속될 것 같아?
그건 유리에 비친 불빛일 뿐
유리가 깨지면, 끝나버린다고.」

나는 깨어난다.
잊어버린다.

– 기억 I

"단 1로존드도 못 깎아드려요."

고개를 저으며 단호하게 말한다. 말하자마자 두말 붙이기 힘들도록 시선을 돌리고, 아무거나 쳐다보며 다른 관심거리를 찾아낸 체한다. 벽에 걸린 물건을 일없이 고쳐 걸거나, 계산대의 먼지를 손으로 훑다가 걸레라도 가져온다거나, 뭐 그런 것들 있잖은가. 다음 말이 들려올 때까지 그런 자세로 버티는 거다.

"아니, 저……."

저런, 이 녀석은 틀렸군. 내가 잘도 올려 부른 80로존드의 절반도 못 깎고 그냥 살 것 같은 예감이야.

나는 계산대를 닦다 말고 재빨리 상대의 표정을 훑었다. 오늘 처음 우리 마을에 오셨군요. 쯧쯧, 힘드시더라도 30로존드쯤은 깎아 가셔야죠. 요즘 같은 계절에 여행자 주머니 가벼운 사정이야 뻔한데.

물론 난 이런 생각과는 딴판인 표정으로 걸레를 쥔 채 눈만 굴려 상대를 쳐다봤다.

"네? 뭐요? 안 사요?"

"저기, 안 산다는 게 아니라……."

그런 자세로 10로존드나 깎아 가면 다행이겠다.

나는 녀석의 행색을 훑어보며 뭐 더 팔아먹을 게 없을까 머리를 굴려봤다. 오늘 추위가 제법 매서운데 사슴가죽 모자나 눈신발은 어떨까.

"솔직히 너무 비쌉니다. 저 건너 마을에서는 3존드(1존드는 100로존드)에 샀단 말입니다."

"그건 건너 마을 이야기고요."

이럴 땐 배짱이 필요하다. 배짱 하면 길 건너 대장간의 킬른 씨지. 나는 킬른 씨의 평소 얼굴을 떠올리며 눈을 가늘게 뜨고 '나는 아무 생각이 없다.'는 표정을 지어 보였다.

"그래도 약초 다섯 묶음에 5존드라니, 너무하지 않습니까!"

맞아, 너무하지!

내가 사려는 쪽이라면 3존드 이상은 절대 안 줬을 거야. 하지만 난 파는 쪽이잖아? 최선을 다해 값을 깎을 의무는 당신 몫이라고.

하지만 안타깝게도 당신 상대는 큰사슴 잡화의 파비안이거든. 일명 '뱃속부터 타고난 점원'.

내가 싱긋 웃자 상대도 불길한 전조를 느낀 듯 움찔했다.

"이보세요. 저기 산 좀 보십쇼. 온통 허옇죠? 저놈의 똥덩어리 같은 눈이 어찌나 오는지 산기슭에 발끝만 걸쳐 보려다가 눈에 빠져 죽을 지경이거든요? 내 장담하는데 닷새 전에 큰 눈 온 뒤로는 한 명도 산에 못 올라갔습니다. 약초고 뭐고 우리가 쓸 것도 모자랄 지경이에요. 그럼 이건 어디서 났느냐? 이게 다 다른 데서 들여오느라 세금 붙은 약초다, 그 말씀이에요. 싼 약초, 물론 좋죠. 저 산에 올라가면 잔뜩 있을 겁니다. 공짜니까 직접 가보실래요? 그런데 산길이 악몽처럼 개판이거든요? 발 한번 헛디디면 눈 속에 파묻혀 백 년이고 천 년이고 나오지도 못하고, 얼음송장 되는 줄은 아시죠?"

나는 효과를 높이기 위해 엄지손가락으로 목을 자르는 시늉을 해 보였다. 이럴 때 적절하게 바람이…… 그렇지, 부는군.

산에서 내려온 바람이 매섭게 덧문을 뒤흔들었다. 여행자는 뒤를 한 번 돌아봤다.

"그래도 이건 좀……. 제 꼴을 보면 아시겠지만 큰돈 버는 모험가도 아니고, 그냥 가난뱅이거든요. 돈이 있다면야 드리고 싶지요."

어라, 뭘 좀 해보려 하네.

나는 지지 않고 이번엔 불쌍한 표정으로 전환했다. 이럴 때면 시골 소년 치고 선이 가는 내 얼굴이나 잘 타지 않는 흰 낯빛이 한 몫 한다.

"이런 산골에선 뭘 사든 정해진 가격이란 게 없어요. 따지고 보면 여기 사는 저희가 제일 힘들죠. 눈 한 번 내렸다고 생필품 값이 두 배, 세 배 뛰고, 그러다가 길이 뚫리면 갑자기 재고가 넘쳐서 또 엉망 되고, 정신을 차릴 수가 없다니까요? 보니까 인상도 참 좋고 점잖은 분이신 것 같은데 저도 싸게 드릴 수 있다면야 얼마나 좋겠어요? 하지만 그랬다가는 어머니께서 절 가만히 두지 않죠. 저번처럼 직접 약초를 캐오라고 내쫓으시면 전 그냥 집 나가려고요. 그래도 사정이 너무 딱하시니까…… 음, 제가 진짜 쫓겨날 각오 하고서 4존드 80에 드릴게요. 사실 이러면 안 되는데……."

어머니 죄송합니다.

그럭저럭 선량한 어머니, 장사꾼으로서 딱 평균치의 양심을 유지하고 사시는 어머니를 불량한 아들놈이 오늘도 팔아먹습니다.

이런 장광설을 늘어놓으면 사람들은 앞의 이야기는 별로 듣고 있지 않다가, 맨 끝의 값을 깎아준다는 말에만 귀가 번쩍 뜨인다. 그래서 입 아프게 늘어놓은 수고비까지 쳐주는 셈치고 웬만하면 그 가격에 물건을 가져가게 되는 것이다.

여행자는 잠시 생각하는 눈치더니 고개를 끄덕였다. 한 30로존드 정도는 더 깎을 줄 알고 부른 건데.

“그럼 약초 다섯 묶음, 여기 있습니다. 즐거운 여행되세요. 우리 마을에 대해 뭐 궁금하신 건 없으신가요? 참, 멀리 가시기 전에 혹시 필요한 게 있을지도 모르니까 한 번 더 둘러보시면…….”

그가 뭘 더 샀을 것 같은가? 당연히 내가 권하는 우리 마을 특제 사슴가죽 모자를 샀지. 가격은 8존드.

나는 밝은 미소로 계산을 마치고, 얼른 가서 문도 열어 주었다. 훌륭한 점원의 자세다.

그리하여 오늘도 한 건 했다. 좋은 아침이야.

“파비안! 파비안! 이리 와봐라!”

“네, 곧 가요!”

나는 상자더미 너머로 고개를 빼고 외친 뒤, 도로 쭈그리고 앉아 약초 묶음에서 약초를 조금씩 덜어내는 일에 몰두했다. 어머니가 나를 부르는 이유는 뻔하다. 배달을 시키려는 것이다.

난 배달을 시키는 놈들이 정말 싫다. 물건을 샀으면 제발 제 손으로 좀 가져가라고.

배달이 뭐 그리 어려운 일이라고 그러냐고? 배달을 단순 잡무로 보면 곤란하다. 배달을 위해 요구되는 재능은 끝이 없다. 빠른 발, 많은 짐을 짊어지는 요령, 등 뒤로 떨어지는 물건을 재빨리 깨닫는 육감, 짐을 다 풀지 않고도 필요한 물건을 딱 집어내는 손놀림, 어느 집이 뭘 시켰는지 헷갈리지 않는, 에제키엘처럼 탁월한 기억력!

참, 에제키엘은 들리는 소문에 책을 천 권쯤 외웠다는 마법사인데 내 생각에는 아무리 많아도 백 권 정도가 아닐까 싶다. 전설 얘기 쓰는 놈들도 허풍이 지나치지, 한 페이지 외우기도 힘든 마당에 천 권이 말이 될 리 없다.

내가 배달을 싫어하든 말든, 이런 재주로 따져볼 때 우리 마을 배달의 일인자는 나였다. 특히 겨울에는.

그러니까 하던 건 끝내고 가도록 하자. 우리 어머니도 참 너그러우시지, 고작 5존드짜리 약초 묶음에 지혈초 열 뿌리가 웬 말이냐?

리에주 상인이라면 이래서야 곤란하다. 물론 여긴 리에주가 아니고 '큰사슴의 하비야나크' 라는, 하얀 산맥에 붙은 조그마한 산마을일 뿐이지만, 난 그래도 내가 리에주 상인이라고 생각해 왔다.

아쉽게도 난 리에주에 가본 적이 없다. 대신 어머니가 리에주 출신이시다. 물론 어머니도 리에주에서 장사를 하신 적은 없다. 겨우 다섯 살까지 살았다고 하니까. 그럼 내가 무슨 근거로 위대한 상인의 도시 리에주를 들먹이느냐고?

그야 외할아버지와 외할머니가 리에주에서 장사를 하셨단 말이다!

가만있자, 무슨 장사였더라.

어쨌든 언젠가 대륙을 종횡으로 누비며 자루에서 금화를 한 움큼씩 꺼내 지불하는 거상이 된다면, 난 꼭 리에주에 가게를 낼 거다. 물론 먼 미래의 일이고 지금은 '큰사슴 잡화' 의 뛰어난 점원 파비안으로 만족해야 하겠지만…….

"파비안, 이 녀석! 얼른 안 와!"

난 빼돌린 약초를 간추려 창고 바닥의 비밀 장소에 넣고, 그 위를 감자 자루로 잘 눌러 놓았다. 그런 다음 전속력으로 달려갔다. 우리 어머니는 성격이 급하시니까.

아직도 언뜻 보면 처녀, 아니 처녀는 심하고 재작년에 시집온 새댁 같다는 소리를 듣는 어머니지만, 십몇 년 여기서 장사하시는 동안 무시무시한 성격상의 변천을 겪으셨다고 한다. 하긴 변한 게 아니고 원래 그런 성격이었을지도 모른다. 나에게 묻지 말라. 난 어디까지나 어머니의 주장에 근거해서 말했을 뿐이니까.

최근 어머니는 한층 더 괄괄하게 변하셨는데, 확실히 그럴 만한 이유가 있었다. 큰사슴 잡화라는 우리 가게 이름을 보면 알 수 있다. 보통 이런 작은 마을에서 잡화점은 잡화점일 뿐 이름까지 있는 경우는 드물다. 그런데 우리 가게에 유난하게 간판까지 있는 데는 다 까닭이 있다.

왜냐고?

우리에게는 경쟁사가 있단 말이다!

그것도 극악한 상호를 가진 경쟁사다. 그 이름은 사슴 잡화.

이름만 들으면 우리가 나중에 생겼고 사슴 잡화가 먼저 생긴 가게인 줄 알겠지만, 천만의 말씀이다. 함부로 그런 소리를 지껄이다간 나하고 우리 어머니 중에 누구한테 맞아 죽을지 선택할 기회도 없을걸.

다시 말해, 우리가 상호를 갖게 된 것은 다 저 사슴 잡화가 3년 전에 생긴 탓이다. 물론 간판은 우리가 나중에 달았는데, 그 전에 우리 가게에 이름 같은 건 없었으니 어쩔 수 없는 노릇이었다.

간판 짜는 값도 꽤나 들었다. 우리 마을 목수 나스레트 씨는 이런 물건은 난생 처음 만들어 본다고 투덜거렸다. 물론 속으로는 마을 전체에 간판의 물결이 흘러넘쳤으면 좋겠다고 생각했을 게 틀림없다. 우리 간판은 '큰' 자가 하나 더 붙는 통에 값도 더욱 비쌌다. 그렇지만 어쩔 수 없었다. 너희가 사슴 잡화면 우리는 '큰' 사슴 잡화란 말이다. 사슴보다는 큰사슴이 아무래도 백 배 낫지.

가끔은 얼빠진 모험가들에게 우아한 미소를 날리며 바가지도 씌우시는 어머니, 그러나 어머니의 진짜 재능은 사슴 잡화의 쿠멘츠 씨를 다루는 태도에서 여지없이 드러난다. 놀랍게도 쿠멘츠 씨는 우리를 경쟁자로 생각한 적이 전혀 없다! 이 점에서 갈데없는 장사꾼인 우리 어머니는 존경을 받으셔야 마땅하다.

어머니는 가게 문 앞에서 내가 나오기를 기다리고 계셨다. 긴 드레스에 틀어 올린 뒷머리까지만 보면 영주님네 마나님도 저만한 맵시는 안 난다. 단, 뒷모습일 때만. 앞치마는 잡화점 주인답게 얼룩투성이지 뭐.

"배달이다."

대수롭지 않은 한 마디와 함께 내가 아들인지 손수레인지 헷갈리는 양의 물건이 떠안겨지기 마련인데, 오늘은 좀 달랐다.

"이 책을 영주님 성에 갖다 드리고 와."

"누구한테 전하면 되는데요?"

"누구긴 누구겠니? 네가 영주님한테 전하기라도 한단 말이야?"

"……문지기한테 전하고 올게요."

나는 어머니한테서 눈신발과 책을 받아 들었다. 겨우 한 권인데, 이

걸 들고 터덜터덜 성까지 걸어가라고?

안 될 말이지. 오랜만에 짐이 가벼운데 몸이나 풀어 볼까.

나는 노끈으로 눈신발과 책을 한데 엮어 어깨에 단단히 묶었다. 그러고 안으로 들어가려 하니 어머니는 벌써 눈치를 채셨다.

"이 녀석, 또 그걸 타려고? 위험해. 안 돼."

"한 번도 넘어진 적 없거든요?"

"눈이 얼었어. 넘어지면 다리 부러진다. 목뼈 부러지면 그냥 가는 거고."

"미리 부목이라도 대고 갈까요?"

강인하신 우리 어머니도 이럴 땐 또 아들을 못 말리신다. 세대가 바뀌면 나아지는 게 있어야 하는 법. 나는 우리 어머니의 성격조차 극복한 궁극 결정판인 것이다. 새로운 세대는 더 영리해지고 세상은 더 좋아져야지. 마법사 에제키엘이 길 가다 걸리는 괴물들을 모조리 봉인하며 다녔다는 전설 속의 2백 년 전보다 나빠진 거라면 옛날이야기에 나오는 신기한 구경거리가 별로 없다는 점 정도랄까.

나는 가게 구석에 박아 둔 '탈것'을 찾아냈다. 기분 좋게 손으로 쓱쓱 비빈 다음 들고 나왔다. 이제 출발해 볼까.

"하비야나크 최고의 속도광께서 나가신다!"

언덕길을 신나게 미끄러져 내려가자니 금세 얼굴이 발갛게 익었다.

길게 자른 널빤지에 기름을 먹인 것에 불과하던 '탈것'이 지금의 모습이 되기까진 과정이 길었다. 크기도 여러 번 조절했고, 나무로 만드니 잘 부러져서 큰마음 먹고 철제로 바꾸기도 했다. 단단하면서 가볍도록 신경을 써서 대장간에 부탁을 했지만, 그래도 쇠는 쇠인지라 꽤나 무겁다.

둥그스름하게 깎은 양끝이 살짝 들려 올라가도록 최종적으로 개조한 결과, 이제는 마을에서 제일 이름난 탈것이 되었다.

이름 하여 스노보드!

누가 붙인 이름이냐고? 물론 나다. 내가 이름 하나는 좀 짓지.

내 고향 하비야나크는 하얀 산맥을 등지고 있어서 길이 죄다 오르막과 내리막의 연속이었다. 한마디로 이 스노보드 타기에 제격인 지형이었다. 이래서 겨울 배달은 그나마 할 만한 것이다. 영주님의 성은 저 아래 '장미꽃의 엠버' 마을에 있다.

좌우로 구부러지기를 거듭하면서 내려가 큰길로 접어들었다. 길거리에 세워 놓은 술통이나 지나가는 사람들을 아슬아슬하게 비켜 지나갔다. 그럴 때마다 옷자락이 후루룩 말려 올라간다. 혀를 쯧쯧 차는 사람도 있지만 대부분은 내 질주를 기분 좋게 바라봐 준다. 왜? 보고 있으면 신나니까.

나도 처음부터 이걸 잘 타진 못했다. 썰매를 서서 타면 어떨까 하는 단순한 생각에서 시작했지만, 남 보기에 우습지 않을 때까지 죽지 않을 만큼은 고생했다. 게다가 철제로 개조한 다음부터는 팔다리 단련에 아주 그만이었다. 팔은 왜냐고? 돌아올 때는 들고 뛰어야 한다!

거리들이 후딱 지나가고 엠버 마을로 접어드는 길목이 저만치 보였다. 발 아래로 얼어붙은 눈이 조각조각 튀었다. 오늘의 속도는? 한 번도 안 멈췄으니까 최고 기록에 가깝겠지?

"큰사슴 잡화의 파비안!"

저렇게 부르면 멈출 수밖에. 돌아보려 해도 이미 지나쳐 버렸기 때문에 나는 두 발을 움직여 판을 꺾으면서 언덕 아래에 정지했다. 이 자세가 말 되게 하느라 또 얼마나 고생했던가.

그런데 저 사람이 누구인지 모르겠네?

"내가 잘못 보지는 않았군."

불붙은 것처럼 빨간 머리를 한 낯선 사내였다. 저쪽은 나를 아는데 난 저쪽을 모르겠다. 저렇게 특이한 머리를 기억 못할 리가 없는데.

"사람들이 이상한 판 쪼가리를 타고 휙 지나가면 자네라고 하더군."

내 의문은 금방 해결되었다.

"무슨 볼일이시죠?"

"아, 시킬 물건이 있어서."

이런 사람을 여름에 만났으면 용서 못한다. 나는 다른 점원들처럼 적을 것을 꺼내 드는 대신 귀 기울이는 시늉을 해 보였다.

"말씀하세요."

"바늘하고 실. 그리고 그물 한 묶음."

"뭐에 쓰는 그물이요? 낚시? 곰 사냥? 큰 것도 얼마든지 있어요."

"아니. 작고 촘촘한 걸로."

"얼마나 작은 거요?"

"아주 작은 것. 제일 작은 것."

"……참새 그물요?"

이상한 사람이다. 이 겨울에 참새를 잡나?

나는 상대방의 행색을 훑어보았다. 가죽 바지와 조끼, 끝이 해져서 단을 새로 댄 모직 겉옷과 두건, 튼튼해 보이는 장화. 검 깨나 휘두를 법한 모습인데 참새나 잡고 다니다니. 요즘 참새한테 새로운 용도라도 생겼나? 내 머리로는 구워 먹는 거 말고 별다른 용도를 모르겠는데.

내가 열심히 추리를 하는 동안 사내가 고개를 끄덕였다.

"그래. 참새 잡는 그물이 좋겠군."

목소리가 워낙 진지해서 나는 상대의 얼굴을 다시 쳐다봤다. 언뜻 흔한 인상 같지만 눈매가 날카롭다. 이런 시골 동네에서 쉽게 볼 만한 눈빛이 아니다. 조금 전 고개를 끄덕일 때는 심지어 '살기'라고 할 법한 빛이 스쳐간 것 같은데.

이거 살벌한 사람이었군.

나는 당장 태도를 전환했다.

"아, 그렇군요. 예에, 그러시죠. 아주 좋은 것이 있습죠. 어디로 배달해 드릴까요?"

"'설산의 불빛' 여관, 2층 동쪽 끝의 방이다. 미르보 겐즈를 찾게."

"언제 들를까요?"

"지금부터 언제든. 해가 지기 전에만 가져오게."

고개를 끄덕이고 언덕으로 뛰어올라가려는 참인데 다시 부르는 소리가 났다.

"잠깐만."

뭐지? 저 무시무시한 말투는?

우물쭈물하다가 돌아봤지만, 겐즈 씨는 무표정한 얼굴이었다.

"오는 길에……."

어쩐지 정말로 불길하다.

"군고구마 1존드어치만 사다주게."

왜 나의 불길한 예상은 틀리는 법이 없나.

오는 도중에 주문 하나와 공짜 추가 심부름이 생겼지만, 어쨌든 나는 '장미꽃의 엠버' 마을에 도착했다. 저만치 영주님의 성이 잘 보였다. 그야 제일 높으니까.

성문 근처까지 미끄러져 가서 적절히 스노보드를 멈추고 걷기 시작했다. 장미꽃의 엠버는 우리 영지의 네 마을 중 가장 번화한 곳이다. 영주님이 사시는 곳답게 멋진 가게들이 많다. 북부까지 올라온 외지 상인들이 우리 하비야나크까지는 오지 않더라도 엠버에는 꼭 들렀다.

언젠가는 엠버에 가게를 내야지.

스노보드를 옆구리에 끼고 기운차게 성문 앞에 도착하니 마침 아는 병사가 나와 있었다.

"파비안이냐? 배달이야?"

에렌트 형은 우리 하비야나크 출신인데 영주님의 병사가 되다니 엄청나게 출세했다고 할 수 있다. 뭐, 이건 마을 어른들의 말이고 사실 난 병사 같은 것에는 관심이 없다. 왕의 기사라고 해도 쳐줄까 말까 한데 영주님의 병사 정도야. 하긴 나야 에제키엘 같은 대마법사가 되는 것보다 리에주에다가 대륙 최고의 잡화점을 내는 일이 훨씬 흥미진진하게 느껴지니까 당연한 일일지도 몰라.

"네, 배달이에요. 에렌트 형."

나는 노끈에 엮은 책을 풀어 에렌트 형에게 넘겨주려고 했다. 그런데 그가 고개를 저었다.

"아냐. 네가 갖고 들어가."

"제가 직접요?"

"응, 직접 가져오게 하라고 하셨어."

"누구한테 전하면 되는데요?"

"영주님의 아드님, 아르노윌트 크센다우니 엠버 님께 갖다 드려."

저 이름은 뭐에 쓰려고 저렇게 길담. 배고플 때 잘라 먹으려는 건 아니겠지. 나는 어깨를 움츠려 보인 뒤 고개를 끄덕였다.

그리하여 나는 분수에 맞지 않게 영주님의 성 안으로 혼자 걸어 들어가게 되었다.

아냐, 아냐. 누가 들으면 내가 일생 처음 성에 들어가는 줄 알겠군. 이래봬도 두 번째 들어가는 거란 말이다. 그럼 첫 번째는 언제냐고?

그야 기억은 안 나지만, 출생 신고할 때는 분명히 들어갔을 거거든?

어쨌든 성은 멋졌다.

잔디로 덮인 앞마당이 먼저 내 눈을 사로잡았다. 눈이 한 톨도 없다. 저렇게 말끔하게 치우려면 사람을 얼마나 동원해야 할지 상상이 안 간다.

왕국의 북쪽 끝인 우리 동네는 겨울이 어림잡아 다섯 달쯤 된다. 봄

축제 '프랑딜로아' 가 있는 아르나 아룬드(3월)조차도 사실상 겨울이라니 말 다했지. 겨울 내내 마을 어디든 얼룩덜룩한 눈 자국이 없는 곳이 없다. 아니, 여기만 빼고.

잔디밭 가운데로 포석 깔린 길이 나 있었다.

"흠흠, 크흠……."

뛰어갈 수도 없는 노릇이라 포석을 따라 걷기 시작했지만 얼마 안 가 질리고 말았다. 이 성은 왜 이렇게 앞마당이 넓은 건데?

하도 지루해서 내 옆구리에 낀 게 뭘 하자는 책인지 훑어볼 생각이 그제야 났다.

〈세르무즈 식 검술 실습 교본 3권〉

마브릴의 빛나는 검, 카로단 마이프허 지음

3년 전에 벌써 읽은 거잖아.

영주님의 병사가 될 마음은 예나 지금이나 없는 내가 이 책을 3년 전에 읽어치운 데는 까닭이 있다. 내 전생의 죄업을 깨끗이 닦아 없애라고 태어난 녀석, '사슴 잡화' 의 게퍼 때문이지!

사슴 잡화점 아들인 이 녀석은 나보다 키도 작으면서 몸무게는 두 배쯤 나가는 놀라운 놈이다. 그런 놈이 이사 오던 날부터 사사건건 나한테 시비를 못 걸어 안달일 때부터 조짐이 좋지 않았다. 집안이 이상해. 쿠멘츠 씨는 우리 어머니를 보기만 하면 사사건건 수상쩍은 수작을 걸고 말이야.

어쨌든 딱 보기만 해도 상대가 안 될 것 같아 웬만하면 피해 다니려 했지만, 세상살이가 내 맘 같지만은 않아서 말이야.

뭔지 기억도 나지 않는 트집을 잡아 게퍼와 그놈의 일당은 나를 신나게 두들겨 팬 다음에 그때까지 쓰던 손때 묻은 스노보드까지 분질러 버렸다. 녀석은 내가 그걸 타고 돌아다니는 꼴이 죽 눈꼴시었던 모양이다. 그때만 해도 나무로 만든 물건이었으니 녀석의 손아귀 힘에 당해낼 재간이 없었다.

그때 나는 평생 처음으로 참을 수 없는 분노가 끓어오르는 것을 느꼈다.

지금 생각하면 좀 이상한 일이지만, 복수심에 불타던 나는 엉뚱하게도 우리 가게에 있던 교본이란 교본은 모조리 찾아내어 읽어 치웠던 것이다. 뭘 해도 체계적으로 시작을 해야지. 교본을 읽은 다음에 실전 연습이 아니겠는가? 암, 나는 한번 결심하면 반드시 뭔가 해내는 사람이다.

지금도 보라. 드디어 포석길을 다 걸어 성에 도착했지 않은가.

"큰사슴 잡화에서 배달 왔는데요."

내 앞을 막아선 집사가 귀찮게 할까 싶어, 되도록 순박한 표정으로 말을 마쳤다. 그런데 집사는 뭔가 알고 있는 것처럼 나를 호기심 어린 표정으로 훑어보았다.

"따라오게."

복도를 통과해 둥근 방으로 들어갔다. 천장이 높은 홀이다. 발소리가 너무 울려서 트집이라도 잡힐까봐 신경이 쓰였다. 두 사람이 우리를 기다리고 있었다. 굉장히 따뜻할 것 같은 털외투를 입은 소년 하나와, 키가 크고 인상이 고약한 중년 남자다.

소년이 나를 보더니 말했다.

"아, 드디어 왔군."

드디어 오다니, 3년이나 우리 가게 구석에서 굴러다니던 이 책을 무척 기다리기라도 한 말투네.

나는 옆구리에 끼었던 책을 소년에게 내밀었다. 그쪽이 이걸 기다린 사람 같았기 때문이었다. 그런데 옆의 험악한 남자가 인상을 찌푸리면서 큰 소리를 질렀다.

"예를 갖추지 못할까! 영주님의 아드님이신 아르노윌트 크센다우니 엠버 님이시다."

나는 내 또래로 보이는 소년의 얼굴을 흘끔 보았다. 도시로 공부하러 갔다던 그 아들인가 보네. 꽤나 예쁘장하게 생겼잖아.

"꽤나 예쁘장하게 생겼잖아."

내 생각이 말이 되어 들려오는 바람에 나는 당황했다. 누구 보고 하는 말이야? 설마 나?

영주님 아드님, '님' 자가 두 번이나 겹쳐 좀 이상하지만, 하여튼 아르노윌트는 몸도 호리호리하고 곱살한 얼굴에 짧은 금발을 얌전히 귀 뒤로 넘겨서 언뜻 귀여운 소녀처럼 보였다. 그런 너에 비하면 나는 역전의 용사로 보일 것 같은데.

"너를 기다렸다. 잡화점 점원."

상대는 내 이름 따위는 몰랐다.

"저를요?"

"그렇지. 너에 대한 이야기가 이 내 귀에 들려오더군."

아르노윌트가 손을 들어 자기 귀를 가리켰다. 소리는 코가 아니고 귀로 듣는다는 것까지 가르쳐주는 걸 보니 무척 친절한 것 같다.

하여튼 용건이나 빨리 말하지. 난 서둘러 가게로 돌아갈 필요가 있다. 우리 가게의 물건 한 개라도 어머니가 팔게 놔둬서는 제 값보다 더 받길 기대할 수 없기 때문이다. 제 값을 그냥 받다니, 상인의 본분을 저버리는 짓이야.

"일단 책을 줘."

아깐 얼결에 한 손으로 줄 뻔했으나 이번엔 깨달은 바가 있어 두 손으로 공손히 건네주었다. 이런 식이라면 겨울 배달도 재미없어질 것 같아.

"네가 우리 영지에서 제일 몸이 날래다지?"

"물론입니다."

자부심과 관련된 문제라면 나의 대답은 언제나 확고하다.

"그리고 그 판…… 을 타고서, 그, 저…… 이렇게……."

아르노윌트가 두툼한 외투를 입고 헤엄치듯 양팔을 저어 보이는 꼴은 퍽 우스웠다.

"……다닌다지?"

"네."

"그래. 내가 들은 대로군."

아르노윌트는 지나치게 힘줘서 입을 다물고 있는 남자 쪽으로 고개를 돌렸다.

"타데아 선생님, 이만하면 쓸 만하겠지요?"
"그렇군요. 도련님."
쓸 만하다니, 도대체 뭐에 쓴다는 거냐?
내가 머리를 굴리는 동안 타데아 선생이 척척 내 앞으로 다가왔다. 가까이에서 보니 더 험악하네.
"너."
"네?"
"내일부터 도련님의 대련 상대다."
"네?"
이게 웬 날벼락이야?
"내일부터 매일, 아침 식사 후에 성으로 와서 도련님과 검 대련을 한다. 검은 여기서 줄 테니 빈손으로 와도 좋다. 영광으로 생각하고 그만 물러가라."
할 이야기가 끝난 듯 두 사람은 몸을 돌리려 했다.
아니라고. 얘기가 짧게 끝나는 건 좋지만, 이렇게 간단하게 결정이 나면 곤란하잖아!
"저, 저……."
"뭐냐?"
험상궂은 얼굴이 돌아보았다.
"그게…… 저는 잡화점 점원입니다."
"점원이든 뭐든 상관없다. 필요하다고 생각되니 오라고 하는 것이니, 네 신분과는 관계없다."

웃기는 놈이다. 신분하고 관계가 없으면 내가 지금 이런 데서 너희 말을 듣고나 있겠냐?

"그게 아니라……."

"또 뭐야?"

"저는 가게를 봐야 하거든요?"

"뭐얏!"

타데아 선생이 벌컥 화를 내려고 하는데, 그보다 앞서 섬세하게 생긴 영주님 아드님 아르노윌트 님…… 어쨌든 그 '님'의 이마에 주름이 찍찍 그어지는 것이 보였다. 예감이 좋지 않았다. 타데아 선생은 도련님의 표정을 보더니 공손히 물러났다.

"네가 엠버리에 살면서 내 말을 거역하느냐?"

엠버리는 큰사슴의 하비야나크, 장미꽃의 엠버, 월계수의 그릴라드, 눈꽃의 스텐보름, 이렇게 네 마을로 된 우리 영지의 이름…… 아니, 지금 한가하게 이런 걸 설명할 때가 아닌데.

얼굴을 찌푸린 아르노윌트는 꼭 늙은이 같았다. 다시 말해 늙은 귀족들처럼 화를 내려고 했다. 말투도 꼭 애늙은이 같이…….

"내 말을 거역하면 감옥뿐이야!"

그래, 저 말이야.

나는 성 바닥이 꺼져라 한숨을 내쉬었다.

돌아 나오는 복도는 끔찍하게 길었다. 내가 발을 질질 끌면서 걷고 있어서 더 그런지도 모르겠다. 내일부터 매일 와야 할 길인데 왜 이따위로 생겼을까.

영주님의 시녀인 듯한 여자들이 몇 명 지나가다가 터벅터벅 걷는 나를 보고 픽 웃는다. 저들끼리 속닥대면서 이쪽을 안 보는 체 하고 있다. 그러나 나는 다 안다. 조그맣게 수군대도 천장이 울려서 다 들린단 말이다. 내 죽어가는 꼴이 어디를 봐서 귀엽다는 거냐. 젠장.

나는 한층 기분이 상해서 앞마당 포석길을 터덜터덜 걸었다.

"가냐, 파비안?"

오오, 내가 드디어 성문 앞에 도착한 걸까?

"교대중이야."

에렌트 형은 내 환상을 간단히 깨부숴주더니 이어 물었다.

"무슨 볼일이라냐?"

"입 밖에 내기도 끔찍한 볼일이에요."

남을 붙들고 일일이 설명하기도 끔찍한 볼일이지.

아르노윌트가 얼마나 성격이 더럽고 타데아는 한 수 더 뜨는지, 앞으로 아르노윌트나 타데아한테 죽지 않을 만큼 얻어맞아 가면서 그 대련인지 개뼈다귄지 하는 것을 아침마다 해야 되고, 무엇보다도 내가 대련을 하다가 실수로 아르노윌트를 한 대 때렸다가는 오늘 그놈 입에서 나온 말들이 모조리 현실화될지도 모른다는 어이없는 사실 같은 걸 누구한테 말해.

그런데 생각해 보니 이놈들은 아침도 안 준다. 나보고 먹고 오란다. 이런 상도의도 없는 놈들이!

"그래. 그럼 말하지 마라."

에렌트 형은 친절하기도 하군.

에렌트 형과 헤어져 성문을 향해 걷자니 갖가지 말도 안 되는 생각이 떠올랐다. 아르노윌트 님, 오늘 중으로 넘어져서 팔이라도 부러지시면 안 될까. 그런데 앞으로 뭐라고 불러야 하나? 영주님 아드님 아르노윌트 님? 아니면 그 잘 기억나지 않는 긴 이름인가? 혹시 하인들처럼 도련님이라고 불러야 되는 거야?

그리고 그제야 떠오르는 생각이 있었다. 내 이름은 물어보지도 않았군.

자기 이름보다 훨씬 외우기도 쉬운데, 씨이!

가게에 돌아오니 점심때가 다 되어 있었다.

"파비안, 이 녀석. 뭘 그리 오래 걸려?"

내용은 저래도 어머니의 말투는 한없이 온화하게 들렸다. 어쩌면 내가 팔자에 없는 애먼 인간들과 대화를 나누다가 왔기 때문인지도 모르겠다. 어쨌든 내 귀에는 졸음이 쏟아질 만큼 감미롭게 들렸다.

"어머니."

"왜 그러냐?"

"사랑해요."

어머니의 눈빛을 보니 내 머리 상태에 대한 심각한 의심이 느껴졌다. 의심을 풀어주기 위해 재빨리 대안을 생각해냈다.

"점심 제가 차릴게요."

"그럼 언제는 네가 차렸지, 내가 차렸냐?"

우리 어머니가 언제 저렇게 말솜씨가 느셨담.

어머니와 마주보고 점심을 먹었다. 호밀빵 두 개, 사치의 극치라고 할 만한 양젖 버터, 으깬 감자 두 개, 사과 두 개. '점심은 간단하게', 이것은 그런 대로 수긍할 만한 어머니의 표어였지만 문제는 아침과 저녁에도 똑같은 표어라는 점이다.

나는 어머니에게 되도록 간단하게 보고를 마쳤다.

"네 주제에 검 대련이라고?"

어머니의 간단한 감상에 나는 아까운 빵이 입에서 튀어나오는 것도 잊고 외쳤다.

"어머니, 그게 무슨 소리예요!"

어머니는 나와 달리 조금도 걱정하지 않는 투였다. 너처럼 칼이라고는 식칼이나 가끔 만져본 실력이라면—이건 어폐가 있다. 식사 준비는 내가 더 자주 한단 말이다—영주님 아드님이라는 분도 한두 번 건드려보고 재미없으니 그만 하겠다고 나오리라는 거였다. 아들을 이렇게 우습게 보고 계시다니.

하긴, 어머니는 나와 게퍼의 관계에 대해서도 잘 모르신다. 게퍼는 어머니만 나타났다 하면 걸음아 날 살려라 내빼니까. 어머니에 대한 쿠멘츠 씨의 태도를 생각해 볼 때 게퍼의 그런 태도는 당연했다. 그 정도 지능은 있는 녀석이었던 것이다. 이런 상황이니 타고난 동네 깡패인 그 녀석이 언제부턴가 내게 시비를 걸지 않는 까닭 또한 모르신다. 그러니 식칼 운운하시는 것도 이유 없는 것은 아니었다.

그러나 아르노윌트의 경우는 이야기가 다르다. 이건 뭐 싸움이라고 부를 수도 없다. 일방적으로 장난감이 되러 가는 거고, 그것도 쉽게 끝날 것 같지가 않다. 우리 영지에서 나보다 나은 대련 장난감을 찾기란 쉽지 않을 테니까.

어머니에게 이런 이야기를 해줘서 어머니의 점심 기분을 모조리 망칠 수도 있었다. 하지만 어차피 벌어진 일인데 어머니까지 속상해질 필요는 없을 것 같아 아까운 빵을 마저 씹는 쪽으로 마음을 바꿨다. 그래, 어머니께서 아들을 싸움꾼으로 안다고 뭐 달라지는 거라도 있겠어.

식사가 끝나자 어머니가 일어나며 말했다.

"어깨 너머로 검술 구경이라도 해놓으면 혹시 깡패 같은 녀석 길들이는 데 도움이 될지 아니."

저, 저 말씀은 무슨 뜻이지?

나는 점심상을 치우다 말고 우뚝 서서 생각에 잠겼다. 왠지 지금까지 내가 해온 추리를 모조리 다시 해봐야 할 느낌이 드는데.

"파비안이구나. 2층이다."

'설산의 불빛' 여관의 고르만 씨가 테이블로 나를 맥주잔들을 양손에 몰아 쥐다 말고 계단 쪽을 손가락질해 보였다. 평소대로라면 맥주 좀 날라주고 고르만 아주머니 특제 버터쿠키나 몇 개 얻어먹었을 테지만, 오늘은 그럴 기분이 아니어서 고개만 끄덕해 보였다. 사실 고르만 씨는 보기만큼 그렇게 바쁘지는 않다. 저런 모습은 아주머니가 홀에 나와 볼 때가 되었다는 의미일 뿐이다.

2층 입구에 서서 나는 다시 생각해 보았다. 미르보 겐즈 씨는 몇 개 묶음짜리 그물을 달라고 분명하게 말하지 않았다. 그저 그물 한 묶음

달라고 했을 뿐이다.

그러니 내가 가장 큰 스무 개짜리 묶음을 들고 가더라도 절대 할 말은 없을 거다. 동쪽 끝 방이랬지.

"겐즈 씨! 겐즈 씨!"

문을 두드리는데 대답이 없었다. 어디 나갔나? 그런데 문고리를 만져보니 문도 잠겨 있지 않았다. 초저녁부터 자느라 못 듣는 건가.

"겐즈 씨."

나중에 또 올 겨를이 없으므로 그냥 문을 열고 들어갔다. 그런데 방을 잘못 찾았나? 사람이 묵고 있는 것이 맞나 싶을 정도로 상태가 깔끔했다. 고르만 부인이 손님 오기 전에 정리해놓는 모양 그대로였다. 가끔 손님이 몰려서 바쁠 때 여관 일을 도와주고 얼마씩 챙긴 일이 있다보니 정리 상태는 잘 안다.

내가 일 도와주며 팁 몇 푼 챙겨도 고르만 부부는 별 소리 하지 않는다. 잡화점 파비안이 공짜로 일하는 법이 없다는 것을 잘 알고 있으니까. 게다가 나만큼 눈치 빠르게 일을 잘 배우는 애도 별로 없다. 요령없는 애들을 채용해 봤자 일하는데 거치적거리기만 하기 십상이지. 하지만 상인이 되자면 사람들과의 관계가 좋아야 하는 법이라, 쿠키나 먹고 도와주는 날도 있다.

방안에서 유일하게 달라진 곳은 테이블 위였다. 흰 천으로 둘둘 만 길쭉한 꾸러미가 얹혀 있었다.

"겐즈 씨!"

한 번 더 불러도 대답이 없는 걸 보니 침대 밑에 숨은 건 아닌가보다.

나는 그물 묶음을 테이블에 얹어 놓을까하고 꾸러미를 한쪽으로 밀었다. 근데 이거 뭔지 몰라도 꽤나 무겁네.

그물이 스무 개 묶음이고 군고구마가 든 바가지도 있었기 때문에 테이블이 비좁았다. 나는 숨을 한 번 들이쉰 다음 꾸러미를 들어 침대 위로 옮겨 놓았다.

그리고 느긋하게 의자에 앉아 겐즈 씨가 돌아오기를 기다리기로 했다.

깜빡 졸았을까. 부스럭거리는 소리가 나서 잠에서 깼다.

일어났군, 하고 한 마디 할 법도 한데 미르보 겐즈 씨는 내 얼굴을 힐끗 보기만 할 뿐 계속 군고구마를 깠다. 내가 정신을 차리려고 눈을 비비고 얼굴을 문지르는 동안에도 말없이 군고구마를 입에 넣고 있었다.

한 개쯤 먹어보라고 하면 어디 덧나냐.

겐즈 씨의 이상한 취향—물고구마 반, 밤고구마 반—을 맞춰 주느라 고구마 파는 안다 아주머니한테 잔소리까지 들었는데. 게다가 저 고구마 담은 바가지도 내가 도로 갖다 줘야 되는데. 치사하다 치사해.

내 생각을 아는지 모르는지 겐즈 씨는 세 번째 고구마를 까기 시작했다. 나는 졸음을 완전히 떨쳐냈다. 그와 동시에 저 가증스런 행태에 대한 보답으로 그물 값을 톡톡히 쳐 받아야겠다는 의지도 발동되었다.

"그물은 개당 6존드, 모두 합쳐서 120존드예요."

대답이 없다. 너무 세게 불렀나? 그렇다고 숙이고 들어갈 잡화점 파비안이 아니지.

"그리고 고구마는 1존드 어치는 안 판다고 해서 2존드 줬어요. 그게 일인분이래요.”

여전히 조용하다.

“그리고 아저씨 기다리느라고 오늘 오후를 다 허비했잖아요. 이 시간이면 물건 몇 개는 더 팔았을 텐데.”

시간이 얼마나 지났는지 내가 정확히 알 리 없었다. 다만 해가 기울어진 듯해서 대충 때려잡은 것뿐이었다. 역광을 받은 겐즈 씨의 얼굴은 약간 괴기스러운 윤곽이 되어 있었다. 허리에 찬 긴 검도 신경 쓰이기는 하지만 일단 시작한 거 끝까지 밀어붙여야지.

“저 그만 가야 해요. 날아가는 제 시간, 돈으로 쳐주실 거 아니면 그만 그물 값이랑 고구마 값이랑 계산하시고 보내주세요.”

“너…….”

앗, 드디어 말한다. 그 사이 고구마는 다섯 개째다.

“네가 옮겼나?”

겐즈 씨는 턱짓으로 침대 위에 놓인 흰 꾸러미를 가리켰다.

아하, 그랬구나. 내가 여기서 오래 있었고 저런 것도 옮겨 놓고 했으니까 뭘 훔치기라도 한 게 아닐까 싶은 모양이구나. 잡화점 파비안을 아주 우습게 보시네. 댁이 우리 마을에 온 지 얼마 안 돼서 나를 잘 모르나 본데, 그런 사람이 아니란 말이다. 거기다가 내가 도둑이라면 여기서 한가롭게 졸고 있었겠어? 없어진 거라도 있으면 말을 해라. 괜히 살벌하게 분위기 잡지 말고.

머릿속에서 오간 생각과는 딴판으로 내 대답은 얌전했다.

“네.”

"흐음."

생각에 잠긴 표정이었다. 그러면서도 손은 마지막 고구마를 까고 있었다. 빨리도 먹는다. 물도 한 잔 안 마시고 말이야.

"가라."

"네?"

이게 웬 뜬금없는 소리야.

무슨 말이든 해야겠다 싶어 황급히 궁리하고 있는데 겐즈 씨가 일어나 지고 온 배낭을 끌어당겼다. 끈을 풀고는 뒤적거리더니 가죽 주머니를 하나 꺼냈다. 주머니를 열자 오색 광채가 사방으로 퍼졌다. 붉고 푸르고 노란, 제각기 다른 빛을 내는 것들 중 하나를 끄집어내더니 내 손에 건넸다.

설마, 이건 보석이야?

푸른 광채를 발하는, 한 손에 꽉 쥐일 만한 크기의 동그란 돌이다. 말갛게 빛나는 것이 무척 예쁜 데다 묵직하기도 해서 이만저만 값나가게 생긴 게 아니었다. 나는 최대한 빨리 머릿속의 쓰다만 상식백과를 뒤졌다. 파란색 보석이라면 뭐지? 동그란 보석도 있는 거야? 그나저나 금화도 한두 개 보기 전에 다짜고짜 보석과 맞닥뜨리다니 너무 이르잖아!

내 당황한 표정을 본 겐즈 씨는 잠시 생각하는 눈치더니 나름대로 결론을 냈다.

"거슬러 주려 애쓸 것 없다."

돌아오는 동안 난 오랜만에 약간의 죄책감에 사로잡혀 있었다. 참새 그물 스무 개라니, 그 많은 걸 언제 다 쓰려나.

스스로 약빠르다고 믿는 사람들은 누가 자기에게 사기를 친다 싶으면 당장 반격한다. 나라고 예외라고 하지는 않겠다. 단 1로존드가 걸려 있다 해도 일단 날 어수룩하게 봤다는 데서 화가 나거든.

그런데 저렇게 상대가 사기를 치든 말든, 얼간이라서 속은 게 아니라 정말로 아무 관심도 없는 사람은 어떻게 대해야 좋을지 모르겠다. 오늘처럼 단숨에 세게 나갔을 때는 더더욱. 게다가 비록 겉으로 드러내지는 않았지만 쓸데없는 의심까지 했으니…….

에라, 그만두자. 그물이 스무 개면 참새도 많이 잡고 좋겠지, 뭐.

어머니한테 보여주기 전까진 신경 쓰지 않으려 했지만 자꾸 손이 주머니로 갔다. 솔직히 처음 그 반짝이는 돌을 받아들었을 때는 혹시 가짜가 아닐까, 일말의 의심이 들었던 것도 사실이다.

물론 내가 가짜 보석이 어떻게 다른지 아는 건 아니다. 나 같은 시골뜨기가 진짜 보석도 구경하기 힘든데 가짜 보석은 더 말할 것도 없다. 누가 농사나 짓고 약초나 파는 평민들한테 가짜 보석으로 사기를 치겠는가. 그런 걸 공들여 만들었으면 귀족들을 상대로 큰돈을 우려내야지.

내가 2층이 곧 무너지기라도 하는 것처럼 뛰어 내려가 고르만 부인의 동생 딕—한때 보석 상인을 따라다니며 좀 배웠다고 떠벌린 게 기억나서다—을 숨넘어가게 부르고, 한 구석으로 질질 끌고 가서 그 파란 구슬을 보여줬을 때 딕의 눈은 야릇한 빛을 냈다.

"오랜만에 진짜 보석을 본다."

한참을 만지작거린 끝에 딕이 입 밖에 낸 첫마디였다.

이게 얼마짜릴까.

평소의 허풍과 달리 보석 감정에 대해 쥐뿔도 모른다는 딕의 고백을 듣게 된 것도 성과라면 성과려니와 그것을 이용해서 파비안이 웬 보석을 보여주더라는 이야기를 퍼뜨리지 못하게 입단속을 시킨 것도 정말이지 적절한 조치였다.

그러나 이런 약빠른 점을 발휘해 봤자, 보석의 가치를 알아내는 데는 하등 도움이 되지 않았다. 눈알처럼 반짝거리는 이 돌조각이 진짜 보석이라는 점만은 딕도 결코 양보하지 않는 것으로 보아 시시한 모조품은 아닌 모양이다. 그런 것을 아무나 붙잡고 보여주면서 화를 자초할 만큼 나도 어리석진 않았다.

그러니 어쩌란 말이냐.

고민으로 머리가 터지기 직전, 나는 집 앞에 당도했다.

"다녀왔어요."

"저녁 먹어라."

그런데 이게 웬일이지? 식탁을 보니 늘 먹는 호밀빵 옆에 그럴싸한 냄새가 풍기는 양고기와 발효크림을 얹은 사탕무 수프, 고기와 양파와 버섯, 산딸기를 다져 넣은 피로그 파이까지 놓여 있지 않은가.

나는 식탁에서 적당한 거리를 유지하고 멈춰 섰다.

"빨리 말씀하세요. 웬만한 거라면 용서해 드릴게요."

"이 녀석아. 에미의 정성을 그렇게 밖에 해석 못하니?"

우리 어머니가 요리를 자주 안 하셔서 그렇지, 솜씨를 보였다 하면 음식 잘하기로 이름난 고르만 부인 뺨치는 분이다. 하비야나크가 번화한 도시였다면 잡화점 대신 식당을 냈어도 괜찮았을 텐데. 그랬다면 나는 하비야나크 최고의 급사가 되었으려나.

"알았어요, 어머니. 멀리 떠나시는군요? 그런데 가실만한 데가 없을 텐데? 아, 혹시 아버지를 만나러 가시는 건가요? 괜찮아요. 어머니가 자릴 비우셔도 제가 가게 잘 보고 창고도 정리할게요. 뭐, 안 그래도 어머니보다는 제가 더 잘……."

이쯤에서 나는 날아오는 빵조각을 잽싸게 피했다.

이런 엄청난 성찬이란 식기 전에 열심히 먹어야 한다. 나는 연신 고기를 잘라 삼키고 파이를 뱃속에 쓸어 넣으면서 겐즈 씨가 준 보석 이야기를 언제 할 것인가 고심했다.

생각하면 할수록 그 파란 구슬이 주머니를 뚫고 나와 바닥에 떨어질 것만 같다. 이런 과분한 진미를 앞에 두고도 손을 주머니로 가져가고 싶은 충동을 내내 떨칠 수가 없다니. 식사가 끝날 때까지 참으려고 애쓰고 있었지만 결국 어머니가 먼저 내 기색을 눈치챘다.

"너야말로 할 말 있으면 빨리 해라. 웬만하면 용서해 줄 테니."

"제가 알고 싶은 건 오늘이 무슨 날이냐는 거죠."

"오늘은 14월 7일이고, 작년 오늘쯤 네가 건너 대장간 집 딸 벤야 킬른하고 끔찍한 소문이 났다면서 죽을상을 짓고 저녁을 먹다가 나한테 먹을 때는 인상 펴라고 한 대 쥐어 박혔던……."

이만하면 내 기억력이 누구한테서 나온 것인지 알만하겠지만…….

"그게 아니라고요!"

벤야 킬른 이야기는 듣고 싶지 않다. 난 그 애에게 덴 이후로 지레 여자애들한테 뻣뻣하게 굴다가 어떤 여자애도 내 곁에 접근하지 않게 돼버린 불쌍한 녀석이다.

"제가 알고 싶은 건, 평소에 냄새도 맡아보기 힘든 특식을 먹고 있는 오늘이 무슨 날이냐는 거죠."

"왠지 오늘은 가산을 탕진하고 싶더라. 행운이 왔을 때 자꾸 왜냐고 묻는 법이 아니야. 왜냐고? 자꾸 따지면 도로 뺏는 수가 있거든."

나는 즉시 입을 다물었다.

어쨌거나 의문이다. 어머니의 심경에 무슨 변화가 생긴 걸까. 사람이 죽을 때가 되면 이상한 짓을 한다고 하던데 혹시……. 에라, 내가 지금 무슨 소리를 하는 거야.

아하, 어머니께서 아들이 벌어온 떼돈을 눈치채신 걸까? 어쨌든 가산을 탕진할 염려는 없다고 안심시켜 드려야겠다.

나는 저녁상을 치우기가 무섭게 침대가 놓인 구석으로 들어가서 보석을 보여 드렸다. 예상대로 어머니는 긴장했다.

"이걸 그냥 주더란 말이니?"

"물론 그물 값을 낸 거죠."

"네가 또 바가지 씌웠구나."

뭐, 좋다. 지금 그런 걸 대답하고 있을 때가 아니니까.

"그런 거야 아무래도 좋잖아요. 이게 얼마나 할까요? 이렇게 큼직한 걸로 봐서 꽤 비싸겠죠? 보석은 어떻게 만들어졌느냐에 따라서 값이 정해진다던데. 보석 이름이라도 물어볼 걸 그랬나. 하지만 그때는 그럴 정신이 없었거든요. 이걸 어쩐다."

"설산의 불빛 여관의 딕한테 물어보면 되잖니."

풉……. 나는 웃음이 나오는 것을 간신히 참고 고개를 흔들었다. 약속은 약속이니까 비밀은 지켜야지.

"벌써 물어 봤어요. 이건 잘 모르는 보석이래요."

"물건 값을 얼마나 불렀어?"

"에, 그물 하나당 4존드 50 달라고 했어요."

"음, 5존드 불렀구나."

헤헤. 어머니, 아직 아들을 못 당하시네요.

"네, 맞아요."

"너, 고분고분히 네, 하는 걸 보니 5존드 50은 불렀구나."

음, 어머니도 요즘 머리를 많이 쓰신다니까.

"그만 하세요. 그러다가 1백 존드까지 올라가겠어요."

어머니는 양피지를 꺼내 놓고 계산을 하셨다. 어머니는 나처럼 셈이 빠르지 않으시다. 음, 군고구마 이야기는 아예 안 꺼내는 게 좋겠군. 심부름 값을 얼마 받은 셈이 되는 거야?

"이만한 보석이라면 아무리 싸다고 해도 5백 존드는 넘을 거야. 아무래도……."

어머니, 제발 그 말만은…….

"거슬러 줘야겠다."

걱정했던 한 마디가 나오자 나는 앉아 있던 침대에서 벌떡 일어나며 어머니의 팔을 잡았다.

"어머니!"

"그래, 너도 그게 걱정인 모양이로구나. 우리 집에 이걸 거슬러 줄 돈이 없을 것 같다."

뭐, 나로선 아무래도 좋았다. 일단 돌려주지 않는 것이 중요했다.

"그래요, 거슬러 줄 방법이 없다니까요. 게다가 거슬러 줄 필요가 없다고 분명히 말했단 말이에요. 아마 그 사람도 돈이 없어서 이걸 대신 줬을 테니까 우리가 귀찮게 하는 것은 바라지 않을 거예요. 거기다가 인상도 얼마나 험악한지……."

사실 그리 엄청나게 험악하진 않았지만.

"너, 똑똑한 줄 알았는데 영 바보로구나."

"네?"

어머니, 무슨 말씀을 하시려고…….

아예 훈계하려는 표정이 된 어머니가 말씀하셨다.

"돈이 없으면 물건으로 주면 되잖느냐. 상인이 되어서 그런 것도 몰라서야."

어머니, 안 돼요!

안 되긴 뭐가 안 돼? 난 지금 참새 그물을 짜고 있다.

내일 아침이라도 겐즈 씨가 떠나버릴지 모르니 오늘밤부터 만들어 두어야 한다는 것이 어머니의 주장이었다. 물론 내가 겐즈 씨한테 참새 그물은 더 필요하지 않을지도 모른다는 점을 지적했을 때는 어머니도 그럴지도 모르겠다는 표정을 지으셨다. 사실 내 생각에는 절대로! 단 한 개도 더 필요하지 않을 것 같지만. 그러나 어머니는 이런 경우에 설득되는 분이 아니시다.

"녀석아, 그러다가 정말로 참새 그물로 달라고 하면 어쩔 참이야."

이런 어머니시라니까.

내가 유례없이 스무 개나 단번에 팔아버린 결과 참새 그물은 가게에 몇 개 남아있지 않았기 때문에—이것이야말로 궁극적인 재앙이었다—오늘밤 잠은 다 잔 것 같다.

5백 존드가 되려면 앞으로 몇 개나 더 짜야 하나. 어머니의 계산, 즉 개당 5존드로 볼 때 앞으로 4백 존드어치 그물을 더 만들어야 하는 셈이다. 그러면 앞으로…… 여든 개나 짜야 하는군.

아아, 차라리 개당 6존드씩 받았다고 고백해버릴까.

폭리이긴 하지만 어머니도 상인이기 때문에 이윤을 남기는 일에는 그래도 관대하시다. 이쪽으로는 설득이 가능할 텐데. 군고구마 값이랑, 심부름 값이랑, 기다린 값이랑 다 쳐서 한 백 존드쯤 빼고 나면 기운 내서 열심히 짤 것 같은데.

결국 어머니와 나는 그물 열 개를 짠 끝에 새벽녘에 곯아떨어졌다. 그물 여든 개를 하룻밤 만에 짠다는 생각 자체가 어불성설이지. 잠들기 전에 어머니께서 하신 말씀이 또한 가관이었다.

"음……. 혹시 곰 그물은 필요 없대니?"

"으아아악!"

주무시던 어머니가 내 비명 소리에 놀라 벌떡 일어나 앉으셨다. 눈은 아직 감고 계셨지만.

"뭐? 설마 아침 차려달라는 소린 아니겠지? 어제 저녁식사로 말할 것 같으면 한 달은 두고 소화시켜도 모자라."

이 와중에도 발음 하나 틀리지 않고 할 말을 마치시는 어머니였지만, 나 역시 할 말을 해야 했다.

"지각이에요!"

아침식사는커녕 세수도 못하고 겉옷만 꿰어 입고 나온 나는 지금 스노보드를 타고 달리고 있다. 고귀하신 영주님 아드님께서 첫날부터 지각한 평민 아들을 느긋하게 기다리며 선생이랑 몸이나 풀고 있을 것 같진 않은데. 모르긴 해도 차 한 잔 마실 시간도 기다려 줄 리 없다.

어엇, 비켜!

아슬아슬하게 사과 수레를 스쳐 지나갔다. 이미 장미꽃의 엠버였다. 성 앞 번화가에는 상인들이 좌판을 벌인답시고 준비하고 있어서 지나가기가 까다로웠다. 사과를 보니 배가 고파온다. 어제 먹은 건 다 어디로 갔을까. 한 달은커녕 하루도 못 가…… 어엇?

수많은 사람들 틈에서 한 명이 내 시선을 끌었다. 긴 망토를 걸친 키 큰 남자, 저 사람은?

고개를 돌려보니 이미 모퉁이를 돌아 사라져 버렸다. 하필이면 그 사람이 눈에 띈 이유는 하나뿐이다. 햇빛 때문에 잘못 본 걸지도 모르지만, 머리색이 나와 같았던 것이다. 푸른 빛 섞인 검은 머리. 살아오며 나와 같은 머리를 가진 사람을 한 명도 본 일이 없다.

잠깐이지만 나는 망설였다. 조금만 여유가 있었더라도 나는 본능이

가리키는 대로 그 사람을 뒤따라가 보았을 것이다. 하지만 지금은 코앞에 닥친 일만으로도 목숨이 왔다 갔다 하는 판이었다. 어디에서 온 사람이었을까? 이따가 여관에 가서 알아볼까?

어엇, 스노보드가 멈춘다! 여기서 더 늦었다간 진짜로 감옥행인데!

2. 소녀 예언자

성에 도착했을 때 내 꼴은 말씀이 아니었다.

새벽에 쪽잠 자다가 일어나 튀어나오느라 눈은 벌겋지, 머리는 봉두난발이지, 옷은 어제 입고 잔 그대로지, 급히 오느라 상기된 얼굴은 잘 익은 사과처럼 달아올라 '나 산골 촌놈이요' 하고 써 붙인 꼴이다. 그렇더라도 귀족을 기다리게 하는 것보다는 귀족의 비웃음을 사는 편이 몇 배 낫다. 나도 그 정도는 안다.

"어, 왔구나."

왜 저 사람이 여기까지 나와 있지?

나는 성문 앞에서 내게 미소를 보내는 아르노윌트와 맞닥뜨리고는 당황해서 말을 잊었다. 혹시 지각한 나를 당장 감옥에 잡아넣으려는 건가? 표정을 보니 다행히 그건 아닌 것 같은데.

"네가 늦기에 데리러 가려던 참이야. 마침 왔네. 들어와라."

이거야 점점, 도깨비놀음 같은걸.

검술용 복장인 듯, 어제와 달리 말끔하게 차려 입은 아르노윌트의 뒤를 따라 성 뒤쪽 잔디밭으로 갔다. 어제의 선생이 근엄한 표정으로 기다리고 있다가 가느다란 검을 내게 내밀었다.

"늦지 마라."

다들 왜 이렇게 관대하지?

받아든 검을 내려다보고서야 내가 안이했음을 깨달았다. 연습용 검이니까 날을 세우지 않은 건 이해하겠는데 이건 끝조차도 뭉툭했다. 그런데 아르노윌트가 든 것은 어이없게도 날이 시퍼렇게 선 장검이었다.

검의 무게만 놓고 봐도 대적이 안 되고, 위력으로 말할 것 같으면 저 장검으로 제대로 내려치면 내 검은 일격에 부서져 나갈 판이다. 게다가 아르노윌트의 검은 나 같은 문외한의 눈으로 봐도 상당히 비싼 물건 같았다. 손잡이에는 내가 어제 받고서 지금까지도 가슴이 벌렁벌렁하는 보석보다 더 큰 것이 떡하니 박혀 있었다.

"이, 이걸 들고 싸우라고요?"

"물론 아니지."

오오, 그러면 뭔가 다른 것이라도 주시려고?

"언제 너보고 도련님과 싸우라고 했느냐? 너는 도련님에게 연습이 되도록 열심히 피하기만 하면 되는 거다. 감히 도련님께 덤벼들기라도 하겠다는 거냐?"

상황은 분명해졌다.

내게 검 비슷한 거라도 쥐어줄 생각은 애초에 없었던 그들이었다.

귀하신 몸에 상처라도 날세라 겁나니까. 이럴 바엔 아무 도움도 안 되는 이따위 물건은 왜 들고 있어야 하지? 빈손하고 다를 것도 없는데. 상대가 뭐라도 들고 있어야 싸우는 기분이 난다는 건가. 차라리 어디서 재주 잘 넘는 광대라도 하나 데려오시지 그래.

이따위 상황인데도 아르노윌트는 몹시 흥미진진한 듯 눈을 빛냈다. 겨우 검술 교본 3권이나 읽는 형편이니 실력도 보나마나겠지. 이런 애들 장난 같은 대련에 좋아하는 꼴이라니.

그러나 나는 자세를 가다듬고 그를 마주 볼 수밖에 없었다.

"자, 시작하십시오."

말이 떨어지기가 무섭게 아르노윌트의 장검이 내 왼쪽 어깻죽지를 노리고 찔러 들어왔다. 머릿속에 온갖 생각이 끓어오르는 바람에 갑작스런 공세를 예상 못한 나는 엉겁결에 내 검으로 대검을 걷어내려는 바보 같은 자세를 취했다.

당연하지. 될 리가 없지.

나의 유일한 무기가, 실은 무기라고 부를 가치도 없지만, 어쨌든 두 동강이 나 잔디밭 위로 나뒹굴었다.

"어라, 벌써 뭐지?"

아르노윌트는 기세가 올랐다는 듯 약간 튕겨 올라간 검을 그대로 내리그었다. 투둑, 하고 웃옷 천의 올이 낱낱이 떨어지는 소리와 함께 어깨가 선뜩해졌다.

"아……."

내가 아침도 못 먹고 씻지도 못한 채, 조금이라도 늦을 세라 숨이 턱에 닿도록 달려온 것은 이런 일을 위해서였나.

아르노윌트도 피를 보더니 흠칫했다. 피는 조금 배어 나오는 정도가 아니었다. 소매 전체가 벌겋게 젖어들었다.

"날래다더니, 엉터리 소문이었나."

타데아 선생은 피에도 꿈쩍하지 않고 태연하게도 그런 말씀을 하고 있었다. 아르노윌트도 이런 일쯤은 우습게 여겨야 마땅한 귀족인지라 금세 놀라움을 접고 칼을 다시 겨누었다. 이번에는 손목을 노리고 날쌔게 내리쳐온다.

오늘 아침, 나 같은 놈 하나 죽인다 해도 점심도 먹기 전에 잊을 인간들이다.

몸이 부르르 떨리면서 팽팽하게 긴장되었다. 이런 기분은 게퍼 녀석과 싸울 때 이후로 처음이야.

초보자답게 돌이라도 쪼개놓을 듯 힘이 들어간 아르노윌트의 검이 무기도 없는 내 손목을 노리고 달려들었다. 짧은 순간 몇 가지 생각이 스쳐갔다.

우선, 저 검을 다루기에는 아르노윌트의 체격이 연약하다.

그러므로 저렇게 힘주어 내리치는 검을 도중에 제어하기란 쉽지 않을 것이다.

그런데 나는 아르노윌트를 공격하거나 상처를 입혀서는 안 된다. 물론 입힐 방법도 없지만.

싸움을 끝낼 방법은 검의 무게로 제풀에 꺾이게 하는 것뿐!

아르노윌트의 검이 목표한 곳에 닿기 직전, 나는 녀석이 노린 내 손목을 땅바닥까지 끌어내렸다. 다시 말해 웅크리며 바닥을 짚었다. 그 박자대로 잔디밭을 짚고 몸을 움츠려 앞으로 굴렀다. 방향은 아르노윌트의 오른발이 있는 쪽.

"어쿠!"

아르노윌트는 온 힘을 집중했던 목표점이 갑작스럽게 수직 이동하자 검을 황급히 끌어내렸다. 그 바람에 균형을 잃었고, 내 몸이 굴러오자 오른발을 들어 피하려 하는 실수마저 범했다.

휘청거리던 아르노윌트는 검을 흙바닥에 찔러 넣으며 간신히 중심을 잡았다. 그러나 곧 손목을 축 늘어뜨리며 검을 떨어뜨렸다.

"아파……."

몸을 수그릴 때 아르노윌트의 검이 몸을 가볍게 스치긴 했지만 옷이 약간 긁혔을 뿐 큰 피해는 없었다. 나는 아픈 어깨를 감싸 쥐며 몸을 일으켰다.

"도련님!"

타데아가 크게 놀란 시늉을 하며 달려와 아르노윌트를 부축했다. 아르노윌트는 한 번의 실패만으로도 어린애로 돌아가 기세등등한 모습은 온데간데없어졌다. 선생이 부축하려 하자 아예 바닥에 주저앉아 버렸다.

"손목을 다치셨습니까? 여깁니까? 어디……."

바보 같은 타데아는 아르노윌트의 손목을 잡고서 한 바퀴 돌렸다. 다음 순간 찢어질 듯한 비명이 후원을 울렸다.

"아야얏!"

인대가 늘어났나 보다.

나는 가게로 빨리 돌아가지 못하게 되었다.

미르보 겐즈 씨에게 가서 참새 그물 흥정을 하지 않아도 된다는 점만은 고무적이었지만, 늙은 집사님의 뒤를 따라 긴 복도를 걷고 있는 내 심정은 꼭 죽을 맛이었다. 이 수모가 제 값을 하려면 겐즈 씨가 오늘 오전 중에 여관에서 사라져 줘야 하는데.

나는 배고픔과 잠 부족으로 퀭한 얼굴로, 소매는 피로 반쯤 적신 너절한 꼴을 하고서 훌륭한 융단이 깔린 복도를 걸었다. 왼팔을 조금만 움직여도 찢어진 상처에서 피가 쿨럭쿨럭 솟아났다. 그들도 훌륭한 융단이 피로 얼룩지는 것은 싫었는지 어깨에 뭘 감아주긴 했는데, 그 자세로 옆구리에 스노보드를 끼고 있자니 자세가 영 불안했다.

하지만 아직도 출혈이 멎지 않을 정도로 심각한 내 부상보다 아르노윌트의 손목 인대가 늘어난 것이 이 성에는 훨씬 충격적인 일대 사건이었다. 내 참, 아르노윌트가 저렇게 몸이 뻣뻣하리라는 점은 내 계산에 들어 있지 않았는데.

당장 의사를 불러라, 들것—도대체 왜?—을 가져와라, 난리가 벌어진 틈을 타 슬금슬금 도망치려던 나를 붙든 사람이 이 집사님이었다.

"그 몸으로 어딜 가나?"

지금까지 성에서 만난 사람들 중에 제일 인간다운 사람이 있다면 바로 이 집사님이다. 이름은 복잡해서 잊어버렸지만, 하여간 집사님은 상처를 싸맬 천도 가져다주고 아르노윌트 때문에 불려온 의사가 나도 치료하게끔 일러 놓기도 했다.

"어이쿠, 이게 다 뭐야?"

난 평소 크게 다친 일이 없는지라 엠버의 의사 선생까지는 얼굴을 몰랐다. 의사는 생각보다 젊은 남자였다. 겨우 서른이나 되었을까?

"그 도련님한테 들으나 마나한 설교나 하랍시고 이런 중환자를 기다리게 하다니, 하여간 귀족들이란."

오, 꽤 과감하기까지 한걸.

그 결과 나는 침대에 눕혀 지고 상처를 씻어라, 깨끗한 천을 가져와라, 지혈대를 묶어라, 등등 호강이란 호강은 다 누리게 되었다. 치료가 끝나자 의사는 빠른 말씨로 안정을 취해라, 왼손으로 뭐 들지 마라, 음식은 잘 먹어라 등과 같은 당연하지만 불가능한 사후조치들에 대해서도 말해 주었다.

"그래, 이름은 뭐냐?"

나는 지금 고매한 인격의 집사님과, 그 점으로 둘째가라면 서러워할 의사 선생님한테 둘러싸여 이런 온화한 질문을 받고 있다. 그러고 보니 성에서 누가 내 이름을 묻는 것도 처음이군.

"파비안 크리스차넨이에요."

"하비야나크에서 왔어?"

"네."

"너, 점원이지?"

헤에?

의사가 시킨 대로 천장만 쳐다보고 있을 땐 괜찮았지만, 뜻밖의 소리에 놀라 고개를 돌리자마자 신음이 저절로 나왔다.

"으으윽……."

질문한 의사 선생은 환자의 신음 소리에는 별 반응을 보이지 않고 혼자 싱글거리더니 다시 물었다.

"점원은 아닐지 몰라도, 어쨌든 물건 좀 사고팔아 봤지?"

"그렇긴 한데, 어떻게 아셨죠?"

이번에는 천장을 향해 빳빳하게 고개를 고정한 채 말했다. 그러나 의사 선생은 질문은 좋아해도 대답에는 취미가 없는 모양이었다.

"혹시 최근에 좋지 않은 일 당했나?"

"지금 당하고 있잖아요."

내 평생 여기 불려온 것보다 더 나쁜 일은 없었다. 그렇게 생각하며 고개를 절레절레 저으려다가 어깨가 당기는 바람에 신음을 삼켰다.

"아니, 그런 것 말고. 그럼 앞으로 나타날 일인가? 아냐, 아냐. 뭐 어쨌든 간에 그냥 그렇다는 거야."

뭐가 그냥 그렇다는 거야?

의사는 더 설명하지 않고 붕대가 잘 묶였나 살펴보는 체 했다. 왠지 말을 돌리려는 느낌인데, 그러면서 자기가 물을 건 또 다 묻는다.

"아버지는 무얼 하시지?"

"돌아가셨어요."

사실 돌아가신 건 아니지만 마을 사람 모두가 그렇게 알고 있으니 그렇다고 말하는 쪽이 편했다. 어머니 말씀으로는 남쪽의 어느 도시에 사신다고 하던데 찾아갈 생각 같은 건 해보지 않았다. 난 아버지 얼굴도 모르고 자랐다보니 아버지가 있든 없든 아쉬운 것도 잘 모른다.

의사는 미심쩍은 표정으로 내 얼굴을 보다가 말을 이었다.

"그럼 어머니는 무슨 일을 하시는데?"

"제가 잡화점 점원이니 어머니가 뭘 하시겠어요?"

"잡화점이라고?"

의사는 또다시 고개를 갸웃했다.

"잡화점이라. 그런 걸 할 분이 아닌 것 같은데. 게다가 결혼할 운도 아니셨어."

"저희 어머니를 아세요?"

"아니, 전혀 몰라."

그렇다면 무슨 소릴 하는 거야?

마침내 의사는 내 얼굴에 치료할 상처라도 있는 것처럼 구석구석을 뜯어보았다. 그 정도면 내 속눈썹 숫자까지 알았겠다 싶을 정도가 됐을 때 그가 크게 한숨을 내쉬며 말했다.

"형제자매는 있어?"

뭔가 엄청 고심하는 표정을 하고는 매번 심심한 동네 노인네가 하품하다 내놓을 법한 질문만 하니 대답하는 나도 맥 빠진다.

"없는데요."

"그것 참."

의사가 혀를 쯧쯧 찼다. 보아하니 내 대답이 만족스럽지 못했거나, 심지어 거짓말을 했다고 생각하는 것 같았다. 어처구니없는 노릇이 아닐 수 없다. 대체 뭘 바라는 거야?

내가 한쪽 눈만 찡그린 채 올려다보고 있자 의사도 슬슬 뭔가 설명할 때가 됐다는 판단을 내린 듯했다.

"자네, 관상이라는 것 알아?"

"모르는데요."

"사람의 얼굴에는 그 사람의 지난 일이나 앞일이나, 성격이나, 그런 게 좀 나타나게 되어 있어. 그런 걸 읽는 게 관상이야."

"그럼 지금 제 관상 보신 거예요?"

"그렇게 되나?"

계면쩍은 듯 머리를 긁고 있지만 얘기를 멈출 기색은 아니다. 나는 잠시 기다렸다.

"자네 얼굴, 특이한 데가 있어."

"특이하다뇨?"

"마치 껍질을 뒤집어쓰고 있는 모습이랄까?"

껍질을 뒤집어써? 얼굴이 두껍단 소린가?

"좀 알아듣게 설명을 해 보시라고요."

"그게 뭐랄까……."

의사가 머뭇거리는 동안 잠자코 있던 늙은 집사님이 거들었다.

"나우케 선생이 남의 관상에 대해 입을 여는 것은 드문 일인데. 더 자세히 알고 싶으면 차라리 나우케 양을 찾아가는 편이 낫지."

나우케 부인이 아니고 나우케 양인 것을 보니 동생이나 뭐 그런 사람인가보다. 그동안 생각을 정리했는지 나우케 의사가 다시 입을 열었다.

"아기가 세상에 태어나기 전에는 어머니 뱃속에서 태반이라는 것에 싸여 있다는 것은 알고 있겠지. 그것과 비슷해. 펼쳐지지 않은 책 같다고 할까? 자네 인생에서 정말 중요한 것들과는 조금도 만나지 못하고 있어. 일부러 산골에 숨어 세상을 피하는 사람처럼, 그렇게 숨겨져 있는 형국이거든. 누가 그렇게 숨겼지? 자네 어머니인가?"

제대로 이해를 못한 내가 뭐 하나 묻기도 전에 나우케는 갑자기 심각한 표정을 풀고 사람 좋은 웃음으로 내가 하려던 말을 가로막아 버렸다. 그러더니 고작 해준 말이 이거였다.

"하하, 사실 난 이런 거 잘 몰라. 제대로 배우지 못했거든. 그저 심심풀이에 지나지 않는다고. 너무 신경 쓰지 마."

물론 신경 쓰고 싶지 않죠. 하지만 그렇게 말하면 누구나 신경 쓰이게 돼 있다고!

내가 성을 나온 것은 점심때가 다 되어서였다.

그날 저녁, 나는 이상한 꿈을 꾸었다.

내 몸이 유백색 막 같은 것에 둘러싸여 있었다. 자꾸 끈적거리고 엉겨 붙는 바람에 떼어내려고 팔다리를 휘저었지만 소용이 없었다. 달걀 껍데기에 붙은 막 같이 생긴 게 엄청 질기네.

어디선가 목소리가 들려왔다. 나는 움직임을 멈추고 귀를 기울였다.

「너, 먼 곳에서 태어났지?」

그 의사 선생이다. 나는 고개를 흔들었다. 막은 계속해서 휘감겨 왔다.

「전 이곳, 큰사슴의 하비야나크에서 태어났다고요.」

「너, 숲에서 태어났지?」

내가 신경질적으로 몸을 뒤틀자 막 한쪽이 죽 찢겨나갔다. 옳지, 되었다 싶어 그쪽으로 빠져나가려 하는데, 바깥쪽에서 매서운 찬바람이 불어왔다.

나는 움찔해서 몸을 움츠렸다. 그때 의사의 목소리가 다시 들렸다.

「어려서 엘프들과 함께 자랐지?」

내가 대답하든 말든, 상대는 이미 그렇다고 확신하고 있었다. 이럴 땐 무슨 소릴 해야 할지 모르겠다. 그런데 마지막으로 들려 온 목소리가 지금까지와 조금 달랐다.

뭐랄까, 갑자기 여자 목소리로 변한 것 같달까. 슬픈 것처럼 들리기도 하고.

「넌 내게서 멀어지고 있구나. 우린 아직 만나지도 않았는데.」

순간 나는 잠에서 깨어났다.

추운 날씨인데도 온몸에서 땀이 났다. 별다른 악몽은 아니었는데. 나는 꿈 내용을 차근히 되새겨 보았다. 달걀 껍데기? 낮에 껍질 어쩌고 하는 얘기를 들어서 그런가?

나는 상체를 일으켜 옆 침대에서 주무시고 계신 어머니를 보았다. 움직임도 소리도 없이 잠에 빠져 있는 윤곽이 어렴풋이 보였다.

마치 시체 같다.

에잇, 이게 무슨 헛소리야!

나는 주무시다가 곧잘 깨곤 하는 어머니를 위해 침대 머리맡에 준비해놓은 물컵을 끌어당겨 벌컥벌컥 마셔 버렸다. 뱃속으로 차가운 물줄

기가 퍼져나가자 몽롱하던 머릿속이 확 맑아졌다.

맑아진 머리로 왜 이런 꿈을 꾸었는지 생각해보려 했지만 떠오르는 이유는 하나, 그 의사 선생의 헛소리뿐이다. 숲이라고? 먼 곳이라고? 내가 언제 멀리 떠나고 싶다고 생각한 적이 있었나? 아무리 생각해봐도 어제처럼 어머니가 참새 그물 짜자고 밤잠도 못 자게 할 때 말고는 없는데.

그러고 보니 실컷 짠 참새 그물이 소용없게 되었다는 사실도 떠오른다. 어제 성에서 돌아온 나는 어머니의 성화에 못 이겨 설산의 불빛 여관을 찾아갔다. 스노보드도 없이 터벅터벅 걸어서. 어머니는 내 상처를 보시더니 이 모두가 악의 근원 스노보드 때문이라고 생각하신 것 같다. 대체 왜냐고. 스노보드로 뭘 하면 어깨에 칼침을 맞게 되냐고.

어쨌든 겐즈 씨의 반응은 예상대로였다. 이런 문제에서 내 예상이 틀린 적은 없다.

"그물은 더 필요 없는데."

나는 절대적 지지를 담아 고개를 끄덕인 다음, 은근한 표정으로 바꿔 보석의 이름을 물어 보았다.

"이름 없는 것이다. 그물 값은 되겠지."

거스름돈이 필요 없다는 의견을 확인했으니 소기의 목적은 달성이다. 나는 꾸벅 인사하고 재빨리 나가려 했다. 그런데 웬일인지 그가 나를 불러 세웠다.

"잠깐. 이리 와서 이걸 좀 들어 보겠나?"

예의 흰 꾸러미다. 이상한 부탁도 다 있네. 도로 들어가 꾸러미를 번쩍 들어올렸다. 이상하다. 어제는 더 무거웠던 것 같은데?

"무겁지 않나?"

"별로요."

"그래. 그렇군."

겐즈 씨는 도로 나가보라고 손짓했다. 문을 닫으려 할 때, 그는 마치 자신에게 속삭이기라도 하듯 중얼거렸다.

"……페어리의 생명 값이란……."

"네?"

앞뒤가 잘린 말을 듣고 되물었지만 겐즈 씨는 말을 이을 기색이 아니었다. 나를 쳐다보지도 않았다. 그래서 그냥 집으로 돌아오고 말았다. 오는 내내 중얼중얼, 그가 하려던 말이 무엇일까 되뇌어 보았다.

그래, 저 소리 때문에 엘프가 어쩌고 하는 이상한 꿈을 꾼 거야. 틀림없어. 그렇지만 페어리하고 엘프는 엄연히 다른데. 페어리는 손바닥만 한 요정이고, 엘프는 사람만큼 크잖아? 물론 내가 직접 보고 하는 말은 아니지만.

이것이 나의 한계였다. 나는 도로 드러누워 잠을 청했다.

"어머니, 관상이라는 게 있대요."

어머니와 나는 간단한 아침상을 마주하고 앉아 있었다. 메뉴는 빵 두 개, 호화의 극치를 달리는 양젖 치즈, 물 두 잔. 즉, 평상시의 식단이다. '아침은 간단하게!'

"관상? 그게 뭐니?"

어머니는 관심을 나타내셨다. 자식의 말이고 하등 도움이 안 될 것 같은 얘기라도 일단 관심은 보여주신다.

"얼굴을 보고 사람의 과거, 현재, 미래를 다 알아맞히는 건데요. 들어보니 그럴듯하더라고요. 나중에 이런저런 소리 하는 것은 이해가 잘 안 갔지만요."

어머니께서는 적절한 시점에 적절한 반응을 보이셨다.

"그게 정말 그렇기만 하다면 매우 신기하겠구나."

저 배려 깊은 말씨, 정말 존경해야해. 진정한 상인의 자세야.

다시 말해 어머니는 내 말을 전혀 믿지 않으신다 그거지.

"그래서 너를 보고 뭐라 하든?"

"별 소리 다 했는데. 먼저 어머니 얘길 하자면 본래 결혼을 못 하실 운이었다나요? 잡화점이나 하실 분이 아니라고도 그랬어요. 헤헷, 어머니, 다음에는 우리 여관이라도 내 볼까요? 어머니는 음식을 잘하시고 전 급사 노릇을 잘 할 테니까 괜찮을 것 같은데. 하여튼 그 얘기 해준 의사 선생님 말씀이 제가 인생에서 중요한 것은 하나도 못 만나고 있대요. 산골짜기에 꼭꼭 숨어있어서요. 역시 제 인생은 상인의 도시 리에주에서 펼쳐질 운명인 모양이에요. 하하핫!"

"……희한한 소릴 했구나."

어머니는 마침 마지막 치즈조각을 빵에 얹고 계셨다. 갑자기 저 치즈조각을 위해서 지금까지 어머니가 나한테 말을 시킨 것이 아닐까 하는 의심이 든다.

"저보고는 너 여기서 안 태어났지? 그러는 거 있죠? 하하, 내 참 웃겨서. 그래서 전 우리 집 지붕 밑에서 태어났는데요, 그랬죠."

생각해보니 그건 꿈에서 들은 말이잖아.

어머니는 더 묻지 않고 고개를 숙인 채 빵만 씹고 계셨다. 물론 마지막 치즈도 함께 씹고 계셨다. 소기의 목적을 달성했기 때문에 더 물을 필요를 못 느끼는 것일 수도 있지만, 어쩐지 표정이 좋지 않으시네. 이야기가 재미없었나?

나는 일어났다.

"그만 성에 갔다 올게요."

팔을 다쳤어도 오지 말란 말은 안 했으니 가야 한다. 나는 과감하게 설거지를 어머니한테 맡기고 스노보드를 꺼내 들었다. 어머니가 눈을 치켜뜨며 나를 보셨다.

"안 돼."

"설거지할까요?"

잽싸게 팔을 걷어붙이는데 왼쪽 어깻죽지가 쿡 아프다. 눈물이 글썽해져서 팔을 싸쥐고 있으려니 어머니께서 내 쪽은 돌아보지도 않고 팔을 걷으며 한 번 더 말씀하셨다.

"안 돼."

알았어요. 안 타면 되잖아요.

이리하여 일생 처음으로 어머니가 내 고집을 꺾으셨다. 평소 없던 일이 또 생겼네. 나도 죽을 때가 되었나.

걸어서 가려니 성은 또 왜 이리 먼 거야.

아까 어머니께서 내 반대에도 불구하고 오늘은 혼자 가게를 보겠다고 주장하셔서 나는 성에서 볼일이 끝나도 갈 곳이 없다. 이유는 뻔하다. 팔을 다치고도 꼼짝없이 영주님 아드님을 상대하러 가야 하는 아들 녀석이 안쓰러우신 것이다.

에휴, 그런 마음이시니 내가 또 이해해 드려야지. 시간도 남는데 오후에는 오랜만에 엠버 마을 노점이나 구경할까.

성에 도착해 후원까지 들어갔으나 아무도 나를 기다리고 있지 않았다. 영주님 아드님 아르노윌트 님이 손목 인대가 늘어나서 이웃 마을로 실려 가기라도 했나.

나는 후원 구석에 쭈그리고 앉아 잠시 기다려 보기로 했다. 그런데 저기 잔디에 묻은 벌건 게 뭐지?

다가가서 살펴보니 내가 흘렸던 핏자국이었다. 새삼스럽게 분한 마음이 솟아났다. 피는 더 나지 않았지만 그간 움직이지 않도록 조심하느라 왼팔 전체가 뻐근했다. 영주님 아드님 아르노윌트 님이란 놈—점점 호칭이 이상해져간다—, 다시는 그런 엉성한 검에 맞나 봐라. 이제부턴 너도 재미없을 거다.

"어라, 파비안 아니냐?"

저 질문부터 시작하는 말투는 무척 귀에 익었군.

"어, 의사 선생님 아니세요?"

나라고 못 따라할 것 없지.

나우케 의사가 성에서 나오다가 나를 보더니 반가운 표정을 지었다. 여기서 사는 건 아닐 텐데. 다시 생각해보니 분명 영주 아들놈—드디어 멋지게 줄였다!—의 늘어난 인대가 언제 줄어드나 보러 왔을 거야. 쓸데없는 짓이란 걸 하늘이 알고 땅이 알겠지만 의사 선생인들 별 수 있겠어? 아, 그러고 보니 만난 김에 관상 이야기나 좀 더 물어볼까.

"환자 보러 오셨군요?"

"핫핫, 환자 같은 환자는 지금 만나고 있는데? 상태는 좀 어떠냐?"

"그저 어깨 근육이 좀 뻐근해요."

"너 팔에 잔뜩 힘주고 다니는구나, 그렇지?"

힘을 주고 싶어 그러는 게 아니라는 건 잘 아실 텐데요.

"나우케 씨, 그때 말씀하신 관상 말인데요. 제가 앞으로 어떻게 될 건지, 그런 것도 보이시나요?"

"미래? 그건 갑자기 왜 궁금한데?"

그러나저러나 모든 말을 질문으로 끝내는 의사였다. 내가 선수를 치면 어떨까?

"제가 앞으로 장사로 성공할 수 있을까요? 리에주에 갈 정도로?"

"상인이라. 글쎄다."

오, 효과가 있었군.

나는 실험 결과에 만족한 나머지 대답을 제대로 듣지 못했다.

"……면 혹시 모르지."

"뭐라고요?"

"열심히 노력하면 혹시 모른다고."

그런 말은 누가 못 해. 나는 바보 같은 표정으로 의사 선생을 봤다. 내 의견이 전달된 모양이었다.

“그런 말은 누가 못 하냐고 하고 싶은 거지?”

나는 씨익 웃어 보였다. 역시 전달되었다.

“그건 아직 내 재주가 보잘것없어서야. 지난 일이나 좀 볼 줄 아는 정도지.”

이런 대답은 예상하지 못했는데. 운명이란 인간의 노력에 달렸다든가, 그런 하나마나한 소리나 할 줄 알았더니.

“그럼 실력 좋은 사람한테는 미래도 보여요?”

“물론이지.”

“그럼 이런 수준에 올라간 사람도 있어요? 내가 리에주에 가게를 낼지, 엠버에 가게를 낼지, 그런 것까지 알 만한 사람.”

“있지.”

“혹시 복채가 비싸면 놔두고, 아니라면 어디 사는지 알려주시면 안 돼요?”

“어려울 것 없지.”

“어딘데요?”

나는 배달 주문을 들을 때처럼 귀를 기울이는 자세를 취했다.

“너, 하라시바라고 아냐? 요즘엔 거기에 있을 텐데…….”

“지금 농담하시는 거예요?”

농담이 아니라면 나를 놀리려는 거겠지. 하라시바는 우리나라 땅이 아니다. 물론 내가 견문이 넓어서 남의 나라까지 샅샅이 알고 있는 건 아니고, 하라시바는 이웃나라 세르무즈의 수도였다.

꽃의 하라시바. 들려오는 소리로는 온 대륙의 꽃이란 꽃은 모두 하라시바에 있다고 했다. 하라시바에 없는 꽃은 세상에 없는 꽃이라나. 특히 봄에 가면 죽을 때까지 잊지 못할 풍경을 보게 된다는 곳이다. 하지만 진짜로 가볼 만한 곳은 못된다. 멀기도 하지만 그뿐이 아니고, 그곳 주인들이 좀 사납거든.

세르무즈를 세운 마브릴 족은 대륙의 다섯 민족들 중 가장 흉포한 전사들로 이름났다. 그 나라에선 지팡이 짚은 할아버지도 우리 동네 싸움꾼들의 뒤통수쯤은 가볍게 후려갈긴단다. 그런 자들이 꽃은 어떻게 키우나 몰라. 하여튼 평화를 사랑하는 우리 엘라비다 족과는 완전히 다르다. 즉, 얼씬할 생각도 말아야 할 곳이란 뜻이다.

나는 인상을 썼다.

"그림의 떡이니, 꿈도 꾸지 마라, 그거죠?"

"하핫, 그렇게 과민하게 반응하지 마라. 하라시바까지 찾아가란 말은 아냐. 그냥 그런 사람이 있다는 말일뿐이라고. 대안도 있어."

"무슨 대안인데요?"

"월계수의 그릴라드에 사는 내 동생."

"나우케 양이요?"

나우케 양이라고 불린다면 결혼을 안 했다는 뜻이겠지. 처녀 점쟁이라, 어쩐지 괴상하다. 괜한 고정관념일지도 모르지만 점쟁이라면 할머니나 할아버지가 제격인 것 같아서 말이야. 아무튼 서른도 안 넘어 보이는 의사 선생의 동생이니 그야말로 새파랗게 젊을 텐데.

"응. 그릴라드에서 류지아는 꽤 유명해. 실력만큼 유명하진 않다만, 그건 걔가 시끄러운 걸 싫어하기 때문이기도 하고. 어쨌든 나 같은 얼치기와는 다르지."

"그릴라드 어디 사는데요?"

"그쪽 동네에 가서 물어보면 다 알 거야. 류지아 나우케라고 하면."

잘 됐다. 오늘 시간도 남는데 그릴라드나 다녀와야겠다. 그런데 복채가 비쌀까? 의사 선생이랑 아는 사이라고 하면 좀 깎아주지 않을까? 그 이야길 꺼내야겠는데…….

"아참, 중요한 얘기를 전해주는 걸 깜빡했군. 영주님 아드님 아르노윌트 님이 오늘은 연습 못한다고 전해 주라더라. 한 이틀 쉴 테니 모레 다시 오면 된다더군."

헤헤, 그거야 아까부터 짐작하고 있었다고요. 그런데 의사 선생도 저 길고 어색한 이름을 쓰시네? 조금 전에 연구 끝에 줄인 호칭을 가르쳐주고 싶어진다. 그나저나 그 '영주 아들놈'은 몸만 둔한 줄 알았더니 엄살도 상당하네.

"그럼, 난 이만 가마."

나우케 선생은 내려놓았던 가방을 집어 들고 팔 조심하라고 한 마디 던지고는 휘적휘적 성문으로 향했다. 나는 신나게 손을 흔들어 주면서 외쳤다.

"선생님 이름 대면 복채도 좀 깎아 주겠죠? 믿어도 되죠?"

그런데 말하다 보니 기분이 이상해진다. 이번엔 내 쪽에서 질문을 계속하고 있잖아?

월계수의 그릴라드는 장미꽃의 엠버보다 더 남쪽이었다. 거기까지

가려면 작은 고개를 넘어야 했다. 그릴라드 가는 길이라 그냥 '그릴라드 고개'라고 불리는 곳이다.

고갯길에 쌓인 눈은 딱 스노보드 타기 좋게 얼어 있었다. 그러나 스노보드가 없다고. 그래서 그런지 짜증날 정도로 머네.

언덕 꼭대기에 오르자 저만치 월계수의 그릴라드가 한눈에 내려다보였다. 그릴라드는 우리 영지의 네 마을 중 가장 따뜻해서 농사가 잘되었다. 엠버에 영주님이 살고 있어서 타지 사람들이 많이 모여들긴 하지만 살기에는 그릴라드가 제일 좋다.

눈 쌓인 밀밭 가운데 설탕 입힌 초콜릿 과자 같은 지붕들이 동그랗게 모여 있었다. 그 너머의 호수는 녹색 호수라고 불린다. 숲이 우거진 여름에는 어울리는 이름이지만 지금은 겨울이어서 얇은 은반처럼 빛나고 있었다.

평화로워 보이네.

하지만 내 머릿속에는 여기부터 죽 미끄러져 내려가면 아주 신날 거란 생각밖에 안 떠오른다.

"어이, 거기 소년."

누가 나를 부르나? 뒤를 돌아봤다. 종자를 거느린 말 한 필에 탄 사람은…….

영주 아들놈이었다.

물론 머릿속에 떠오른 이름을 그대로 쓸 수는 없었다. 난 급히 허리를 굽혔다.

"아, 안녕하시……."

가만있자. 앞의 이름은 안 쓰기로 한 거 맞는데, 그럼 뭐라고 부른담?

"아르노윌트 님이지."

저런 걸 친절이라고 불러도 좋을지 확신이 서지 않는군.

"아, 네. 아르노윌트 님. 날씨가 좋군요."

나는 대충 헛소리를 해댔다. 그러면서 머릿속으로는 손목 아프답시고 연습도 쉬겠다던 녀석이 왜 여기서 어슬렁대고 있는지 열심히 궁리를 했다.

아르노윌트가 나를 백마 위에서 굽어보며 물었다.

"여기서 뭘 하고 있지?"

그건 내가 하고 싶은 말인데.

"그릴라드 마을에 가는 길입니다."

"어깨는 좀 어때?"

나는 잠시 내 귀를 의심했다. 그런 다음 분명 내일 연습에는 나오라는 뜻일 거야, 라고 결론을 내렸다.

"참을만 합니다."

"그래."

아르노윌트가 말에서 뛰어내렸다. 자세가 어색하다 싶었는데 손목에 둘둘 감긴 붕대가 보였다. 쳇, 엄살떨긴.

이어 그는 내 옆에 와서 섰다. 나는 이유모를 불안감 때문에 슬그머니 눈에 띄지 않을 만큼 떨어져 섰다. 그는 내가 뭘 하든 신경 쓰지 않고 그릴라드를 내려다보고 있었다. 평소 하는 행동과 달리 아름다운 풍경을 감상하는 고상한 습관도 있는 모양이었다.

"멋지군. 아름다운 나의 영지."

소유물 감상 중이었군.

"어때? 아름답지 않아?"

"멋진 곳입니다."

대답을 하기는 했다만 내가 왜 녀석의 시동이라도 되는 양 일일이 맞장구나 치고 있어야 하는 건지 알 수 없었다.

"너, 녹보석의 기사 알아?"

"압니다."

우리 나이 사내애 치고 녹보석의 기사 이야기를 안 듣고 자란 애들이 몇이나 되겠는가.

녹보석의 기사.

'녹보석'의 의미에 대해서는 이야기하는 사람마다 의견이 달랐다. 녹색 보석을 갖고 다니는 기사라는 이해하기 쉬운 해설로부터, 녹색은 봄을 의미하니까 겨울과 같은 고통스런 시절이 계속될 때 봄을 가져오는 사람이라는 둥 하는 거창한 해석까지, 내가 들은 것만 해도 줄잡아 대여섯 가지는 되었다.

녹보석의 기사 이야기에는 특이한 점이 있었다. 전설이란 보통 과거의 영웅에 대한 것이지만 이것만은 아니었다. 녹보석의 기사 이야기는 까마득한 옛날에 어떤 무녀가 썼다는 예언시에서 유래했다. 그런데 이야기가 흥미로운데다 음유시인들이 수없이 노래로 만들어서 사람들은 그 이야기가 본래 예언이라는 것을 잊고 지냈다. 그래서 이 기사는 마치 실재했던 영웅처럼 기사 지망생들에게 선망의 대상이 되어 있었다.

"나는 녹보석의 기사를 좋아해."

아르노윌트의 눈이 반짝거렸다. 이럴 때는 평범한 소년과 다를 것 없어 보이네. 하지만 자칫 잘못했다가는 금세 늙다리 귀족으로 돌변해 버린다는 걸 이미 경험으로 배웠지. 그래서 나는 그저 예의바르게 미소만 지어 보였다. 속으로는 나도 좋아한다네, 하는 시답잖은 대답을 해주면서.

"그의 이야기는 기사를 꿈꾸는 젊은이들에게 사표(師表)와도 같지. 그의 드높은 기사도, 희생을 택하면서도 유쾌함을 잃지 않는 마음, 비견될 수 없는 날카로운 검. 너 같은 평민들이야 잘 모르는 얘기겠지만, 고귀한 가문의 자제들 중 그의 이야기에 매료되지 않은 사람은 별로 없지."

녀석은 자기가 아는 것을 평민들도 알 리 없다는 이상한 특권적 생각에 사로잡혀 있는 듯했다.

"나도 녹보석의 기사와 같이 비천한 평민들마저 지켜주는 사람이 될 것이다."

나는 퍼뜩 정신을 차렸다. 아무래도 내가 이 장면에 잘못 나타난 것 같은 기분이 들어서다.

고귀한 가문의 자제분—철저히 아르노윌트의 표현을 따라서—께서 자신이 물려받을 땅을 내려다보며 뜻을 세우는 장면에 들러리로 서 있는 평민 소년의 역할을 방금 깨달았기 때문이다.

그 소년은 이렇게 말하겠지. 무릎을 꿇으면서. 아마도…….

아악! 고결하고 뛰어난 기사시여, 제가 당신의 길 앞을 닦는 시종으로 영원히 봉사토록 허락해 주십시오, 이럴 것 같아!

나는 혼비백산하여 아르노윌트의 얼굴을 흘끗 보았다. 그는 자신이 세운 높은 뜻에 감동하여 얼굴을 붉힌 채 그릴라드의 색색가지 지붕들을 내려다보고 있었다. 나에게 고상한 옆얼굴을 보인 채, 마치 무슨 말을 기다리기라도 하는 듯한 모습!

나는 다급하게 둘러댈 말을 찾으려고 쩔쩔맸다.

"그, 저…… 그러니까, 으……."

아르노윌트가 뭐지, 하는 표정으로 나를 돌아봤다.

"그래서…… 아! 검에 박힌 보석은 그런 뜻이군요?"

저번 대련 때 봤던 아르노윌트의 검에 박힌 보석을 간신히 생각해 냈다. 어휴, 식은땀이야.

"물론이지. 나는 녹보석의 기사가 될 것이니까."

그 보석은 녹색이었다. 아르노윌트는 제일 단순한 해석을 따르고 있었다.

"그래서 언젠가 이 영지에 재난이 닥칠 때, 그가 그랬듯 용감하게 나서서 마침내 온 세상을 구하게 되기를 기대하고 있다."

"좋은 뜻이십니다."

뭐, 우리 마을에 진짜로 재난이 닥치길 바라는 것만 아니라면 네가 뭘 기대하든 내가 무슨 상관이냐. 나는 조금 전의 위기를 벗어난 것만으로도 충분히 만족했다.

"약간 춥군. 이만 내려가자."

저건 자기 시동한테 하는 말이겠지? 하지만 그 친구는 저만치에서 말고삐를 잡은 채 벙어리처럼 입을 다물고 있는데? 그런데 왜 귀한 집 자제께서 내 얼굴을 보고 있지?

"아, 잠깐 착각을 했어."

상황은 밝혀졌다. 아르노윌트는 나를 자기 집 하인으로 착각한 것쯤은 아무렇지도 않다는 듯 태연하게 몸을 돌려 턱짓만으로 시동을 불렀다. 시동이 말을 끌고 다가오자 그는 정말이지 멋진 자세—이것만은 나도 흉내 낼 수가 없다—로 올라탔다.

"그럼…… 조만간 다시 만나자."

그 말을 남기고 아르노윌트는 가볍게 말을 달려 내려갔다. 걸어서 따라왔던 시동이 그를 뒤쫓아 꽁지가 빠져라 달린 것은 두말하면 잔소리다.

나는 아르노윌트가 마지막 말을 할 때 왜 도중에 머뭇거렸는지 생각해 봤다. 결론은 금방 내려졌다.

저 자식, 아직도 내 이름을 모르는 것이 틀림없어!

류지아 나우케의 집을 찾기는 어렵지 않았다. 마을 입구에서 '그릴라드의 녹색 깃발' 이라는 여관에 들어가 아무나 붙잡고 물어보니 처음 걸린 사람이 바로 가르쳐 주었다. 희게 칠한 벽 사이에 목재가 박힌, 보기 드물게 잘 지은 집이었다. 초콜릿색 박공지붕의 눈을 싹 치운 걸 보면 꽤 부지런한 사람 같다.

하지만 잠시 후, 나는 잘못 찾아온 사람처럼 쭈뼛거리며 맞은편 안

락의자에 앉은 소녀를 바라보고 있었다. 동생이라고 했지만 이렇게 어릴 줄은 몰랐는데.

열두세 살은 됐을까? 자그마한 얼굴에 오밀조밀한 이목구비만 보면 귀여운 동생 같지만 무표정한 눈빛을 보면 세상 다 산 어른 같았다. 어른스러운 아이인지, 어려보이는 어른인지 헷갈려 온다.

"네가 류지아 나우케야?"

"그래."

점쟁이들은 나이가 몇 살이든 꼭 말투가 거만하더라고.

"난 하비야나크에 사는 파비안이라고 하는데, 너희 오빠의 소개를 받고 왔어. 엠버에 사시는 나우케 선생님 알지?"

"명색이 오빠인데 설마 모르겠어."

류지아는 들고 있던 뜨개질거리를 무릎에 놓고 나를 빤히 바라봤다. 관상을 보는 건가 싶어 얼른 턱을 당기고 자세를 바로잡는데, 금세 난롯불 쪽으로 시선을 돌려버렸다. 젠장, 무안하게. 재빨리 나도 아무렇지도 않은 체하며 다른 곳을 두리번댔다.

그러고 있자니 뒷벽에 걸린 태피스트리가 눈에 띄었다. 이런 산골에서 보기 힘든 물건이 다 있다. 허리에 검을 차고 말안장에는 마법사들의 지팡이를 매단 정체 모를—도대체 마법사냐 검사냐?—남자와 은발 소녀가 나란히 말을 탄 모습이 묘사된 것이었다.

사실 류지아는 나더러 앉으라는 말도 하지 않았다. 그러니 아직 손님도 아닌 셈이다. 그런다고 서 있을 내가 아니고 손님용일 법한 의자를 적당히 끌어와 엉덩이를 걸쳤다. 그러고 있자니 조금 미심쩍어졌다.

이 조그만 집에는 다른 사람이 더 사는 흔적이 없었다.

"혼자 살아?"

"그래."

"몇 살인데?"

"이제 곧 열다섯이 되지."

보기만큼 어리진 않구나. 그래도 열다섯 살짜리가 혼자 산단 말이야? 의사 선생이 돌봐줄 테니 괜찮으려나? 이것저것 질문이 떠올랐지만 참기로 했다. 궁금하다고 내가 도와줄 것도 아니고.

"점을 봐준다고 들었는데, 너도 관상이라던가, 그런 걸 봐주는 거야?"

"그런 질문은 하는 게 아냐."

듣다보니 얘는 오빠와 반대로 대답만 하는 체질이었다. 게다가 묻지도 못하게 하네.

"알았어. 그럼 복채는 좀 깎아 주는 거지?"

"내가 왜?"

만만찮네.

"난 네 오빠 친구잖아. 오빠가 깎아 줄 거라고 그랬는데."

"그럴 리 없어. 만약 그랬다면 오빠가 뭔가 잘못 생각한 거야."

또박또박 말을 마친 류지아가 내 얼굴을 다시 찬찬히 살펴봤다. 류지아가 나를 보는 동안 별달리 할 일도 없고 해서 나도 류지아의 얼굴을 뜯어보기 시작했다. 갈색 머리를 뒤로 묶었고, 나이에 비해 키도 작고, 얼굴도 작고, 코도 작고, 특히 입술이 작다. 눈만 커다랗다. 얼굴부터 야무지게 생겼네.

"그래, 너 돈 좀 밝히겠구나."

그런 건 점쟁이가 말해주지 않아도 이미 알거든.

"좀 깎아주지. 본래 10존드지만 8존드 50만 내."

"화아, 뭐가 그렇게 비싸?"

그렇게 말하면서도 나는 왜 돈을 밝히는 사람에게 복채를 깎아주는 걸까 궁금해졌다.

"그건 네가 오래 시끄럽게 구는 것이 싫어서야."

점쟁이들은 생각도 읽나? 놀랍군. 8존드 값은 하겠는데. 그러나 이런 생각과는 무관하게 저절로 다음 말이 나왔다.

"그래도 비싸. 5존드만 하자."

"5존드에 점 봐주는 데 있으면 한번 대 봐."

"너희 오빠는 한 푼도 안 받던데."

"우리 오빠는 얼치기잖아."

과연 남매는 맞나 보군.

"넌 얼치기라는 오빠보다 더 어리잖아. 뭘 봐서 널 믿어야 되냐?"

"못 믿으면 집으로나 가. 뭐 하러 여기까지 왔니?"

이어 류지아는 고개를 홱 돌려버렸다. 나는 내심 당황했다. 이렇게 똑 부러지는 소녀 점쟁이는 처음이야. 아니지, 소녀 점쟁이 자체가 처음이구나.

그렇다고 호락호락 포기할 내가 아니지. 하비야나크의 자존심을 걸고 그릴라드 사람한테 밀릴쏘냐.

"좋아. 그럼 이렇게 하자."

류지아는 고개를 돌린 채로 대꾸했다.

"말해."

"가까운 미래를 하나만 맞춰봐. 대충 사흘 안에 일어날 일로. 일단 복채는 낼 테니까 그게 틀리면 복채 반환. 만약 맞으면 복채 두 배. 어때?"

"열흘."

"이레."

"좋아."

도로 뜨개질에 돌입할 태세였던 류지아가 나를 봤다. 휘유, 우리 동네 여자애들은 비교도 안 되겠는데.

"그럼 시작해."

그 말과 함께 우리는 서로의 얼굴을 뚫어져라 노려보기 시작했다.

류지아의 좁은 미간이나 단아한 눈매, 귀염성 있는 입과 콧날을 관찰해봤자 어차피 내 머릿속엔 아무것도 떠오르지 않는다. 하지만 이런 것에서 어떻게 미래를 읽는다는 건지 점차 미심쩍어졌다. 코가 높거나 낮다고 해서 사람의 인생이 달라진다고? 광대뼈나 턱 같은 것에 그 사람의 과거가 적혀 있단 말이야?

아무래도 좀 말이 안 되는…….

"곧 엄청난 일이 닥치긴 하겠네."

뭐?

목소리가 워낙 무감정하다보니 얼른 실감이 나지 않았다. 류지아의 입술이 천천히 일그러지며 미간에 주름이 생겨났다.

"오래된 영혼의 얼굴이군."

"무슨 말이야?"

고작 열여덟 살 먹은 나한테. 그때 눈을 품은 바람이 사납게 덧창을 두드려댔다. 나는 영문 모를 오한을 느끼고 어깨를 움츠렸다.

"이 나이가 되기까지 크고 작은 어려움이 있었겠지. 지금도 해결되지 않은 것도 있을 거야. 하지만 이젠 잊어버려. 다 추억일 뿐. 네 인생은 곧 크게 뒤집어질 거야. 미리 작별해둬. 오늘까지의 너에게."

나는 어리둥절해져서 고개를 갸웃거리다가 물었다.

"그 말은, 내 인생이 뭔가 근사한 걸로 바뀐다는 거야?"

"받아들이기에 따라 다르지. 지금까지의 삶이 괴롭고 진절머리 났어?"

글쎄. 엄청나게 좋지도 않았지만 또 그 정도는 아닌데.

내가 고개를 젓자 류지아가 말했다.

"그렇다면 이 변화는 고통에 가깝겠지. 곧 지난 어려움 따위는 다 잊고도 남을 일이 닥칠 거야. 틀렸다면 복채를 두 배로 돌려주겠어."

"뭐야?"

이런 말을 듣고 당황하지 않는 사람이 있을까? 류지아는 내 얼굴을 보더니 위로하려는 것 같지는 않았지만 어쨌든 덧붙였다.

"죽진 않으니까 안심해. 그리고 그간 안전하게 숨어 있던 껍질을 뚫고 나오려면 한 번은 벌어져야 할 일이야. 미래를 피한다고 피해질 줄 알았어? 운명이란, 가둬두면 폭발하는 거야."

껍질이라고? 저건 의사 선생님도 했던 말이잖아?

생각지도 못한 이야기를 듣고 나니 무슨 반응을 보여야 할지 헷갈렸다. '뭐 그럴 수도 있지!' 하고 웃어넘기면 되나? '피할 방법은 없나요?' 하고 울고불고 매달려야 하는 건가? 내가 우물쭈물하는 동안 류지아는 고개를 젖혀 뒤로 몇 번 젓더니, 다시 나를 쏘아보며 말했다.

"그럼 복채 내."

쩝…….

괜한 얘기를 들어버린 기분이었지만 어쨌든 8존드 50로존드를 세어 테이블 위에 놓았다. 류지아는 돈을 당장 집지 않았다. 흘끗 봐서 액수가 맞는지만 확인한 다음 자리에서 일어나더니, 넓적한 그릇을 가져와 테이블 위에 놓았다. 나는 그릇 속을 들여다봤다. 옛날 항아리처럼 색이 거무스레한 그릇에는 물이 절반쯤 담겨 있었다. 바닥에는 뭔지 모를 글자가 잔뜩 새겨져 있었다.

"오른손을 그릇 안에 넣어."

나는 시키는 대로 했다. 바닥의 오톨도톨한 글씨들을 손끝으로 문지르고 있자니 류지아가 다시 말했다.

"손바닥을 위로 하고, 눈을 감아. 내가 뜨라고 할 때까지는 절대로 뜨면 안 돼."

"알았어."

눈을 감고 기다리자니 류지아의 손가락이겠거니 싶은 것이 다가와 내 손바닥을 지그시 눌렀다. 뭐야? 이래놓고 어느 손가락으로 눌렀게, 하고 묻는 건 아니겠지?

그보다 더한 일이 일어났다. 손가락이 내 손바닥 위를 빙글빙글 돌면서 의도한 것은 아니겠지만 굉장히 간질간질하게 만들기 시작했다.

"야, 간지러워."

"참, 아깐 잊어버렸는데 말도 하면 안 돼."

한 마디로 내 불평을 막아버린 류지아는 다행히 곧 손가락을 거두었다. 그 다음에는 뭘 하는 건지 그저 조용했다. 슬슬 지루해질 즈음, 손을 담그고 있던 물이 흔들리기 시작했다. 분명 나는 손을 움직이지 않았는데, 그릇 안의 물에 물결이 인다. 물이 쏟아지지 않나 걱정될 정도다. 눈을 떠서 보고 싶었지만 류지아의 말 때문에 꾹 참았다.

이윽고 물결이 잠잠해지고 주위는 고요해졌다. 난로 안에 엇갈려 세워 둔 장작이 넘어지며 불티가 날리는 소리만 들렸다.

류지아가 말했다.

"한 번 일어난 일은 다시 일어난다. 이것은 세상을 움직이는 법칙. 너는 그날의 일을 되풀이하겠지만 더 낫게 만들어야 해. 드넓은 땅, 도시들, 숲과 강과 바다가 네 앞에 있어. 만나야 할, 잃어야 할 사람들도 있어. 하지만 그 전에 당장 닥쳐올 일은 지독한 시련이겠지. 가진 것을 다 잃고 나서야 새로이 시작하게 돼. 새롭게 가지게 될 거야. 그리고 또 다시 잃게 될 거야. 마침내 또 다른 이름을 갖게 될 거야."

이게 다 무슨 소린지 모르겠는데, 눈을 감고 있으니 어쩐지 다 그럴싸하게 들린다.

"넌 이곳 사람이 아니구나. 태어난 곳으로 가게 될 거야. 네가 태어난 그곳…… 숲으로."

순간 나는 흠칫 놀라 눈을 뜰 뻔했다. 꿈에 들었던 말과 똑같았던 것이다. 다시 생각해보니 류지아의 목소리는 오빠와 닮은 데가 있었다. 꿈속의 목소리가 설마 류지아였단 말인가? 그때는 류지아를 만난 적도 없었는데?

"아주 멀리서 너를 찾아온 사람이 있어. 곧 만나게 될 거야. 그 사람은 너에게 어떤 영향을 줄까. 좋은 것과 나쁜 것이 뒤섞여 있어서 알 수가 없어……."

류지아는 말끝을 끌다가 문득 목을 가다듬더니, 예의 앳되고 또박또박한 목소리로 말했다.

"그만 눈을 떠도 좋아."

눈을 떴더니 류지아가 거의 코앞에서 나를 뚫어져라 보고 있어서 깜짝 놀랐다. 그녀가 눈짓으로 그릇에서 손을 빼도 된다고 해서 얼른 손을 꺼내 옆에 놓인 수건으로 닦았다. 추워서 손이 얼얼했다.

"너, 곧 이 마을을 떠나겠구나."

내가 왜?

"응. 점 끝나면 집에 갈 거거든."

류지아는 한심하다는 표정으로 나를 쏘아보더니 고개를 돌려 버렸다. 어이, 그렇다고 화낼 건 없잖아.

내가 가려고 일어나자 류지아가 말했다.

"몸조심해. 당장 오늘밤에라도 무슨 일이 생길지 몰라. 네 생명은 너 자신뿐 아니라 다른 수많은 사람들을 위해서도 소중한 거니까, 잘 지켜."

3. 검은 고개에서 기다리던 자

점인지 뭔지, 괜히 보러 온 것 같다. 기분만 이상해졌어.

그릴라드 고개 위로 올라온 나는 불빛 몇 개만 어렴풋이 남은 그릴라드를 내려다보며 쓴 입맛을 다셨다. 잘 생각해 보면 난 어제 벌써 죽을 고비를 넘겼어. 이 팔을 봐. 멍청한 영주 아들놈이 조금만 제대로 겨냥했어도 벌써 날아가고도 남았지. 그리고 녀석이 의사한테 늘어난 인대에 대해 설교를 듣는 동안 출혈과다로 사망했을지도 모르잖아? 그런데 또 죽을 고비를 넘겨? 정말 파란만장한 인생이네.

줄곧 툴툴거리며 오르막을 오르던 나는 불현듯 걸음을 멈췄다. 고갯길 오른쪽 숲에서 수상한 소리가 들려와서다.

그극, 그으으, 그그그…….

저런 소리는 태어나서 한 번도 들어본 적이 없다.

그르르…… 그르르르…….

뭔지 알아볼까? 아니야. 움직여선 안 돼. 류지아가 한 이야기, 생각 안 나?

그렇게 생각하면서도 나는 저도 모르게 한 발짝을 떼어놓았다. 한 걸음, 두 걸음, 저기 보이는 커다란 나무 뒤에 숨자.

내 계획은 시작도 하기 전에 저절로 취소되고 말았다. 온 정신이 발뒤꿈치로 도망쳐버릴 법한 외침이 고갯길을 울렸다.

크캬악! 캬오오오!

짐승이다!

혼비백산해 주저앉은 나는 땅바닥에 바짝 엎드렸다. 젖은 흙냄새가 코끝에 물씬했다. 그런데 어디선가 바닥을 차며 달려가는 소리가 났다.

"하압!"

짧은 외침이 밤공기를 울렸다. 서슬 푸른 달빛이 얇고 긴 쇳조각에 반사되어 또렷한 선을 그렸다. 저건 검인가?

아냐. 무슨 일이 일어나는지 알고 싶지도 않다. 내 몸은 점점 땅바닥과 혼연일체가 되어갔다. 몸 밑의 눈이 녹아 옷이 축축해졌다. 어쩌면 땀 때문일지도 모르겠다. 그런데 빌어먹을 발소리가 점차 가까워지는 것 같다. 심지어 뛰고 있다.

오지 마! 오지 마!

내 간절한 희망을 어그러뜨리며 발소리는 바로 내 앞에서 멈췄다. 동시에 저만치 어둠 속에서 솟은 거대한 둔덕 같은 몸이 보였다. 하얀 털, 그리고……. 목으로 뭔가 치밀어 올라서 말하기가 힘들다. 기침을 하고 싶지만 그것조차 나오지 않았다.

깔개 열 개는 너끈히 만들고도 남을 흰 털가죽에 갈기, 긴 주둥이가 달린 짐승의 모습은 마치 사자와 늑대를 합친 것 같지만 따로따로 있을 때보다 열 배는 끔찍했다. 왜냐고? 사자 떼와 늑대 떼를 합쳐 놓은 만큼 크니까!

입을 쩍 벌리자 초승달 수십 개가 열 지어 들어앉은 것 같은 광경이 펼쳐졌다. 앞발에 박힌 발톱은 하나하나가 단검과 맞먹었다. 저걸로 밭도 갈겠어.

그때 목소리가 들려왔다. 발소리의 주인공인가?

"파비안이로군?"

땅과 한 몸이 된 나를 알아보는 게 누구지? 제발 모른 척하라고. 난 땅이야, 땅!

그러나 별 수 없이 머리를 들어야 했다. 어라, 이게 누구야?

"겐즈 씨?"

"미르보라고 불러."

이건 웬 인심이지? 곧 죽을 테니 인심 쓰겠다 그건가? 아냐. 당신이 죽을 때가 되어서 인심 쓰고 싶은 건 상관없지만, 난 됐어. 그런 동정은 필요 없어. 왜냐면 난 죽을 때가 안 됐으니까!

내가 머릿속으로만 발을 구르며 그런 생각을 하는 동안 미르보가 말했다.

"일어나. 칼을 잡아."

"네, 네?"

내 목소리는 거짓말 안 보태고 모기 소리만 했다. 게다가 난 칼 같은 건 안 갖고 다니는데.

"벌써 네 존재쯤은 눈치챘을 거다."

생각하고 싶지 않던 핵심을 바로 찔러주네. 이젠 별 수 없었다. 나는 슬금슬금 일어나며 물었다.

"저놈은 뭐죠?"

"알 거 없다. 우릴 죽이리란 것밖에는."

하긴, 죽고 나서 괴물 도감을 독파한들 무슨 소용이 있겠어. 나를 죽인 괴물이 뭔지 알아야만 직성이 풀리는 이상한 성미는 없어. 그저 살고 싶다는 평범한 성미뿐이야.

"저놈이 가만히 있는 건 주위에 다른 적이 있는지 감지하는 중이어서다. 지금쯤 백 걸음 안의 움직이는 존재는 모조리 파악했겠지."

저런 건 어떻게 알게 되는 거야?

"저…… 괴물하고 아는 사이이신가 봐요?"

나의 황당한 어법에 미르보조차도 어이가 없는지 입술을 괴상하게 비죽거렸다. 저걸 미소라고 불러도 될지 모르겠군.

"그래."

그 순간 하얀 털 괴물은—이름이 없으니 멋대로 부르겠다— 그 감지인가 뭔가 하는 것을 끝냈다.

크르르…… 크아아아악!

나는 중풍 환자처럼 후들거리는 무릎을 간신히 주저앉지 않을 정도로 진정시켰다. 대처를 생각할 겨를도 없이 상황이 나를 덮쳐왔다. 단검처럼 번뜩이는 발톱이 달린, 거대한 앞발 말이야!

"으아악!"

나란히 서 있던 우리 둘은 각각 반대쪽으로 몸을 날렸다. 내가 땅속으로 파고들 기세로 흙을 헤치다가 포기하고 눈밭으로 굴러가고 있을 때, 괴물은 미르보 쪽을 먼저 덮쳤다.

"큭!"

짧은 신음소리가 들렸다. 괴물의 발톱에 맞았는지 미르보는 무릎을 꿇을 듯하다가 그대로 바위 뒤로 미끄러졌다. 서, 설마 죽은 거야? 벌써?

그쪽을 걱정할 틈이 없었다. 괴물이 내 쪽을 돌아보았다.

젠장, 이야기책을 보면 이럴 때 '내가 시간을 벌 테니 도망쳐!' 하고 외치는 훌륭한 동료가 있던데. '네가 있으면 방해만 돼!' 이런다든가. 지금껏 헛살아서 그런가, 왜 난 그런 동료도 못 만들어 놓고 벌써 이런 상황에…….

쓸데없는 생각을 마무리할 틈도 없이 땅을 울리며 괴물이 다가왔다. 난 주저앉은 채 허우적거리며 뒤로 물러나려 했지만 고작 몇 걸음도 벗어나지 못했다. 웬 나무에 등을 부딪치고도 아픔을 느낄 겨를도 없었다. 주위에 던질 만한 돌이라도 없나 하고 마구 손을 휘젓는데, 잡풀 속에서 뭔가가 걸렸다. 당겨보니 아무 쓸모도 없는 미르보의 배낭이었다. 전에 본 하얀 천 꾸러미도 그 옆에 있는 걸 보면 틀림없이…….

잠깐, 빛나잖아?

천 꾸러미가, 아니 정확히는 그 안에 든 무언가가 붉은 빛을 내고 있었다. 도움이 되는 거라면 뭐라도 좋다는 생각에 나는 꾸러미를 끌어당졌다. 흰 천이 풀려 떨어졌다.

검인가?

다짜고짜 덥석 잡았다가 이번엔 깜짝 놀랐다. 뜨겁잖아!

당황해서 바로 내동댕이치려 했는데 문득 참을 만해진 느낌이 든다. 어찌된 거지? 온도가 내 손에 맞춰졌나?

검에서 나오는 광채가 숨이라도 쉬는 것처럼 규칙적으로 일렁거렸다. 보고 있자니 빨려들 것처럼 기괴하다. 크기는 또 어찌나 큰지 한 손으로는 들지도 못하겠다. 내 힘으로 다룰 만한 물건이 아닌 것 같긴 한데, 지금은 다른 무기도 없잖아?

검을 다잡고 일어서자마자 날을 감싼 불길이 머리 위까지 튀어 오르는 바람에 또다시 검을 떨어뜨릴 뻔했다. 이건 뭐야? 불이 나오는 검이라니?

혼비백산하는 와중에 주춤했던 괴물의 앞발마저 덮쳐왔다. 조금 전에 부딪쳤던 나무 뒤로 허겁지겁 돌아가는 동안 괴물은 두 아름은 될 나무를 낚아채 장작개비처럼 찢어발겼다. 나뭇조각이 사방으로 튀었다. 부들부들 떨며 뒤를 돌아보니 낭떠러지였다. 더 물러설 곳도 없고, 의지할 거라곤 내 손에 쥐어진 정체불명의 검뿐이었다.

엉성하게 검을 올려 쥐는 나를 괴물은 한 점 빛도 없이 새카만 동공으로 내려다보고 있었다. 그걸 보고 있자니 저 괴물에겐 본능뿐 아니라 판단력도 있는 것 같다는 기분이 든다. 설마, 착각이겠지?

싸워야겠다는 마음을 먹는 순간 검이 또다시 하늘 위로 치솟는 불길을 토해냈다. 그릴라드에서 보면 산불이 난 줄 알 지경이다. 이걸 어떻게 해야 하지? 혹시 이대로 타버리는 것 아냐?

게다가 몸 안에서 뭔가가 부글부글 끓어오르는 것 같아!

"파비안!"

미르보의 목소리였다. 저 양반, 안 죽었네.

그가 어디 있는지는 보이지 않았다. 나는 눈앞에서 타오르는 검 때문에 시야가 엉망이었다. 이어 괴물이 포효하자 화답이라도 하듯 검에서 또다시 불꽃이 튀었다. 파박!

"바로 서서, 자세를 낮춰라!"

이런 상황에서도 미르보의 목소리는 침착했다. 왜 그래야 하는지는 몰랐지만 싸움 경험이 많을 것 같은 그의 말을 일단 따르고 보자 싶었다. 나는 엉거주춤하게 다리를 벌리고 자세를 낮췄다. 그러고 있자니 예전에 읽었던 검술 교본들에서 본 자세들이 떠올랐다. 거기서도 꼭 이랬다.

그러자 곧 다른 것들도 생각났다. 나는 오른손으로 검 자루 위쪽을 잡고, 왼손은 조금 떼어 아래를 잡았다. 그제야 검을 좀 가눌 수 있겠다는 느낌이 들었다. 하지만 위협적으로 한 바퀴 휘둘러보려다가 땅바닥만 한바탕 긁고 말았다.

그런데 검에 긁힌 곳의 눈이 바로 김을 내며 녹아버리는 게 아닌가? 혹시 이 검이 내 손에만 안 뜨거운 건가? 그렇다면?

그래, 이 검에 한번 맞아봐라!

나는 검을 내려 들었다가 앞발이 달려드는 순간 힘껏 올려쳤다. 푹, 하고 세 마디 정도 파고드는 느낌과 함께 괴성이 귓가를 찢었다. 쏟아진 피가 눈밭은 물론 내 얼굴까지 튀었다. 얼결에 저지른 일에 내가 더 놀라 주저앉을 지경이었다.

그때 미르보가 다시 외쳤다.

"한 걸음 물러나서, 발을 쳐라!"

괴물은 다친 발바닥을 움츠린 채로 구부러진 관절을 휘둘러 나를 치려했다. 나는 더 싸울 자신이 없어 오른쪽으로 빙빙 돌며 피했다. 피할 곳이 없어질 때까지. 마침내 눈을 질끈 감고는 가로로 검을 휘둘렀다. 맞지 않았다면 내가 죽는 거고, 맞았다면…….

검이 뼈에 덜컥 걸리는 느낌과 함께 뭔가를 잘라내는 감촉이 생생히 손에 전해져왔다. 저도 모르게 이를 악물었다. 눈을 떠 보니 괴물의 앞발이 반쯤 잘렸고, 폭포처럼 쏟아진 피가 내 발 앞까지 흘러왔다. 나는 검을 든 채 덜덜 떨었다. 눈앞의 상황이 몽롱하고 현실 같지가 않았다.

괴물은 잠시 움직이지 않았다. 짐승들은 큰 놈일수록 상처를 입으면 광포해져서 앞뒤 가리지 않고 달려들기 마련인데 마치 상황 파악이라도 하려는 듯했다.

하지만 오래 가지는 않았다.

짐승은 높이 뛰어올랐다. 밤하늘에 은빛 찬란한 갈기와 핏줄기가 흩날리는 것을 보자 기이한 느낌이 내 몸을 휩쌌다. 단순히 무섭거나 끔찍한 것과는 어딘가 달랐다.

"칼을 오른쪽으로 세워! 곧장 달려들어!"

그냥 있어도 저놈이 곧 나를 덮칠 텐데 나더러 그 수고를 덜어 주라고?

이해가 안 갔지만 그럼에도 불구하고 나는 시키는 대로 냅다 달렸다. 생각하려고 애쓰는 것조차 힘들어서. 제정신이 아닌 것 같긴 하지만 할 수 없다. 어차피 최선이 뭔지도 모르겠고.

검을 움켜쥔 손등이 떨렸다. 무얼 밟으며 달렸는지도 모르겠다. 약 네 걸음, 무념의 상태로 팔을 가슴높이로 올려 위를 겨냥했다. 두 걸음, 한 걸음, 마지막, 눈앞의 털가죽을 찌르란 말이지!

푹!

검의 절반이 박히자 시계 방향으로 틀었다. 뭔가가 도려내어지는 감각에 또다시 이를 악물었다. 칼에서 솟아오르던 광채가 사라져 사방이 어두워졌다. 대신 괴물의 살 안쪽이 붉게 변하기 시작했다. 곧 칼은 짐승의 몸 반을 도려내고 등 뒤로 절반쯤 빠져 나왔다. 피보라가 온몸에 튀었다. 절체절명의 위기에서 짐승이 앞발을 들었다.

"파비안! 검을 놓아라!"

이걸 버리라고? 비싸 보이는데? 하, 하지만 내 것도 아니고 뭐 주인이 버리라는데…….

나는 검을 놓고 언덕 아래로 굴렀다. 허리가 반이나 베인 짐승이 쓰러지면서 소떼 백 마리가 질렀을 법한 괴성을 내질렀다. 그, 그리고 내 쪽으로 굴러오잖아!

정신없이 구르면서도 이보다 더 빨리 구를 방법은 없는지 모색해 봤다. 물론 그런 건 없었다. 친절하게도 저기 튀어나온 바위가 보이는데. 뭐, 친절이라고?

"으아악!"

정면으로 들이받는 것은 간신히 면했다. 바위를 걷어찬 발목이 부러지기라도 한 것처럼 아팠지만, 그까짓 것은 문제도 아니었다. 그 너머는 벼랑이었으니까.

흰털의 울음소리 요란한 괴물은 그 너머로 떨어졌다.

캬아악!

저놈도 나와 비슷한 심정일거야.

캬아아…….

그리고 지금은 더 절망적이겠지. 쯧쯧.

"파비안!"

언덕 위로 미르보의 얼굴이 나타났다. 나는 맥이 탁 풀려 바위 위에 너부러지려다가 하마터면 벼랑 아래로 굴러 떨어질 뻔했다. 별 수 없이 나는 정신을 차리고 온몸을 긴장시킨 채, 왕이 나를 구하러 오기라도 하는 것처럼 미르보가 내려오기를 기다렸다.

발목이, 허리도, 팔도, 실은 온몸이 쑤신다. 어깨에서는 상처가 터져 피가 흐르고 있었다. 그런데 미르보도 나를 도와줄 입장이 아닌 듯했다. 그의 배는 피투성이였다. 지혈도 안 된 상태 같았다. 저런 몸으로 그렇게 소리를 질렀단 말이야? 기가 막히네.

"괘, 괜찮으니 저 혼자 일어날게요."

"일어나는 건 좋은데."

"……은데?"

"안됐지만, 올라오기 전에 먼저 아래로 내려가 주지 않겠나?"

무, 무슨 소리예요! 지금도 괴물이 질러대는 소리가 아련히 들려오지 않으세요?

"가서 괴물의 허리에 박힌 검을 가져왔으면 좋겠군."

아니, 왜요? 그건 내 검이 아니잖아? 게다가 버리라고 한 것도 당신이었잖아! 왜 나한테 이런 책임까지…….

"내가 할 수 있다면 했겠지만, 그럴 수가 없어서."

물론 당신이 많이 다친 건 알겠는데, 저 괴물이 죽을 때까지 기다렸다가 가져오면 안 되는 건가? 아니면 당신이 나을 때까지 기다린다든가. 뭐 하여튼 그렇게 소중한 물건이면, 처음부터 놔버리라고 하질 말든가! 내가 죽을까봐 그랬다고? 무슨 소리야! 지금 죽이려고 하는 주제에! 그때 죽으나 지금 죽으나 매한가지라고!

이렇듯 머릿속으로는 무슨 소리를 지껄여 댔지만 실제로 입 밖으로 나온 말은 하나도 없었다. 소리를 지를 기운은 아까 다 써버렸다.

그때 미르보가 말했다.

"내가 다쳤기 때문에 못 내려간다는 말은 아니야."

그러면?

"저 검은 내 손으로 쥘 수가 없는 물건이어서."

나는 황당한 표정으로 미르보를 봤다.

"왜요?"

"그 원인을 알면 이미 해결해서 들고 다녔을 것 같지 않나?"

하긴 그렇다. 미르보는 저렇게 기가 막힌 검을 갖고 있으면서 이런 위기 상황에 그냥 땅바닥에 내버려뒀다. 천으로 싸 갖고 다닌 것도 그래서였나?

“자네가 저 검을 잡는 것을 보고 무척 놀랐지. 뭔가 사연이 있을 것 같지만, 그 이야기는 검을 가져온 뒤에 하기로 하지.”

그리하여 나는 지금 죽자 살자 벼랑을 기어 내려가고 있다. 평소 같으면 그렇게까지 험한 길이 아니겠지만, 지금은 온몸이 조각조각 분해되기 직전인지라 여간 힘든 것이 아니었다.

내려갈수록 신경 쓰이는 괴물의 신음성이 커졌다. 위협적이지는 않은데 끊길 듯 끊길 듯 계속 이어졌다. 지칠 대로 지친 나는 신경이 곤두서서 소리치고 말았다.

“시끄러워!”

내 말을 알아듣기라도 했는지, 괴물의 소리가 잦아들다가 멈췄다. 죽었나? 그랬다면 더 바랄 게 없겠는데.

내려와 보니 거대한 털가죽이 잡목을 으스러뜨리며 위압적으로 누워 있었다. 곳곳이 핏자국이었다. 꼼짝도 않는 걸 보면 죽었겠지만, 그래도 접근하려니 꺼려지는 것은 사실이었다. 그렇게 우물쭈물하고 있는데 괴물로 가려진 나무의 윤곽이 보이는 것 같다. 착각인가? 아닌데. 이게 어찌된 거야? 설마…… 투명해졌다고?

괴물이 사라져 버렸다!

나는 얼빠진 표정으로 부러진 나뭇가지와 밟힌 눈, 그리고 얼어붙은 핏자국을 바라봤다. 피가 벌써 얼었다는 것도 이상한 일이다. 하지만 그렇게 큰 괴물의 사체가 온데간데없이 사라져 버렸다는 것에 비하면 아무것도 아니었다.

다행스럽게도 검은 함께 사라지지 않았다. 하지만 집어 들고 보니 검도 나를 놀리는 것 같긴 마찬가지였다. 조금 전의 무시무시한 불꽃은 어디로 갔단 말인가? 이건 끔찍하게 무거운 쇳덩어리일 뿐이잖아?

"미르보!"

검은 되찾았고, 괴물은 사라졌다. 나는 갑자기 맥이 풀려 그 자리에 주저앉고 싶어졌다. 하지만 여기서는 싫다. 얼어붙었는데도 피비린내가 진동하는 이곳을 빨리 벗어나고 싶다.

"파비안! 이게 무슨 꼴이야? 응?"

어머니는 기겁을 하셨다. 아들이 눈과 피가 범벅된 모습으로 절뚝대며 돌아왔으니 그럴 법도 했다.

마을 어귀, 아니 정확히는 엠버에 여기까지 나를 따라온 사람들과 초소의 경비병들까지 합세해 우리 가게 앞은 떠들썩했다. 즐거운 일로 그런 거라면 좋았겠지만 나도 경비병들이 왜 왔는지 모를 정도로 어리석진 않았다. 내가 무슨 일을 저지른 건지 알고 싶겠지.

내 생각에도 이 정도로 피를 뒤집어쓸 만한 곳은 돼지 잡는 데밖에 없을 것 같다. 나는 핏자국으로 걸어온 길을 표시하다시피 하면서 집으로 돌아왔으니 말이다.

"궁금하시겠지만……."

나는 경비병들을 향해 입을 헤벌리고 웃어 보였다. 그 이상 무슨 대책이 있으랴. 괴물의 시체라도 남아 있다면 가서 보라고 하겠지만, 남은 흔적은 고갯길의 얼어붙은 피바다뿐인데. 이런 상황에서 나를 의심하지 않는 놈이 있다면 내가 그놈의 머리를 의심해야 할 판이다.

"설명은 나중에……."

그래, 좋았어. 이대로 쓰러지는 거야. 그러면 뒷일은 나중에 생각해도 되겠지. 그대로 그렇게……. 그런데 기절도 생각만큼 쉬운 일이 아니네.

"넋 나간 애한테 뭘 물으려는 거예요! 이 꼴을 하고 죽다 살아왔는데 지금 제정신이겠어요? 어디 안 보낼 테니 지금은 돌아가고 내일 아침에 다시 와요!"

이럴 때면 우리 어머니의 아들로 태어난 것이 세상에서 가장 자랑스럽다. 양손으로 허리를 짚고 얼굴을 붉힌 어머니는 마치 천사의 후광-실은 횃불이지만-을 이고 있는 것처럼 보였다.

사람들이 돌아가고 집에 들어오니 온몸이 녹아 내렸다. 씻고 잘 수 있다는 것만 해도 무한히 감사하고 싶어진다. 다른 일은 아무래도 좋다니까.

그러나 아침에 깨어나자 지난밤 잠들 때 같은 기분이 될 수는 없었다.

밤새 꾼 꿈도 휴식은커녕 끔찍한 기억만 증폭시켰다. 꿈 내용은 이렇다. 나는 어젯밤에 한 것처럼 미르보의 검을 가지러 벼랑 아래로 내려갔다. 거기까지는 똑같다. 그리고 나는 생각한다. 죽었나?

「파…… 브…….」

나는 발을 멈췄다. 온몸이 굳어졌다.

「파…… 비안이라고 했나…….」

괴물이 말을 하다니! 나, 난 이런 상황 싫어! 미르보하고 알아서 해결

하라고!

그러나 꿈속의 나는 도망치지도 못한 채 그 자리에 서 있었다. 괴물의 허리에서 자루만 튀어나온 붉은 검이 희미하게 빛을 내고 있었다. 검은 실제보다 더 커다랗게 보였다.

「너…… 는 나와 아무런 원…… 한도 없…….」

그래. 그런 게 있을 리 없지. 어제 처음 본 사이에 원한이 가당키나 한 소리야? 그러나 내 대답은 고작 이랬다.

"누구세요?"

바보 중의 바보가 할 만한 질문이다. 조금 전까지 죽일 것처럼 싸워 놓고 새삼 누구냐고 묻다니. 누구인지 알면, 도로 살려내기라도 하게? 그러나 꿈속의 나는 그보다 훨씬 단순한 의문에 사로잡혀 있었다. 저 괴물이 벌떡 일어나 나를 후려칠 힘이 있을까. 내가 괴물이라면 지금쯤 후려치기 딱 알맞은 거린데.

그러나 괴물은 이미 그 문제에 관심을 잃은 모양이었다.

「나는 페어리들을 지켜…… 쿨럭, 여왕이시여……. 너는 나를…… 몸을 깨끗이…… 그렇지 않으면 그들이 나의 피를 기억…….」

페어리와 관계가 있다는 건 알겠지만 띄엄띄엄해서 무슨 소린지 모르겠다. 그보다 내가 묻고 싶은 건 다른 문제였다.

"왜 미르보를?"

「원한…….」

그게 전부였다.

다음부터는 실제와 똑같았다. 괴물은 사라졌고, 나는 검을 집었고,

왜 이렇게 무거운지 투덜댔고, 그리고 미르보와 행려병자처럼 서로를 부축한 채 마을로 돌아왔던 것이다. 그놈의 검을 질질 끌면서.

문제의 검은 맞은편 벽에 기대 세워져 있었다.

내가 왜 저 검을 가져야 하는지 나도 모른다. 미르보가 손대지 못하는 검이니 내가 가져야 한다는 논리는 말이 되는 것 같기도 하고 안 되는 것 같기도 했다. 하지만 그 외에는 내가 저 살벌한 검을 떠맡을 어떤 타당한 이유도 없었다.

그렇다고 순순히 내 것으로 하자니 고갯길의 피바다도 내가 설명해야 할 것 같아 꺼림칙했다. 미르보는 약빠른 건지 다른 이유가 있어선지 몰라도 엠버에 들어서자마자 의사를 찾아간다며 나와 헤어져 버렸다. 그는 나처럼 피를 뒤집어쓰거나 하지는 않았기 때문에 눈밭에 흔적을 남길 일도 없었다. 배의 상처만 잘 다룬다면 말이다.

미르보는 아직 엠버에 있을까? 물론 그는 다시 만나자는 말 따위는 안 했다. 하지만 난 미르보가 가지 않았을 거라고 믿고 있다. 미르보가 믿을만한 사람인지는 전혀 모르지만 안 떠났을 거라고 믿고 싶은 마음이 너무 커서 자기 최면에 들어간 셈이다. 만약 미르보가 정말 사라져 버렸다면 나는 지금 뒷문으로 빠져나가 하얀 산맥으로 도망쳐도 시원치 않을 판이다. 무슨 누명을 덮어쓰게 될지는 우리 이스나미르 왕국을 세웠다는 신성한 영혼들만이 아시지 않을까.

내가 어디어디를 다쳤더라. 도망자 생활을 할 상태는 되는 걸까.

"윽!"

발목이 부었군. 그리고…….

"아야얏……."

어깨에 이상이 있는 것 같군. 당연하지. 낫지도 않은 상태에서 그렇게 휘둘러댔으니. 또 있나?

"아파팟! 아쿠……."

이번엔 손목이다. 보아하니 아르노윌트를 형님이라고 불러야 할 증상 같은데.

내가 침대에서 이리저리 몸을 뒤틀며 점검하고 있는 동안 침실 밖—침실이라고 해봤자 덜렁거리는 칸막이 문이 달렸을 뿐이다—에서 그럴듯한 냄새가 흘러 들어왔다.

"파비안. 나와서 아침 들거나, 혹시 상황이 안 좋으면 갖다 주마!"

몸 구석구석을 점검해 본 결과 나는 후자 쪽이 그럴 듯하다는 의견을 방 밖으로 전달했다.

배를 채우고 나자 약간 기운이 났다. 나는 침대에서 일어났다.

왼팔을 바보처럼 축 늘어뜨린 채 벽에 기대 놓은 검에게 다가갔다. 하지만 오른손으로 슬쩍 건드려 보기만 하고도 내가 어젯밤에 무슨 기운으로 저걸 휘둘렀는지 의심하기 시작했다.

모양도 이상했다. 크기로 보자면 분명 양손검인데 자루 끝에 균형추가 없었다. 길고, 날도 두껍고, 폭도 널찍하니 당연히 무게도 장난이 아니었다. 모르긴 해도 팔 힘이 엄청 좋은 놈을 위해 만든 검이 틀림없었다.

대형 검들이 흔히 그렇듯 날 중앙에는 길게 패인 홈이 있었다. 거기에 난생 처음 보는 검은 글자가 새겨져 있었다. 아니, 글자를 새긴 뒤 뭔가 잉크나 검댕 같은 것을 채워 넣은 것 같은데, 만져 봐도 전혀 묻어나지 않았다. 그게 무슨 신비한 기술인지 내가 알 리 없다. 내가 평생 본 검 중 가장 좋은 검을 엊그제 봤는데, 바로 아르노윌트의 검이었단 말이다.

무엇보다도 가장 이상한 점은 검 어디를 봐도 어제 본 불꽃의 흔적이 없다는 사실이었다. 그저 커다란 쇳덩어리일 뿐, 아무리 꼼꼼히 살펴봐도 불길이 나올 만한 구멍 따위는 없었다. 혹시 그날 내가 헛것을 봤나? 그렇게 내리쳤는데 날에 흠집 하나 없는 것도 수상쩍다. 기괴한 검이라고 중얼거리는 순간 문득 드는 생각이 있었다. 혹시 이런 것이 전설의 명검?

칫, 전설의 명검이 이렇게 무식하게 생겼다는 상상 따윈 하고 싶지 않군. 근사하고 우아하긴커녕 비싸 보이지도 않는다. 무거우니까 쇠는 많이 들어갔겠네.

그나저나 미르보는 이 검이 내 것이라고 했다. 생각할수록 납득이 가지 않았다. 납득이 안 가는 일이니 설명이라도 잘 해줬어야 했는데, 여전히 모르겠는 걸 보니 둘 다 다치기도 하고 정신이 없어서 서로 무슨 말을 하는지 잘 몰랐던 모양이다. 미르보는 몰라도 적어도 난 그랬던 것 같다. 만약에 미르보가 사라졌다면 이 검을 어떻게 할지도 문제가 아닐 수 없었다.

결국 내 머리에 떠오른 대책은 대장간에 가져가서 물어본다는 것밖엔 없었다. 나도 참 대책 없는 녀석이다.

미르보가 입을 열었다.

"그 검……."

그래요. 지금까지 기다렸다고요. 제발 아무거나 좀 말해 봐요. 궁금해 미치겠으니.

난 옛날이야기를 꽤 좋아한다. 이게 전설의 명검이라면 당연히 그럴듯한 이야기도 있겠지? 마법사 에제키엘의 이야기에 나오는 명검이나 뭐 그런 것들처럼.

"해줄 이야기가 있다면 좋겠지만."

하지만 첫 마디부터가 불길했다. 즉, 자기도 모른다는 말투다. 그럼 난 누구한테 물어봐야 하지?

미르보가 엠버에서 치료를 받은 다음 스리슬쩍 떠나버리지 않고 나를 찾아온 것은 다행이었지만, 그 결과 우리는 연행이라도 당하는 모양새로 경비병들에게 둘러싸여 그릴라드 고개를 향해 걸어가고 있었다.

긴장한 나와 달리 미르보는 태연해 보였다. 배에 붕대를 둘둘 감고 있었지만 안색도 나쁘지 않았다. 이런 부상쯤이야 그에게는 별 것 아닌 모양이었다. 췟, 그에 비해 에렌트 형한테 업혀 가고 있는 난 뭐람.

미르보에게 꿈 이야기를 꺼내볼까 하다가 우선 검 이야기부터 들어보기로 했다.

"내가 세르무즈에 있던 때다. 벌써 5년 전이군. 그때 얻었지. 그렇지만 지금껏 죽 일전에 본 그대로 천으로 싸고 사슬로 묶어서 가지고 다녔다. 처음에는 그렇게 싸고서도 건드리지 못했던 물건이다."

이 검이? 나는 내 등에 매달린 검을 돌아보면서 고개를 갸웃 했다.

집에 두고 나오려다가 미르보가 우겨대어서 갖고 나온 터였다. 업혀 가는 주제에 민폐가 제대로다.

"못 믿겠으면 너를 업고 있는 친구한테 한번 만져보라고 해 봐라."

내 꼴을 보더니 마음 좋게 업기를 자청한 에렌트 형은 씩 웃기만 할 뿐 그냥 걸음을 재촉했다. 아무래도 만져 볼 기색이 아니어서 내가 물었다.

"안 잡아 봐요?"

"벌써 해 봤어. 어림없던걸."

"네?"

나는 손을 뒤로 가져가 보았다. 물론 어깨가 멀쩡한 오른손 말이다. 손끝에 칼자루가 닿았다. 아무렇지도 않은데.

"아까 너희 집에서 나올 때 하도 신기하게 큰 검이라 한번 잡아보려고 했지만……. 빨리 놨기에 망정이지, 하마터면 손을 못 쓰게 될 뻔했어. 어찌나 뜨겁던지. 화덕에서 금방 나온 것 같던걸. 파비안, 네가 이걸 잡고 휘둘렀다니 난 솔직히 믿어지지 않는다. 하긴 지금 네 등에 매달려 있다는 것도 말이야."

에렌트 형은 우리 마을에서 제일 검을 잘 써서 영주님의 병사가 되었다. 그러니 미르보와 비교하면 어떨지 몰라도 나하고 비교할 수준은 아니었다. 미르보가 낫든 에렌트가 낫든, 나는 그들과 달리 '검사'라고 불리기에는 한참 모자란 잡화점 점원일 뿐이었다.

그런데 이 검을 잡을 수 있는 사람이 나뿐이라고?

미르보가 말했다.

"내 방에 그물을 배달하러 왔던 때, 기억나나?"

"물론이죠."

그때 테이블을 치우느라고 이 검을 침대 위로 옮겼었다. 미르보는 그걸 보고 놀랍다고 생각했던 것이 틀림없었다. 고구마를 일곱 개나 먹으면서 한 생각이니까 아주 깊은 생각이었을 거야.

"그때 무척 놀랐지. 그 검은 잡아서는 안 될 사람의 손이 닿으면 매우 뜨겁다. 그건 나도 예외가 아니었지."

미르보가 손을 펴 보였다. 선명한 화상 자국이 오른손 손바닥 한가운데를 가로지르고 있었다. 나는 말문이 막혔다. 미르보는 손이 저 지경이 되도록 뜨거움을 참고 이 검을 잡아보려 했던 거다. 나라면 상상도 못할 일인데.

"견딘다고 되는 일이라면 좋았겠지만."

미르보가 거기까지 이야기했을 때 우리 일행은 그릴라드 고개 입구에 도착했다. 오늘 고개를 넘다가 기괴한 피바다를 발견하고 경비대에 알린 새벽 짐꾼들이 우리를 기다리고 있었다.

"이쪽입니다."

말해주지 않아도 어딘지 잘 안다고. 그나저나 점심때가 가까운데도 어젯밤의 피비린내를 떠올리니 식욕이 가시는 느낌이다.

"먼저 뭐라도 먹었으면 좋겠군."

미르보는 나와 차원이 다른 비위를 가진 양반이었다.

벼랑뿐 아니라 길에도 핏자국이 많을 듯했다. 어제는 살펴볼 계제가 아니었지만 분수처럼 솟구친 피가 공중에서 사라졌을 리는 없으니까.

그러나 문제의 벼랑에 이르러 나는 당황할 수밖에 없었다. 주변은 깨끗했다. 피바다는커녕 핏방울 하나도 보이지 않았다. 이게 어찌된 일이지?

아침에 피를 발견한 사람들의 이야기는 더욱 가관이었다.

"여기에, 그러니까 여기쯤에 피가 꽤 많이 흘러 있었는데…… 그게 그러니까 사슴 한 마리 잡은 정도는 되죠. 그런데 어디로 사라졌담?"

사슴이라니? 미르보와 내가 잡은 놈은 사슴 열 마리쯤은 합쳐야 될 놈이었다고!

그때 미르보가 내 어깨를 툭 쳤다.

"커어! 어깨 상처 터졌다고요. 이쪽 팔 움직이지도 못해요……."

내 죽어 가는 목소리는 개의치 않고 미르보가 말했다.

"피가 돌아가는 것이다. 그 녀석한테로."

무슨 소리지? 내 표정을 본 미르보가 말했다.

"어제 시체가 사라지는 것을 봤으면서도 그런 표정인 건가?"

슬슬 어젯밤 꿈을 이야기해야 할 시점이었다.

"미르보. 어제 꿈을 꿨어요."

"흰 털가죽이 나왔어?"

미르보도 나와 비슷한 이름으로 그놈을 부르고 있었다.

"그래요. 어제와 똑같은 상황이었는데……."

"말을 했겠지."

"어, 어떻게 알았어요? 혹시 나랑 같은 꿈을?"

미르보는 내 상처 따위에는 관심도 없는지 또 한 번 어깨를 툭 쳤다.

덕택에 나는 또다시 숨 막히는 비명을 질러야 했다.

"네가 꿈 이야기를 하지도 않았는데 같은 꿈인지 아닌지 내가 어떻게 알아?"

그러면서 미르보는 피식 웃었다. 어째 어제보다는 그럴듯하게 웃는걸.

"그렇지만 네가 무슨 꿈을 꾸었을지 짐작이 간다. 그놈이 했을 말도."

"어, 없어요!"

미르보에게 어떻게 아느냐고 물으려는 순간 짐꾼들의 비명에 가까운 외침이 들렸다. 안 봐도 어떤 상황일지 짐작이 갔다.

"부, 분명히 여기였는데……."

벼랑 밑으로 내려간 짐꾼 세 사람이 잡목을 헤치며 당황해하는 것이 보였다. 땅바닥에 남은 것은 혈흔인지 아닌지도 애매한 약간의 자국뿐이었다.

경비병들도 우르르 내려갔다. 그들 역시 어이없어하고 있었다. 내가 어젯밤에 피범벅이 되어 돌아오던 꼴을 못 보았더라면 거짓말로 사람을 놀린다고 화를 냈을 법했다.

하지만 벼랑 아래 나뭇가지가 꺾어지고 부러진 흔적은 그대로였다. 경비병들은 얼마나 커다란 바위가 떨어지면 이런 꼴이 되는 걸까, 하고 수군대고 있었다. 하긴 직접 보지 않는 한 나보고 믿으라고 해도 안 믿겠지.

내가 우리 집으로 찾아온 병사들에게 흰털의 괴물 어쩌고 했을 때 '너 미쳤냐?' 하는 표정으로 콧방귀를 뀌던 그들의 모습이 떠올랐다. 젠장, 이대로라면 내 입장이 더 곤란해질 것 같다.

"큰일 났네요."

"큰일은 곧 날 거야."

"큰일은 벌써 났어요."

"더 큰일은 따로 있다."

이것이 그 꼴을 내려다보며 미르보와 내가 나눈 대화였다. 선문답이 따로 없었다.

저 짐꾼들이 본 핏자국은 어제의 절반도 안 되었을 것이다. 그런 소릴 한다고 털가죽 괴물이나 핏자국이 그렇게 빨리 사라져버린 점을 납득시킬 수 있을까? 어쩐지 안 될 것 같다. 아무래도 여기서 끝날 것 같지가 않은데…….

"어이, 파비안. 안됐지만 성까지 가줘야겠다."

예언자나 되는 건데 잘못했어.

우선, 우리가 성의 손님으로 하룻밤 머물게 되었다는 점을 말해야겠다. 쳇, 이런 식으로 말해보았자 하나도 기분 좋아지지 않아.

멋진 방이었다. 벽에는 고풍스런 쇠사슬과 예술적인 그을음들, 정신 나간 골동품상이 평생에 걸쳐 찾다가 포기한 고대의 유물이 이게 아닐까 싶은 벽난로, 추운 바깥이 아니라 성 안에 있는 것이 얼마나 행복한 일인가를 알려주기 위해 기울어져 뚫린 손바닥만 한 창, 그리고 오늘 저녁 우리의 따사로운 잠자리가 될 짚단.

미르보는 저만치 벽에 기대앉은 채 별 표정이 없었다.

나도 조금 전엔 달랐지만, 방금 전에 들여온 저녁 식사—엄청난 저녁이었다. 글쎄, 우리 어머니보다 영주님의 성에서 더 절약을 실천하는 줄은 몰랐는데—를 먹고 나서는 지쳐서 불평도 그만두어 버렸다. 에렌트 형이 어머니한테 사정 이야기를 전해 주겠다고 해서 그나마 다행이었다. 아침에 경비병들과 집을 나설 때 어머니가 걱정스러운 표정을 애써 감추시면서 하신 말씀이 떠오른다. 어머니는 어제 내가 피를 잔뜩 묻혔기 때문에 오랜만에 새로 빤 깨끗한 앞치마를 두르고 계셨다.

"어디서 일만 저지르고 다녀서는, 응? 빨리 갔다 와서 가게나 봐!"

에휴, 그 말대로 됐어야 했는데. 아들이 영주님의 괴상한 손님이 되었다는 이야기를 들으시면 또 얼마나 놀라실까. 그렇지만 내가 죄가 있어야 말이지, 죄도 없이 이 꼴이 뭐야!

이러다 배 꺼질라, 조용히 하자.

그러고 보면 죄가 없기로는 저기 저 조용한 사람도 매한가지인데.

"미르보."

미르보가 내 쪽을 봤다. 생각해보니 이것도 큰 변화였다. 일전에 내가 여관으로 찾아갔을 때는 무슨 말을 해도 대꾸 한번 시원하게 하는 법이 없더니. 오늘은 한 마디에 반응을 보이네. 이런 걸 함께 싸운 전우애라고 불러도 될지 모르겠지만.

"검은 꼭 되찾아라."

미르보는 그 검을 5년이나 갖고 다녔다고 했다. 굉장한 물건임에는 틀림없는데 사용하지 못하니 얼마나 답답했을까. 또 무겁긴 좀 무겁냐고. 그런 걸 계속 갖고 다닌 것만으로도 그 검에 얼마나 애착이 있었는지 상상이 갔다. 나 같으면 떠돌아다니는 입장에 쓰는 검 한 자루만으로도 귀찮았을 텐데.

그런 검을 잡을 수 있는 녀석이 나타나긴 했는데 기껏 잡화점 점원이라니. 괜히 미안한 마음까지 들잖아.

하지만 미르보는 맺고 끊는 것이 분명한 사내였다. 검의 소유권도 마찬가지였다. 내가 벼랑에서 가지고 올라왔을 때 한 번 흘끗 보더니 '네가 가져가라' 고 말했던 것이다. 그리고 다시는 그 검에 관심을 보이지 않았다.

그걸 써보려고 손바닥에 지워지지 않는 화상까지 입은 사람인데.

"미르보, 그 검, 진짜 나한테 주는 건가요?"

"두 번 묻다니 바보로군."

확인할 필요가 없다는 걸 뻔히 알면서 결국 묻는 나도 참 나다운 녀석이다. 그런 공짜란 내 관점에서 절대로 불가능하거든.

미르보가 다시 한 번 말했다.

"그 검, 반드시 되찾아야 한다."

"으음, 물론이죠."

미르보와 내가 영주님 앞으로 갔을 때, 영주님은 무슨 사정인지 몰라도 만사가 귀찮으셨던 모양이었다. 피곤한 표정으로 내일 처리하겠다, 하시는 바람에 이 꼴이 되고 만 거다. 우리 영지의 일 처리하는 방식은 왜 이따위인 거지? 친애하는 영주님, 그러면 내일 아침에 당신 아들은 어느 새로운 바보를 데리고 검을 휘두르게 되죠?

불행 중 다행으로 검을 병사들이 압수할 때 영주님은 이미 사라지고 안 계셨다. 안 그랬으면 지금쯤 그 검은 영주님의 보물창고라든가 뭐 그런데 들어앉아 있을지도 모른다. 지금 내 꼴과는 비교도 안 되는 호강을 하면서.

"엇, 이 검 뭐야?"

처음에 검을 집어든 병사는 사슬 장갑을 끼고 있었는데도 잠시도 견디지 못하고 검을 내동댕이치고 말았다. 병사들이 다들 돌아보았다.

"왜 그래, 야스발트?"

"엄청나게 뜨겁잖아!"

멀쩡해 보이는 강철 검에 이상한 특징이 있다는 소리를 듣자 병사들이 너도나도 만져보겠다고 덤볐지만, 에렌트 형이 경비 2조 조장의 권위로 겨우 뜯어말렸다. 그런 다음 오늘 아침에 자기 손에 생긴 화상을 보여 주었다.

술렁임이 가라앉고 나자, 에렌트 형은 약간 겁을 주어 가며 이런 신기한 검은 주인이 가져야만 한다는 일장의 감동적인 연설을 했다. 거대한 자연을 곁에 두고 사는 사람들이 흔히 그렇듯 하얀 산맥 밑에 사는 우리 마을 사람들은 미신에 약한 편이다. 약간의 투덜거림도 있었지만 대부분은 수긍하는 눈치였다.

그렇지만 검을 들고 감옥에 들어가는 것은 아무래도 상식 밖의 일이므로, 검은 에렌트 형이 맡아두는 것으로 사태는 일단락됐다. 여기서 나갈 즈음에는 되찾을 수 있으려나. 내가 죄가 없다는 것이 빨리 밝혀지기만 한다면 말이다.

"그런데 미르보. 그 검은 어쩌다가 손에 넣은 건가요?"

미르보는 내 쪽을 보지 않았다. 다시 옛 버릇이 도진 건가? 하지만 그는 곧 일어나더니 내 쪽으로 가까이 와 앉았다.

"그 이야기를 해줘야겠지."

이리하여 춥고도 지루하고도 배고픈 우리의 하루 감옥 체험은 신기한 전설 이야기와 함께 하게 되었다. 휴, 최악의 상황에서도 매사를 즐겁게 받아들이려 노력하는 나의 자세는 놀랍지 뭔가.

"세르무즈에 있는 스조렌 산맥은 너도 들어봤겠지. 그곳에는 대륙에서 가장 높은 산인 융스크-리테가 솟아 있다. 설산으로 알려져 있지만 그것은 꼭대기의 만년설만 올려다 본 사람들이 하는 말이고, 본래 화산이었던 융스크-리테에는 굉장히 다양한 지형이 있지. 그곳에 있는 종유 동굴 중 하나였다."

나는 전설 이야기, 특히 보물이 나오는 이야기를 좋아한다. 그게 전설의 명검이든 드래곤의 보화든 종류는 상관없고, 그걸 팔아먹어 한 밑천 잡는다는 상상만 하면 무척 기뻐지거든.

"몇 년이나 조사한 끝에 얻은 정보였다. 동굴 안으로 깊이 들어가니 종유석과 석회암 기둥이 빽빽해서 단 몇 걸음도 똑바로 전진할 수가 없었다. 마지막 횃불도 얼마 안 가 꺼질 상황이라, 돌아올 방법도 막막한 상태였지. 그래도 거기까지 오느라 들인 노력 때문에 끝까지 가보지 못하고 돌아설 수는 없었다."

미르보는 잠깐 말을 멈췄다가 이었다.

"그것이 그런 검일 줄은 꿈에도 몰랐지만 말이다."

미르보의 목소리가 어쩐지 서글프게 들리는 것은 지금 내 처지가 이 꼴이기 때문에 드는 착각인 걸까.

"그때까지 쓰던 검은 거기까지 가느라 치른 싸움들 때문에 이가 다 빠져서 동굴을 나왔을 때 내버렸다. 아니, 정확히는 무덤을 만들어 주었지. 어떤 검이든 버려야 할 때면 나는 늘 그렇게 해 왔다. 검이란 내 몸의 일부분과도 같으니까. 당시 쓰던 검은 그간 써본 검들 중 최고였는데도 그 싸움에서 견디지 못했다."

미르보가 저렇게 감상적인 사람이라니 뜻밖인데.

"누구하고 싸웠는데요?"

"돌 골렘."

이가 다 빠지고도 남을 법하네. 나는 몸을 부르르 떨었다. 돌 골렘의 돌처럼 딱딱한 피부에 대해서는 몇 번이나 들어봤다. 물론 실제로 본 일은 없지만.

솔직히 난 어떤 괴물이든 이야기로 들었을 뿐, 정말로 마주친 일은 단 한 번도 없었다. 어젯밤 그 털가죽을 뺀다면 말이다. 옛날이야기 속에는 그렇게 자주 나오는 괴물들이 요즘은 다 어디로 숨어버렸는지 모르겠다. '영원의 구속자' 에제키엘이 몽땅 다 봉인해 버렸을까?

괴물이 없다고 유감을 느낄 리 없다만 문제는 보물이란 녀석들도 같이 사라져버린 것 같다는 거다. 그 둘이 꼭 붙어 다녀야 하는 거라면 그냥 괴물도 있고 보물도 있는 편을 택하겠다. 우와, 잡화점 파비안이 이렇게 용감하다니 놀랍지…… 는 아니고, 괴물은 어제 이미 처치했잖아? 그럼 간단한 덧셈에 의거하여 슬슬 나한테도 보물이 나타나야 할 때인데.

그나저나 골렘이 나오는 이야기도 미르보가 하고 있으니 전설이 아니라 일상적으로 있을 법한 이야기같이 들렸다.

"그렇게 계속 들어갔다. 이가 다 빠진 검에, 기름이 떨어져 가는 횃불을 들고서. 그 안에서 헤맨 이야기는 생략해도 좋겠지. 결국 동굴의 끝에 도달했다."

"그래서요?"

나는 옛날이야기를 듣는 어린애의 자세 그대로였다.

"탁 트인 곳이었다. 그 한가운데에……."

미르보가 자조적인 미소를 지었다. 요즘 들어 저 양반이 웃음이 많아졌는데.

"어젯밤 그 털가죽을 만났을 때, 네가 검을 잡으니 하늘로 불길이 치솟았지. 너는 당황했겠지만 나로선 처음 본 광경이 아니었다. 그때, 동굴 속에는 불덩이가 있었다. 문제의 검은 불길 속에, 석순에서 자라기라도 한 것처럼 박혀 있었지. 참 장관이었다."

"그 후로는?"

"다시는 불타지 않았다. 내가 석순을 모조리 부숴서 검을 뽑아 갖고 나온 뒤로는."

그는 조금 사이를 두고 이어 말했다.

"그러나 그때 본 불꽃도 어젯밤에 네 손에서 빛나던 것보다는 못했다. 어젯밤, 5년 만에 본 그 빛, 내 기억보다 더 강렬하게 타오르는 불을 보고 솔직히 나는 넋이 나갔었지. 그 순간부터 저 물건은 내 것이 아니라는 생각을 했다. 그리고."

무슨 말을 하려고?

"너를 살려야겠다는 생각도 그때 들었다."

으…… 갑자기 가까이 가기가 싫어진다.

창가로 들어오던 햇빛이 깜빡깜빡 하다가 드디어 사라져 버렸다. 석조 감옥에서 오래 묵은 냉기가 스며 나오기 시작했다. 온몸이 으슬으슬했다.

"짚단으로 몸을 덮어라."

지당한 말씀이었다. 나는 짚단을 풀어서 바닥에 죽 깐 다음 다시 한 겹 고르게 덮었다. 자리를 만들어놓고 차가운 벽에 아무렇지도 않게 등을 기대고 있는 미르보를 불렀다.

"등을 맞대고 있으면 조금이라도 따뜻하겠죠."

미르보는 순순히 내 쪽으로 와서 짚 위에 드러누웠다. 남은 짚을 끌어다 덮었다.

기분이 묘했다. 내 인생에 감옥 같은 데 들어올 일이 있으리라는 생각은 해보지 못했다. 나는 정직한 상인이 될 예정이었으니까. 인생에 지울 수 없는 오점을 남기는군 그래.

느긋하게 생각하자. 분명 내일이면 다 잘 될 거야.

4. 꿈처럼 사라지고

"아침 식사 달란 말이에요!"

있는 힘껏 열네 번째 외친 나는 맥이 빠져 짚단 위에 풀썩 주저앉았다. 도대체 어떻게 된 거야? 해가 중천에 뜨려고 하잖아. 점원 인생이 10년이 넘은 나는 아침에 일찍 일어나는 습관이 몸에 배어 있단 말이다. 아이고, 배고파. 벌써 일어난 지 세 시간은 됐는데.

미르보는 일어나서 자기 키가 밤새 얼마나 자랐나 재어보는 중…… 은 아니고, 키가 닿지 않는 창 밑에서 길이를 가늠해보더니 나를 불렀다.

"파비안, 밖을 내다보는 것이 좋겠다."

배가 고파 힘이 없었지만, 맞는 말 같긴 해서 창가로 다가갔다. 미르보가 허리를 굽히고 나를 자기 어깨 위에 앉게 하더니, 힘든 기색도 없이 번쩍 들어올렸다. 아침도 못 먹었는데, 게다가 상처도 덜 아물었을 텐데. 놀라운 사람이야.

나는 창밖을 두리번거렸다.

"에…… 조용한데요?"

감옥이 반지하라서 창의 높이는 밖을 지나가는 사람들의 발이나 보일 정도였다. 그러나 비스듬하게 뚫려 있는 덕택에 바깥 풍경을 대충 살필 수 있었다.

감옥 밖은 성 뒤편의 후원이었다. 자세히 보니 내가 아르노윌트와 같잖은 검술 연습인지 뭔지 하던 장소와 그다지 멀지 않은 것 같았다. 위치로 볼 때 이 방은 본래부터 감옥은 아니었던 모양이다.

"아무도 없나?"

"네. 아무도 안 지나가는데요. 해가 뜨고 얼마나 지난 걸까요?"

"아침 식사 일곱 번 할 정도는 되겠지."

그 말을 들으니 갑자기 무방비 상태의 내 위장으로 강력한 허기가 엄습해 왔다. 미르보가 다시 물었다.

"들리는 소리도 없나?"

"음, 아무 소리도요."

그러고 보니 이상했다. 하인이나 하녀 등등이 지금까지 자고 있을 리도 없는데, 다 어디서 뭘 하고 있지? 게다가 아르노윌트는 오늘도 검 연습 쉬나? 만약 그렇다면 내가 없다는 핑계를 대고 며칠 더 놀아 보려는 속셈일 거야.

"그만 내려와라."

다시 짚단 위에 몸을 던졌다. 아이고, 힘들어. 위에 있었는데 왜 내가 더 힘든 것 같담.

미르보는 침착한 표정으로 생각에 잠겨 있었다. 그러더니 갑자기 바닥에 드러누웠다. 역시 당신도 피곤하겠지…… 하고 생각하며 바라보니 그게 아니었다. 그는 바닥에 귀를 갖다 댔다.

"발소리가 전혀 없군."

나도 누운 김에 귀를 기울여 보았다. 하지만 경험이 부족한지라 무슨 소리를 가려내야 할지 알 수가 없었다. 미르보는 일어나 앉았다.

"무슨 일이 생긴 것이 틀림없군."

나도 무슨 일일지 생각해보려 애써 봤지만, 떠오르는 것은 어제 아침에 어머니께서 만들어주신 닭고기 수프라거나, 전전날 저녁에 먹은 피로그 파이나 뭐 그런 것밖에 없었다. 하다못해 궁극의 사치품, 양젖치즈를 얹은 빵 조각이라도 있었으면.

그렇게 내가 이 음식, 저 음식 생각하며 허기를 달래기는커녕 더욱 부추기고 있는 참인데 미르보가 말했다.

"피 냄새가 나는군."

"네?"

이게 무슨 소리야? 피 냄새라니?

"싸움? 습격? 전쟁? 괴물? 깡패?"

"정확히 알 수야 없는 노릇이지."

"무슨 근거로요?"

미르보는 미간을 찡그리며 내 얼굴을 쳐다보다가 엉뚱한 소리를 했다.

"성 안에 가장 많은 건 누구지?"

"뭐, 귀족보다야 역시 하인이 많겠죠."

"귀족보다야 하인이 구석구석 많이 돌아다니기도 하고 말이지. 우리가 성 안에 있다면 귀족보다 하인과 마주칠 가능성이 훨씬 높지."

"그런데요?"

"하인 중에서 특수한 자들이 있지. 먹여주고 입혀주는 하인 말고, 생명을 지켜주는 하인들."

"병사들이요?"

이상한 비유를 하네, 이 양반.

"그리고 지하 감옥에서 가장 많이 볼 수 있는 하인은 누구겠나?"

"역시 병사들이죠."

"그럼 그들이 없다는 것은?"

"뭔가 처리할 일이 생겼나보죠."

말해놓고 보니 살벌한 느낌이 들어 나는 입을 다물었다. 무리한 추리는 아니었다. 그러나 무리하다고 생각하고 싶었다. 도무지 좋아할 수 없는 결론이니까. 그냥 오늘이 영주님네 기사단 창단일이라도 되어서, 어디 단체로 소풍이라도 갔다고 생각하면 안 될까.

"온 성이 고요할 정도로 병사들이 자리를 비울 이유란 몇 가지 없지. 게다가 오늘 새벽녘에 요란한 발소리가 울렸었다. 그때는 그저 시시한 문제이겠거니 생각했지."

심장이 쿵쿵 뛰기 시작했다. 미르보의 추론은 이제 내게도 구체성을 띠고 다가왔다.

아무리 우리 영주님의 성이 방어와 무관하게 생겨먹었다고는 하지만 그래도 성인데 병사도 없이 무방비하게 내버려두지는 않는다. 우리 같은 죄수, 아니지, 일시적으로 감금한 평민에게 아침 식사도 안 갖다 준다는 것은 기본적인 인력조차 남김없이 빠져나갔다는 말인데.

"큰 건 같군."

나직한 한 마디를 끝으로 미르보는 입을 다물어버렸다.

생각할수록 온갖 걱정거리가 떠올랐다. 무슨 일이 벌어졌다면 어느 쪽일까? 장미꽃의 엠버라면 밖이 이렇게 조용할 리가 없는데. 영지에 사는 사람들조차 거리에 없는 것 같아. 성의 병사들이 나가는 것 보면 우리 영지 일이긴 할 테고. 그렇다면 하비야나크, 스덴보름, 그릴라드, 셋 중의 하나다.

오, 하비야나크…… 안 되는데.

사건이 벌어졌다면 무슨 일일까. 여긴 국경지방도 아니고 쳐들어올 적도 없다. 괴물이라고는 엇그제 저녁 빼면 내 평생 구경도 못해 봤으며, 어디선가 떼강도라도 이동해 왔다면 어제까지 아무 소문도 없이 조용했을 리가 없다. 게다가 다들 나가버렸다면 우린 누가 꺼내 주지? 해명할 기회도 없이 시간만 지나버리면 나중에 상황이 애매해져서 진짜 죄인 취급당하는 것 아냐? 아아, 머리가 터질 것 같아. 아니, 정확히 말하면 이상한 걱정이 가슴을 짓누르기 시작하는 통에 숨이 막히기 시작한다.

어머니는 괜찮으실까?

미르보, 당신 추리가 틀렸기만 해 봐요. 이렇게 걱정시킨 대가로 단단히…… 아냐, 제발 틀리기만 해라. 아무것도 안 따질 테니까.

여전히 밖에서는 쥐새끼 하나 움직이는 기척이 없었다. 점심시간이 가까워 왔지만 나는 배고픈 것도 잊어버렸다.

딸그락, 딸각, 덜컹!

소리를 듣는 순간 나는 후닥닥 자리에서 일어났다. 창에서는 달빛만 약간 새어 들어오고 있었다. 언제 쓰러져 잠들었는지 모르겠지만 상당한 시간이 흐른 것 같았다.

미르보는 벌써 일어나 있었다. 그가 어둠 속에서 손짓했다.

"이리로."

나는 미르보와 함께 달빛이 비치지 않는 어두운 벽에 붙어 섰다. 가슴이 쿵쾅쿵쾅 뛰었다. 하루 종일 굶으며 불안감에 시달리다가 잠들었던 터라, 신경이 극도로 곤두서 있었다.

"쉿!"

나는 저도 모르게 소리를 낼 뻔하고는 황급히 손으로 입을 막았다. 달빛이 비치는 창 밖에서 그림자가 슥 움직였던 것이다. 침착해지려고 애썼지만 뜻대로 되지 않았다. 미르보와 나, 둘 다 무기로 쓸 만한 것은 전혀 가지고 있지 않았다. 감옥 안이니까 당연한 일이지만. 그래서 미르보도 별다른 행동을 취할 수가 없는 모양이었다.

그림자가 다시 나타났다. 그는 안을 들여다보려 했다. 긴장한 내 귀에 다행히도 익숙한 목소리가 들려왔다.

"안에 계시오?"

아아, 나우케 의사다.

내가 즉시 앞으로 튀어나가려는데 미르보가 거세게 내 팔을 휘어잡았다. 살벌한 정적이 흘렀다.

"아무도 없어요?"

대답하려 했지만, 그럴 수가 없었다. 나와 마찬가지로 부상에 종일 굶은 주제에 어디서 그런 힘이 났는지 미르보는 강철 같은 양팔로 나를 잡고 있었다.

미르보가 말했다.

"당신이 어떻게 여길 온 거요."

"후유, 여기 있었군요, 겐즈 씨. 파비안은?"

"어째서 온 거냐고 물었소."

나우케 의사는 대답 없이 창살 틈새로 무언가를 떨어뜨렸다. 쩔그렁, 하고 떨어지는 걸 보니 열쇠가 아닌가 싶었다.

"상황 얘기는 성문 앞에서 합시다."

발소리가 멀어졌다. 미르보가 팔을 풀어주자 나는 당장 열쇠를 집어 들고 문을 땄다. 밖으로 나왔지만 지키는 사람도, 제지하는 사람도 없었다. 앞뜰까지 나왔는데도 병사는커녕 하인 한 명 보이지 않았다.

전에는 그토록 길게 느껴지던 앞뜰을 순식간에 통과했다. 어제까지만 해도 죄가 있거나 없거나 간에 영주님이 들어가라니까 얌전히 네, 하고 갇혀 있던 내가 멋대로 감옥을 열고 나와 태연자약하게 성 앞뜰을 걷고 있다니. 어딘가 비현실적인 기분이 든다.

성문 앞에서 나우케 의사가 우릴 기다리고 있었다. 머리가 흐트러지고, 옷은 여기저기 찢어지고, 뺨에는 상처까지 난 모습으로. 자신이 의사면서 말라붙은 피를 닦지도 않았다. 나는 어쩌다 이렇게 됐냐고 묻는 대신 우뚝 멈춰 섰다. 귓가에서 바람 소리가 이는 듯했다. 몇 걸음 떨어진 곳에 선 미르보가 입을 열었다.

"무슨 일이 일어난 거요?"

여전히 경계를 풀지 않은 목소리였다. 이런 비일상적인 상황에서는 얼굴을 알던 자라 해도 갑자기 칼을 뽑아들고 달려들 수 있다는 것처럼. 이런 태도는 미르보의 체질일 것이다. 그러니까 지금까지 죽지 않고 살아왔겠지.

나우케 의사의 얼굴에도 평소의 익살스런 표정은 없었다. 그는 나를 한참 바라보더니, 미르보에게 시선을 돌렸다.

"겐즈 씨. 부탁이 하나 있습니다."

나우케 의사는 숨을 짧게 들이쉬더니 이어 말했다.

"파비안을 좀 붙잡아 주십시오. 내가 말하는 동안 아무 데도 가지 못하도록 꽉 붙잡아 주셔야 합니다."

그 말의 뜻을 생각하는 동안 몸이 떨리기 시작했다. 내가 생각할 수 있는 최선과 최악의 상황이 뒤엉켜 발을 묶고, 목구멍을 막아버렸다. 이상할 정도로 짓이겨진 내 목소리가 들렸다.

"무슨 일이 일어난 거죠?"

미르보는 다른 쪽을 보고 있었다. 나올 이야기를 이미 짐작한다는 것처럼. 틀렸어! 당신이라도 틀린 추리는 할 수 있어!

나우케 의사의 얼굴이 일그러지는 것이 보였다. 너무 불안해서 오히려 그의 대답을 기다릴 수가 없었다.

"내가 직접 하비야나크에 가서 확인할 거예요."

"하비야나크에는 이제 못 간다."

"왜요!"

스스로도 놀랄 정도로 큰 소리가 터져 나왔다. 체력도 회복되지 않은 상태에서 연이어 세 끼를 굶은 내 몸에 아직 그런 기력이 남아있을 줄은 나조차도 몰랐다.

"보지 마라."

무엇을!

나는 이제 누구라도 알아볼 수 있을 정도로 심하게 떨었다. 땅바닥이 들썩들썩 나에게 덤벼드는 것 같았다. 미르보가 나우케 의사에게 묻는 소리도 잘 들리지 않았다.

"무엇이 나타났소?"

나우케 의사가 고개를 저었다.

"그 끔찍한 놈들을 뭐라고 불러야 할지 나도 모르겠습니다. 하지만…… 내가 살아 돌아온 것은 정말로 기적입니다. 다른 사람들은……."

그 순간 나는 거리로 뛰어나가려 했다.

"안 돼, 파비안!"

고개를 흔들었다. 머릿속엔 어머니 생각밖에 없었다.

"파비안."

이번에는 미르보였다. 당신은 무슨 말을 하려고?

"파비안, 검을 가져가는 걸 잊은 것은 아닐 테지?"

미르보는 가지 말라고 잡지 않았다. 그렇지. 당신은 그런 사람이지.

빈손으로 갈 순 없지. 마음에 들어.

성 안으로 달렸다. 빈 성에 내 발소리만이 울렸다. 성의 지리를 몰라 약간 헤맸지만 잠시 후, 성 안에 나를 부르는 힘이 있다는 것을 깨달았다. 그쪽으로 갈 수밖에 없게 하는 무엇. 그러나 이상하다는 생각도 들지 않았다. 당연하게 느껴질 뿐이다.

나는 경비병 숙소에 이르렀고 망설임 없이 한 개의 문을 택했다. 문은 잠겨 있었다. 걷어찼다. 낭비할 시간 따위는 없다. 전혀 없다. 영주님의 재산이고 뭐고, 아무것도 중요하지 않았다.

발에 감각이 없어질 만큼 걷어차고 나니 문을 잠근 고리가 툭 떨어져 나갔다. 열린 문 안쪽은 급히 출동한 흔적으로 난장판에 가까웠다. 네 개의 자리 중 하나에 흰 천으로 싼 물건이 놓여 나를 기다리고 있었다. 천을 풀어버리고 검을 쥐었다. 뜨거운 기운이 턱까지 치밀어 올랐지만 오히려 반갑게 느껴졌다.

성문을 나서자마자 하비야나크로 가는 가장 빠른 길로 접어들었다. 늘 붐비던 장미꽃의 엠버는 텅 비어 있었다. 한순간에 낯선 길로 변해버린 그 오르막을 미친 듯 올랐다.

"파비안."

엠버를 나서는 길목에서 미르보가 나를 기다리고 있었다. 부르는 소리조차 간신히 알아들었다. 그의 손에는 어디서 났는지 횃불이 쥐어져 있었다.

"같이 가지."

저기 저 집이 뭐였지. 분명히 대장간이었던 것 같은데. 그러나 이미 집이라고 부를 수도 없는 상태다. 저것은? 저게 그 여관이었던가?

도저히 모르겠다. 여기가 우리 마을이었는지조차도.

나는 배달하러 스노보드를 타고 신나게 내려오던 그 길을 올라가고 있었다. 엊그제만 해도 길가에 단단히 얼어 있던 눈이 사라지고 여기저기 녹아내린 자국만 남아 있었다. 그 많던 눈이 어째서 저렇게 빨리 없어졌을까?

의문은 곧 풀렸다. 길바닥 여기저기에서 태운 자국들이 눈에 띄었다. 곳곳에서 오르고 있는 매캐한 연기도. 불을 피워 적을 쫓아보려 했던 모양이었다.

악한 마술 중에는 한 번 죽은 사람을 되살려 내어 의지 없는 하수인으로 부리는 것이 있다. 그렇게 되살려 낸 살아 있는 시체를 좀비(zombie)라고 부른다. 그리고 좀비를 퇴치하는 데는 불이 효과가 있는 걸로 알려져 있었다. 미르보가 나우케 의사에게 들은 바로는 마을을 습격한 적이 좀비와 비슷한 모습이었다고 했다.

마을 어귀에서부터 여기까지 오는 동안 벌써 10여 구의 시체를 보았지만 그 정체 모를 적의 시체라고 할 만한 것은 전혀 눈에 띄지 않았다. 반면 살아 있는 적 또한 없었다. 다 끝난 걸까. 하지만 지금의 나는 그걸 다행하게 느낄 신경도 남아 있지 않았다.

명이 다해 죽은 시체를 보는 것도 쉬운 일이 아닌데, 살해된 시체가 주는 충격은 더 말할 것도 없다. 그가 아는 사람이라면 더욱.

"고르만 씨!"

급히 다가가려다 미끄러져 넘어질 뻔했다. 녹은 눈이 그 사이 다시 얼어붙고 있었다. 다문 입안의 이가 시릴 정도로 추운 날씨였다.

간신히 중심을 잡고 반쯤 탄 폐허 앞에 엎어져 있는 사람에게 달려갔다. 체크무늬 웃옷을 보면 모를 수 없다. 왜 날마다 그 옷만 껴입고 다니느냐며 고르만 부인이 짜증스레 잔소리하던 옷. 더러워도 괜찮으니 내 좋아서 입는다며 사람 좋게 고집을 부리던 고르만 씨.

어깨를 잡고 흔들었다. 갈색 앞치마를 두른 살집 좋은 몸이 좌우로 흔들렸지만, 아무런 반응이 없었다. 고개를 올려 볼까…… 그만두자.

숨을 한 번 들이켜고 몸을 일으켰다. 눈가에 뜨뜻한 것이 맺혔지만 고개를 흔들어 털어 버렸다. 벌써 이럴 때가 아니었다. 아직 볼 것이 남아 있다. 지난 18년간의 내 삶이 한순간에 사라져 버린 광경을 확인해야만 했다.

20구 정도의 시체를 보고 나니 감정을 느낄 마음조차 남아 있지 않은 느낌이었다. 마음도 닳아서 없어지는 걸까. 시체들 중에는 사슴 잡화 주인 쿠멘츠 씨도 있었다. 게펴 녀석은 어디로 갔을까.

미르보는 내게 괜찮으냐고 물을 만한 사람은 아니었다. 우리는 말없이 걸었다. 너무 조용했다. 적들은 사라졌고 아무것도 나를 위협하지 않았다. 죄 없는 저를 가두신 영주님, 당신에게 감사해야겠군요.

그런 생각은 곧 지워져버렸다. 큰사슴 잡화의 간판이 저만치 보이는 순간, 나는 열에 들뜬 사람처럼 온몸이 홧홧해졌다.

지붕이 완전히 무너지고…… 이건 아니…… 아닐 거야!

한달음에 가게로 이어지는 언덕을 뛰어올랐다. 단숨에 문을…….

문고리를 잡은 채 나는 부르르 떨었다. 그럴 리가 없어. 분명히 계실 거야. 언제나 그랬듯이, 가게 앞 의자에 앉아 계실 텐데, 아니, 침대 밑이나, 바닥 창고나…… 그런 곳에 수, 숨어서 분명히…… 내가 오기를 기다리고…… 눈이 빠져라 기다리고…… 계실 텐데!

온몸에 힘이 들어갔다. 문을 잡아채자 문짝이 맥없이 떨어져 나갔다. 안의 광경이 한 눈에 들어왔다.

"아……."

세상이 멈췄다.

「파비안, 파비안, 이 녀석아, 배달 안 가?」

「아휴, 어머니. 참새 그물은 분명 안 사갈 거라니까요!」

「네가 어떻게 그리 잘 아니? 얼른 시키는 대로 훌쩍 갔다 와.」

「어머니도 참.」

나는 별 수 없이 옷깃을 추스르며 밖으로 나갈 준비를 한다. 겐즈 씨는 분명 참새 그물이 더 필요하지 않을 거라고 구시렁거리면서. 가게 의자에 앉은 어머니는 온통 새하얀 옷을 입고 계신다. 한 번도 그런 옷을 입으신 적이 없는데.

「어머니, 그 하얀 옷은 어디서 난 거예요? 와, 천사 같긴 한데 창고 먼지를 감당할 것 같지는 않네요.」

「말을 그렇게 밖에 못하니, 이 녀석아?」

「헤헤, 농담이었어요, 어머니. 영주님네 마나님보다 더 우아하고 멋져요.」

「겨우 영주 부인한테나 비교해서야 되겠어?」

어머니는 의자에서 일어나신다. 희고 긴 치맛자락과 흰 얼굴, 흘러내린 갈색 머리카락까지 모든 곳에서 빛이 나는 것 같다. 우리 어머니가 언제부터 저렇게 멋있었지?

어머니의 양팔 아래에서 커다랗고, 눈처럼 흰 날개가 훌쩍 돋아난다. 양쪽을 펴니 가게 안을 가득 채우고도 남는다. 날아오를 것처럼 깃이 펄럭인다. 저런 모습을 하고 어딜 가시려는 거지?

가게에는 지붕이 없다. 어머니는 날개를 한 번 치시더니 순식간에 내 키의 몇 배나 되는 높이로 솟아오르신다.

「어머니! 어디 가세요!」

나는 멍청히 서서 하늘을 올려다본다. 이미 까마득히 멀어져버린 날개 달린 어머니를.

어머니는 대답 없이 멀어지신다.

영원히 대답이 없으시다.

"어머니!"

아아, 나는 잡히지 않는 허공을 움켜쥐고 있었다.

내 팔에서 흘러내린 낯선 이불을 멍하니 보다가 새삼 이곳이 여관이라는 사실을 되새겼다. 단정하지만 낯선 방. 그렇지만 나는 여행을 떠나 여관에 든 것이 아니었다.

오늘이 며칠인지도 모르겠고, 알고 싶지도 않았다. 도저히 일어날 기분도, 기운도 나지 않았다.

네 개 마을 중 큰 피해가 없는 곳은 월계수의 그릴라드뿐이었다. 이곳은 그릴라드의 '푸른 잎사귀' 여관이다. 누운 채로 본 천장에는 정말로 푸른 잎사귀들이 그려져 있었다. 나는 아침이면 늘 바빴기 때문에 내 방의 천장 따위를 감상할 시간이 있었던 적은 없었다. 그런데 지금은 감상하기 싫어도 눈을 뜨고 있는 한, 쳐다볼 것은 그것뿐이었다. 머리를 돌릴 기력조차 없었다.

손을 들어 머리를 쓸어 보려 했지만 양팔이 너무 무거운 나머지 그만두어 버렸다. 잠시 후엔 발가락을 움직여보려 했지만, 움직였는지 아닌지조차 모를 지경이었다. 내 것이 아닌 듯한 몸 안에 들어앉은 내 영혼. 그 안에서 무슨 생각에 잠겨 있을까.

그동안 내가 뭔가 먹었는지, 잠은 얼마나 잔 것인지, 아무것도 기억나지 않았다. 어떻게 여기로 오게 되었는지도. 여기가 어디란 걸 왜 알고 있는지조차 헷갈렸다. 기억을 잘 더듬어 보면 이것저것 생각날지도 모르지만 지금은 전혀 그렇게 하고 싶지 않았다.

어떤 기억도 떠올리고 싶지 않아.

문을 두드리는 소리가 났다. 기운이 없어 가만히 있자 다시 한 번 두드렸다. 그냥 들어오면 될 텐데.

문이 딸깍 열렸다. 뜻밖의 얼굴이 들여다보고 있었다.

"류지아…… 나우케?"

말해놓고서 나는 당황했다. 류지아 때문이 아니었다. 이게 내 목소리인가? 끌로 쇠를 가는 소리처럼 기괴하게 비틀린 목소리였다.

류지아는 내 목소리를 듣고도 당황하는 기색이 없었다. 문을 닫고 들어오며 짧게 말했다.

"깨어 있었구나."

할 대답도 없었거니와, 내 목소리를 듣고 싶지 않아서 그냥 입을 다물어버렸다. 류지아는 내 머리맡으로 다가왔다. 그곳에 의자가 있었는지 뭔가에 걸터앉는 기색이었다.

"기분이 어때?"

내 기분이 어떻지?

그걸 알아내려고 스스로를 의식하자, 갑자기 참을 수 없는 기억들이 치밀어 올랐다.

"욱……."

내가 갑자기 턱을 허공으로 쳐들며 이상한 소리를 내자 류지아는 당황했다. 머리까지 들어 올릴 힘이 없어 이마 쪽은 그냥 베개에 처박힌 채였다. 목이 꺾여 숨이 막혔다. 류지아는 의자에서 일어나 내 뺨을 감싸 쥐며 진정시키려 애썼다.

"괜찮아, 괜찮아."

무엇이 괜찮지?

류지아가 점을 쳐주던 때가 떠올랐다. 떠나기 직전에 류지아는 나에게 말했었다. '껍질에서 나오고 싶지 않다면, 이대로 잡화점 점원으로 계속해서 살다가, 잡화점이나 물려받아 늙어 죽는 편이 좋니?'

나는 고개를 흔들었고.

'그러면 삶이 바뀌기를 원하는 거야?'

바뀌더라도 어떻게 바뀐다는 건지 모를 일이다 보니 나는 고개를 갸웃거리며 설명해달라고 했다. 류지아는 이맛살을 찌푸리며 생각에 잠겼다가 말했다.

'바뀌어서 한편으로는 좋고, 한편으로는 나쁘겠지. 또, 네가 좋게 느끼는 쪽이 실은 나쁜 일일 수도 있고, 네가 싫어하는 쪽이 오히려 네게 좋은 일일 수도 있어. 변화란 말 그대로, 그 자체이지. 용기이기도 하고, 위험이기도 하고, 그 대가이기도 해.'

종잡을 수 없는 말에 답답해진 나는 좀 더 생각해봐야 선택할 수 있겠다고 대꾸하고 그 집을 나왔지.

그러나 내 인생은 송두리째 바뀌어버렸어. 내가 원했든, 원하지 않았든. 나는 아무것도 고르지 않았는데.

다시 뭔가가 치밀어 올랐다.

"우웁……."

도저히 되새기고 싶지 않은 기억은…… 내가 발견한 어머니의 가슴 가운데 뚫린 구멍, 그 둘레에 얼어붙어 검은 얼룩으로 변한 피.

가슴이 들썩거렸다. 침대가 흔들릴 정도였다. 내가 온몸을 부들부들 떨자, 류지아는 가만히 지켜보다가 뜻밖의 행동을 했다. 침대 위에 올라와 내 위에 엎드렸던 것이다. 그리고 그녀의 몸으로 떨리는 내 몸을 지그시 눌렀다.

"……"

류지아의 팔이 내 몸을 감싸 안는 것이 느껴졌다.

코 안 가득 소녀의 냄새가 들어찼다. 머리카락이 내 얼굴과 베개를 뒤덮었다. 전에 보았을 때는 단정히 뒤로 묶고 있어서 몰랐는데 류지아의 머리는 매우 길었다.

따뜻하다.

점차로 내 몸은 진정되었다. 머리가 빙글빙글 도는 듯했지만 경련이 잦아들고, 가늘어졌다. 그리고 내 것이 아닌 것처럼 굳어 있던 몸 구석구석에 감각이 돌아왔다. 처음 느껴진 감각은 끔찍한 통증이었다. 어디가 아픈지도 확실치 않았지만. 그 다음으로 느껴진 감각은…….

나는 그녀의 몸의 윤곽을 조금씩 감각하고 있는 자신을 발견했다. 이런 말도 안 되는 일이…….

그러나 몸이 따뜻해지고 피가 도는 것이 느껴졌다. 얼굴을 붉힐 만한 피가 내 몸 속에 있을까?

"얼굴에 화색이 도는걸."

무안한 나머지 후닥닥 몸을 일으키고 싶었지만, 그럴 힘이 없었다. 다행히 류지아가 몸을 일으켰다. 시선을 돌리자 흐트러진 머리를 매만지고 있는 그녀의 손이 눈에 들어왔다. 차라리 눈을 잠깐 감는 편이 낫겠다 싶었다.

눈을 감고 있는데 그녀의 목소리가 들려왔다. 단정하게 가라앉아 있어서 나도 점차 침착해지는 느낌이었다.

"나는 예언자. 다시 말해 점쟁이지. 너도 알겠지만."

그러고 보면 류지아는 여기까지 나를 찾아올 만큼 친한 사이가 아니었다. 무슨 볼일이 있는 걸까?

"그날 내가 했던 이야기들, 기억 나?"

눈을 뜨니 류지아가 침대 가장자리에 걸터앉아 나를 내려다보고 있었다. 깊은 우물처럼 가라앉은 눈이었다. 지난번에 점을 볼 때도 저런 눈은 아니었다.

"네게 다가올 고통과 죽음에 대해 대수롭잖게 말한 것을 미안하게 생각해. 이 정도일 줄은 몰랐어. 예언자들은 대부분 점칠 사람의 운명에 감정적으로 개입하기를 꺼려. 우린 너무나 많은 사람을 대하고, 그중에는 지독한 운명들도 얼마든지 있기 때문일 거야. 그렇지만 이젠 달라졌어. 네 운명이 내게 뚜렷한 존재가 됐어."

나는 흠칫해서 몸을 일으키…… 켰는 줄 알았는데 그대로 있었으므로 별 수 없이 고개만 들었다.

"무슨…… 소리야."

역시 듣기 싫게 그르렁대는 쇳소리다. 행려병자의 말로 같구나.

"예언자는 일생 동안 수많은 예언을 하고 점을 치지만 모든 사람의 이야기를 다 중요하게 여기는 것은 아니야. 어떤 날은 하루에도 수십 명의 운명을 점치고, 곧 잊어버리기도 해. 다음에 찾아왔을 때 상대가 잘 설명해주지 않으면 전에 뭐라고 했는지 전혀 기억나지 않는 경우도 있어."

류지아는 묘하게 솔직한 말투였다.

"파비안, 처음엔 몰랐지만 네 운명을 점치면서 예언의 물그릇에서 떠오르는 이야기 중에 나와 맞닿은 곳도 있다고 느꼈어. 네가 돌아간 후에 나는 그것에 대해 잘 생각해 보았지."

듣고 있다는 표시로 고개라도 끄덕여 주고 싶었지만, 너무 힘들어서 눈만 감았다가 떠 보였다.

"예언력이 특별히 연결된 상대. 예언자들에게 종종 그런 상대가 있다고 들어 왔지만 전에는 한 번도 만나본 일이 없었어. 하지만 네가 누워 있는 동안 서서히 느낌이 왔어. 위대한 예니체트리께서 내려주신 내 능력은 너라는 사람을 만나 운명을 점치라는 거였구나, 하고. 이상하게 들리겠지. 나도 기분이 이상해. 이런 상대를 자주 만나게 되는지는 나도 모르겠네."

류지아는 계속해서 말했다. 사람의 운명은 사람 자신처럼 그림자가 있는데, 표면적으로 점칠 때는 빛을 받는 부분만이 보였다. 그것만으로도 어느 정도는 들어맞는다고 했다. 하지만 가끔은 그림자 속에 가공할 반전이 숨어 있는 경우도 있다. 그런데 나처럼 예언력이 연결된 상대를 만나면 그림자 속까지 환하게 보인다는 것이었다.

저렇게 말하는 류지아가 나보다 어린 소녀가 맞을까. 예언자란 어떤 신비로운 무리이기에 저런 말을 저런 표정, 저런 말투로 할 수 있을까.

류지아는 낮고 단호한, 특유의 목소리로 말을 맺었다.

"네 운명을 다시 한 번 점치겠어."

"지금?"

"지금은 아니야. 날을 택해서, 완벽하게 준비해서 할 거야. 한 달 정도는 시간이 필요하니까 그때까지는 어디로 떠나지 않았으면 해. 이건 네 운명에 대한 점술이니까 네게 가장 중요하겠지만, 나에게도 못지않게 중요하거든. 예언자로서의 나 자신이 걸려 있어. 내가 무언가를 잘못 말하면, 그 영향이 나에게도 올 거야."

류지아는 말을 맺자마자 몸을 일으키더니 별다른 인사도 없이 휙 나가 버렸다.

이런 것을 전환기라고 하는 걸까. 기존의 물은 흘러나가고 새로운 물이 들어오고 있다. 물결이 느껴진다. 하지만 내일 무슨 일이 일어날지 모르는 상태가 두려워.

되돌아가고 싶어. 내일 궁금한 건 날씨뿐이던 세상으로. 원래대로 돌려놓고 싶어. 그냥 아침에 일어나 가게 보고, 배달 가고, 그러고 싶어. 이 새로운 세상은 너무 차가워.

어머니가 계시던 그 세상으로 돌아가고 싶어.

"갑작스럽게 쏟아져 들어오더니 흔적도 없이 사라진 거죠. 하얀 산맥을 넘어왔나 싶긴 한데. 아니면 다른 데서 먼저 소문이 들렸을 테니까요. 도로 산맥을 넘어간 것일지도 모르죠. 달리 어디로 갔는지 아는 사람도 없잖습니까?"

"다른 동네로 간 게 아니란 말인가?"

"그랬으면 당장 근방의 영지들부터 난리가 났을 텐데 조용한 걸 보세요."

"아이구, 그게 어디로 갔대 그래."

깜빡 잠들었던 나는 옆방에서 두 사람이 대화하는 소리에 현실로 돌아왔다. 한 사람은 목소리가 익숙했다. 나우케 의사였다.

"저도 궁금합니다. 다른 영지에 전갈해 보니 그런 놈들을 봤다는 사람이 아무도 없는 모양이더군요."

"저기, 직접 보셨다고 그랬죠? 궁금해서 그러는데 도대체 어떻게 생긴 놈들이래요?"

"흐물흐물한 반죽 같아요. 오트밀로 만든 시체랄까."

"아니, 그런 걸 보고 오트밀이라니, 의사 양반도 참 비위 대단하시네!"

나우케 의사의 웃음소리가 들려왔다. 마지막으로 본 얼굴보다 옛날 성에서 봤던 모습과 겹쳐지는 웃음이어서 기분이 묘해졌다.

"입맛 나는 놈들은 아니죠. 무엇보다 악취가 지독하니까."

"그런데 그게 좀비는 아니고?"

"좀비처럼 시체를 되살린 괴물이 아닐까 싶긴 한데, 좀비와는 달리 불로는 전혀 효과가 없습디다. 허허허."

"진짜 큰일 겪으셨네. 도대체 뭘 하러 온 걸까?"

"글쎄요. 괴물에게 목적을 기대하긴 힘들겠죠. 한 일도 학살 외에는 없으니까요. 우리가 뭐 천벌 받을 짓을 한 것도 아니고."

"정말 그놈들이 병사들도 못 당하게 강해요?"

"힘도 세지만 팔다리를 자르면 떨어진 부분도 움직이는 그런 종류예요."

"아이구, 생각만 해도 끔찍하네. 그런 놈이 몇백 마리나 되면…… 어머, 내 정신 좀 봐. 의사 양반 붙들고 실없는 질문은. 그럼 전 내려가 볼게요."

"네, 아주머니. 일 보십쇼."

침대 옆 탁자에 수프 그릇이 놓여 있었다. 누가 갖다놓았는지 보지 못했지만 아직 김이 오르는 걸 보니 다녀간 지 얼마 안 된 듯했다. 닭고기 수프의 냄새였다.

류지아 덕택이랄까, 전보다는 몸의 상태가 나아진지라 나는 애써 몸을 일으켰다. 상체나마 세우고 보니 머리가 휘청거리고 주위가 핑글핑글 돌았다.

이런 꼴로도 배가 고프고, 살려니 먹어야 하는 걸까.

수프를 먹으려 했는데 그릇이 너무 무거워서 들 수가 없었다. 창피하군. 그 무겁던 검도 휘두른 나인데. 그러고 보니 검은 어디로 갔지? 두리번거려 봤지만 방 안 어디에도 보이지 않았다.

그러고 보니 어느새 고개를 돌릴 수 있게 됐구나 싶었다. 차근차근 해나가자는 생각에 그릇은 두고 숟가락에 도전해 봤다. 다행히 숟가락은 쉽게 됐다. 이제 저 수프 그릇을 내 무릎 위로 옮겼으면 좋겠는데. 불가능한 꿈일까.

“파비안? 일어났어?”

나우케 의사가 어느새 문을 밀고 들여다보았다. 그의 얼굴이 목소리처럼 밝은 것을 확인하니 안심이 되기도 하고, 기분이 이상하기도 했다.

“일어났구나?”

나우케 의사는 내 악전고투를 목격하고는 친절히 도와주었다. 숟가락질이라도 혼자 하려고 애썼지만, 결국 나우케 의사가 떠 먹여 주는 대로 가만히 있는 쪽이 효율적일 듯했다. 나는 혓바닥으로 수프를 굴리면서 물었다.

“오늘 남매 두 분을 다 뵙게 되네요.”

말하다 말고 내 목소리에 새삼 흠칫했다. 줄곧 꾸었던 꿈속에서는 괜찮았던 것이다. 하지만 이 쉰 목소리가 현실의 목소리였다.

"글쎄다. 류지아가 여기 온 것은 어제인데?"

어제라고? 이거야말로 비몽사몽이로군. 나는 얼떨떨하게 있다가 나우케 의사의 숟가락 공격에 다시 정신을 차렸다.

"픕, 그랬군요."

"그래. 류지아가 네 점을 보겠다고 하던데, 너 복채는 있냐?"

"에…… 예?"

그런 생각은 해보지도 않았다. 운명이 연결됐느니 어쩌고 해서 그냥 공짜로 봐 주는 줄 알았는데? 류지아가 나보다 더 무서운 사람이었단 말인가? 하지만 가게고 뭐고 다 망한 마당에 복채가 어디 있어?

생각이 가게에 이르는 순간 쓸데없는 기억이 불쑥 떠올라 저도 모르게 입이 벌어졌다. 수프가 입가에서 흘러내렸다.

"우웁……."

나우케 의사는 내 표정을 흘끔 보더니 말을 이었다.

"파비안 임마, 너 점쟁이가 복채를 안 받으면 신통력이 떨어진다는 이야기도 못 들어보았어?"

사정없는 수프 공격까지 퍼부어 가며 나우케 의사는 여전히 질문을 계속했다.

"이번에 류지아가 아주 크게 준비하는 모양이던데, 너 복채 제대로 마련해야겠더라? 뭣하면 몸 나은 다음에 내 일이라도 도와서 몇 푼 마련해 보면 어때? 그 정도는 도와줄 수 있거든?"

"의사…… 조수요?"

"그것도 쉬운 일은 아닐걸? 난 돈을 꺼냈다 하면 본전은 뽑거든? 내

동생 성격이 어디서 나왔겠냐? 너도 봤지?"

"……."

나는 깨달았다. 나우케 남매는 각자 다르긴 하지만 충격에 빠진 사람을, 아니 적어도 나를 달래는 일에는 상당한 재주가 있음을. 돈에 대해 생각하기 시작하자 어느새 내 머리는 이성적으로 돌아가기 시작했다. 나우케 의사가 내 성격을 저렇게 잘 파악하고 있었다니.

"이래봬도 이름난 점원이에요."

"하핫, 그렇다면 한번 기대해 볼까?"

수프를 다 먹었다. 나우케 의사가 손수 수건으로 입가를 닦아주고 다시 눕혀주는 동안 나는 하고 싶었던 이야기를 꺼냈다.

"의사 선생님은 보기보다 강하신 것 같네요."

"보기에는 어떤데?"

"보기에 뭐 어떻다기보다, 금방 극복하시는 것 같아서요."

나우케 의사는 입만 움직여 웃어 보였다. 자세히 보니 그의 얼굴에는 아직 상처 자국이 남아 있었다. 핏자국도 닦지 않고 성문 앞에 서 있던 그의 넋 놓은 눈빛이 떠올랐다.

"난 의사잖아."

내가 납득이 안 간다는 시선을 보내자 그는 무심코 자기 뺨의 상처를 매만졌다.

"다른 사람을 돌봐야 되잖아. 넋을 놓고 지낼만한 여유가 없지."

"여유가 없을 뿐이란 건가요?"

"여유가 생기면……."

나우케 의사는 내 이불을 들춰 탕파(湯婆)가 아직 따뜻한지 확인하면서 말을 이었다.

“이번 일을 기록으로 써서 남길 생각이야. 나 외엔 할 사람이 없는 것 같으니까.”

“그렇다는 것은?”

“그래. 생존자가 거의 없다.”

나를 아는 사람 열 중 아홉이 사라졌다. 내가 살아온 역사가 지워진 느낌이었다. 내가 태어나고 자라는 것을 본 사람들, 나와 어울리고 내게서 물건을 사 가던 사람들이 내 18년을 가지고 가버렸다.

“하비야나크는…….”

나우케 의사는 고개를 저었다.

“너를 제하면 확인된 사람은 한 명뿐이다.”

“누구죠?”

“설산의 불빛 여관의 고르만 부인.”

“아아…….”

가게로 올라가는 길목에 쓰러져있던 고르만 씨의 뒷모습이 눈가를 스쳤다. 그 생각을 해선지 눈물이 약간 솟아났다.

“그러나 반쯤 죽은 것이나 다름없는 상태야. 상처는 별 것이 아닌데 정신을 놓아 버렸어. 그 상황에서 살아남은 것도 기적이긴 하지. 사람들 말로는 부인의 동생 덕택인 것 같다더군. 그 사람의 시체가 부인을 감싸 덮고 있었다니까.”

싹싹하고 활기 넘치던 고르만 부인의 모습이 생각났다. 래프티 고르만이던가. 고르만 씨가 '래프티!' 하고 부르던 것 같은데. 동생이라. 그렇다면 딕도 죽었구나. 딕에게 보여줬던 보석은 가게에 그대로 있을까.

그렇게 생각하며 나우케 의사의 얼굴을 보자 뭔가 어색한 것이 느껴졌다. 다시 한 번 찬찬히 뜯어보았다. 흉터뿐이 아니었다. 그의 왼쪽 귓불 일부가 잘려나가고 없었다.

"하비야나크의 피해가 가장 심하지. 모르긴 해도 수년 안에 복구되기는 힘들 거다. 그 다음이 눈꽃의 스텐보름. 그래도 스텐보름에는 조금 생존자가 있는 모양이야. 장미꽃의 엠버는 사람들이 일찌감치 도망쳐서 큰 피해는 없었다고 하고, 월계수의 그릴라드는 보다시피 이렇고……."

설명하다 말고 문득 나우케 의사가 말을 멈추더니 말했다.

"파비안, 많이 회복된 것이 확실하구나. 이런 이야기를 그냥 들을 수 있는 것을 보니."

그런가요.

사라진 사람들을 생각하니 서늘한 감촉이 목덜미를 감쌌다. 눈보라 속에서 목도리가 사라진 것처럼.

"전 솔직히 선생님이 쾌활해서 좀 놀랐어요. 지난번에는……."

나우케 의사는 손을 내저어 내 말을 막았다.

"나라도 웃지 않으면 날 보는 아픈 사람들의 기분이 어떻겠어?"

그렇게 말하며 의사는 다시 웃었다. 그제야 이렇게 집요하게 묻는 게 아니었다는 생각이 들었다. 겉으로 보이는 태도가 전부는 아닌 것이다. 왜 그 생각을 못했을까.

나는 말을 돌렸다.

"제가 얼마 동안 누워 있었어요?"

"음, 오늘이 닷새째지."

"그렇게 오랫동안 아무것도 안 먹고 살아있는 것이 신기하네요."

"나도 신기하다. 하긴 네가 거울을 본다면 신기한 것이 좀 더 늘겠지만 말이야."

"보여주세요."

"참아. 또 정신적 충격을 받게 되면 이번엔 회복이 어려울지도 몰라."

가슴을 찔렀을 만한 농담도 그의 입으로 들으니 그냥 웃음이 나왔다. 몸도 서서히 따뜻해졌다. 침대 속에 줄곧 들어 있던 탕파도 닭고기 수프만 한 효과는 없었나보다. 그러고 보니 얼굴이 푸석푸석한 느낌이 드는데. 이런 거라도 느껴지는 것이 회복의 증거인가.

"참, 미르보 겐즈 씨는 어디로 가셨는지 아세요?"

"아, 참새 그물 겐즈 씨."

그물 스무 개가 너무 많아서 배낭에 다 안 들어가기라도 했는지, 의사 선생까지도 알고 있었다.

"며칠 전에 나한테 맡겼던 짐을 찾아갔는데, 그 후에는 어디로 갔는지 모르겠군. 맞아. 그날 그 사람이 너를 여기로 데리고 왔었지."

미르보가 가게 앞에서 쓰러진 나를 데리고 왔구나. 고맙다는 말도 못했는데 기다려주지도 않고 가버렸네. 친분이 있다고 할 정도는 아닌데, 그 사람도 보고 싶어졌다. 이러다가는 온 세상 사람을 다 그리워하게 될 판이네. 그러면서 일생을 보내고 싶지는 않은데.

"내일까지는 수프를 들고, 계속 괜찮으면 모레부터는 식사를 해 봐라. 몸이 쇠약한 상태에서 충격을 받아 오래 자리에 누웠지만, 워낙 강단 있는 체질이라 회복되니 시작하니까 빠른데."

그래요. 죽은 사람은 죽고, 살 사람은 살게 되어 있지요.

"제 검이 혹시 어디에 있는지 아세요?"

"네가 껴안고 있던 그 끔찍한 검이라면 네 침대 밑에 있는걸."

그랬구나. 하긴 그런 걸 누가 가져가겠어.

"그럼, 난 이만 간다. 몸조리 잘해라, 파비안."

의사 선생이 나가려다가 돌아보기에 어색한 미소로 인사했다. 그가 내 마음을 알아 줬을까.

수프라도 먹게 된 날로부터 하루가 지나갔다. 저녁부터 드디어 빵을 먹게 됐다. 걸어 다니는 데도 문제가 없어졌다.

나우케 의사가 다녀가면서 반은 농담 삼아 기적이라고 말해 주었다. 하긴 의사의 평가만은 아니었다. 재해 대책 본부가 되다시피 한 푸른 잎사귀 여관에 드나드는 사람들은 모두 나의 빠른 회복에 놀라워했다. 오랫동안 혼수상태였기 때문에 더욱 놀라운 모양이었다. 그러나 나는 알고 있었다. 극복해야 할 것을 극복하고 나자, 몸의 상태 따위는 문제가 아니었다는 것을.

하루가 더 흐르고, 나는 완연히 회복된 걸음걸이로 다시 한 번 하비야나크로 가는 오르막을 올랐다. 바람이 찼다. 열여덟 해나 하얀 산맥 아래에 살았지만 오늘처럼 바람이 차갑게 느껴진 날은 없었다.

언덕길의 오르고 내리는 경사는 예전과 똑같았다. 하지만 그뿐이었다. 배달을 한답시고 하루에 한 번씩 오르내리던 그 길을 함께 오가던 사람들, 스노보드를 탄 나한테 인사를 보내거나 욕설을 퍼붓던 사람들은 모두 사라졌다. 낮인데도 한밤중처럼 조용했다. 마치 꿈속처럼.

그럭저럭 모양을 유지한 집도 있었지만 대부분은 부서지거나 무너져 오랫동안 버려진 듯 보였다. 저기는 목수 나스레트 씨의 가게, 저기는 군고구마를 팔던 안다 아주머니의 집, 또 가죽으로 구두 만드는 솜씨는 엠버리 전체에서 따라갈 사람이 없다던 뢰야네 할아버지의 구둣가게. 모두 슬플 정도로 부서져 있었다.

이제 언덕 하나만 오르면 우리 가게다.

시체들은 엠버와 그릴라드 사람들이 와서 치웠고, 오늘 저녁때 한꺼번에 장례식을 치르기로 되어 있었다. 물론 우리 어머니도 이미 엠버에 가 계셨다.

이렇게 장례가 늦어진 것은 영주님 가족이 일이 벌어지자마자 줄행랑을 놓아버린 채 돌아오지 않고 늑장을 부렸기 때문이었다. 아니, 과거형이 아니라 현재형으로 해야겠군. 그들은 지금도 돌아오지 않고 있다.

추운 날씨에도 시체들이 부패할 지경이 되자, 보다 못한 각 마을 촌장들이 모여서 장례를 치르기로 결정했다. 각 마을 촌장이라고 해도 엠버와 그릴라드뿐이지만. 하비야나크는 이제 없는 마을이 되어 버렸다. 스텐보름도 살아남은 사람은 10여 명 정도밖에 안 된다고 들었다.

장례를 합동으로 치러도 상관없는 이유는 남은 연고자가 한 명도 없는 사람이 너무 많기 때문이었다. 모여 살던 사람들은 말 그대로 몰살을 당했다. 기억할 사람이 없는 그들의 존재는 본래부터 없었던 것처럼 잊히겠지.

저만치 간판이 떨어지고 지붕이 날아간 큰사슴 잡화가 올려다 보였다.

가까이 가 보니 문이 떨어져나가는 바람에 가게 바닥까지 눈이 쌓여 있었다. 안쪽의 살림집으로 들어가 당장 필요한 물건 따위를 챙겨 들고 돌아섰다. 밖으로 나와 몇 걸음 걷다가 뒤를 돌아봤다. 그런 채로 한참 동안 머뭇거리며 서 있었다. 가게 안에 눈 발자국이 남은 모양이 자꾸 눈에 걸렸다.

결국 나는 도로 들어가 빗자루를 찾아 들고, 가게 안의 눈을 모두 쓸어낸 뒤 문짝까지 고쳐 달고 돌아왔다.

2장.

1월 '음유시인(Troubard)'

2월 '암흑(Darkness)'

3월 '아르나(Arna)'

4월 '타로핀(Tarophin)'

5월 '키티아(Kitia)'

6월 '인도자(Guardian)'

7월 '약초(Herb)'

8월 '파비안느(Pabianne)'

9월 '환영주(Harsh Miosa)'

10월 '방랑자(Wanderer)'

11월 '점성술(Astrology)'

12월 '문자(Word)'

13월 '황금(Gold)'

14월 '노현자 (Elder Sage)'

1월 '음유시인(Troubard)'

음유시인의 별 '라 트루바 드루에(La Trouba Druer)'가 지배하는 한 해의 첫 아룬드이다. 겨울치고는 일기가 좋은 편이며, 가끔 눈이 내리는 것을 제외하면 여행에도 큰 지장이 없다. 이 시기에 북쪽 지방에서는 운 좋으면 극광을 볼 수도 있다. 그대는 음유시인이 새로이 연 한 해의 머리에서 예지의 말을 써나갈 수 있으리라.

'친근한 시인 드루에'라는 별의 이름은 특정한 인물을 가리키는 것이 아니라 음유시인들이 스승으로부터 가장 많이 지어 받는 이름 중 하나인 '드루에(하프라는 의미)'에서 유래한 것이다. 겨울 하늘에서 가장 밝게 빛나는 별이기도 한 드루에는 천구의 회전축에 가까이 위치해 있어 사계절 내내 볼 수 있다. 또한 음유시인 아룬드는 열 네 아룬드 중 가장 기원이 오랜 것 가운데 하나로서, 옛 문헌에 남아 있는 초기의 일곱 아룬드 중에서도 그 명칭을 찾아볼 수 있다.
이 아룬드에 음유시인을 만나면 노래를 지어 받기를 청하는 풍습이 있다. 또한 음유시인들도 이때만은 대가 없이 수호의 힘을 가지는 노래를 만들어 선사한다.

생명의 음유시인, 계관자(桂冠者)라고도 불리는 고귀한 트루바드(Troubard) 음유시인들은 이때에 어딘가에 모여 회합을 갖는다고 하나 장소나 시간은 알려져 있지 않다.

전통적으로 음유시인은 '문을 여는 자'라는 의미를 가지고 있다. 오래된 예절에 의하면 어떤 장소를 떠나거나 들어갈 때는 음유시인을 가장 앞에 세우며, 음식을 들거나 회합에서 입을 열 때, 물건을 나누어 가질 때 등에서도 음유시인의 '첫째'라는 권리가 인정되곤 한다. 이런 행동에는 음유시인이 시작한 일이라면 반드시 안전과 풍요 속에서 성공할 것이라는 신념이 깔려 있다. 이 신념은 이 세계가 노래 속에서 생겨났다는 전설과 더불어 오랫동안 신봉되어 왔다.

"숨겨졌던 옛 노래가 스스로의 존재를 알리다"라는 경구로 요약되는 이 아룬드는 숙명을 탐색하려는 뜻을 세움, 잠재된 천분의 힘을 느낌, 자신의 그림자를 우연히 만나게 됨, 오래 계속될 방랑에 들어섬, 과거에 치렀어야 할 대가가 미래를 좌우함 등의 암시를 가진다. 이 아룬드를 의미하는 빛깔은 고귀한 자를 위한 은밀한 색깔, 보랏빛이다.

— 점성술사들이 달력에 적는 각 아룬드의 의미,
그중 첫 번째.

1. 하나를 잃고 하나를 얻다

자 이제, 그 기사의 이야기를 한번 해 볼까요?
겨울의 끝은 봄, 니스로엘드가 가고 프랑드의 꽃이 피도록
누구나 기다리고 기다리게 될 그 사람의 이야기를?
네 계절을 되찾아 닫혀버린 시간을 열어놓고자
열네 별이 은밀히 세상에 내려 준 그 이야기를?
나는 할 수 있어요. 내 노래 속에는 운명의 속삭임이
숨어 있죠, 그 누가 내려 주었던가요?
내게 거울을 보듯 세상 사람의 미래를
들여다보도록 하는 예언의 힘을.
당신이 내 이야기를 듣고 싶다면…….

– 고대 이스나미르 왕국, 이스나에의 무녀
'레 클로슈' 엘리종의 예언시 「녹보석의 기사」 1연

그릴라드가 하비야나크보다 좀 더 살 만한 날씨이기는 했다. 나무 덧창이 얼어붙도록 추웠지만 하늘은 새파랗게 개어 있었다.

내가 임시로 거처를 정한 곳은 그릴라드의 잡화점 주인 신데볼프 씨의 집이었다. 어머니와 종종 재고품을 바꿔 가질 정도로 잘 알고 지냈고, 어머니를 잃은 내게 같이 지내자고 먼저 제의할 만큼 인심이 넉넉한 사람들이기도 했다. 먹은 값을 하는 데에는 예전부터 익숙한 몸이라 전적으로 신세지는 입장이 되진 않았다. 신데볼프 씨의 잡화점은 그럭저럭 바빴고, 그 집 아들은 나와 달라서 잡화점 일을 돕는 법이 없었다.

가게가 바뀌었을 뿐, 잡화점 일은 구석구석 신경 쓸 데가 많은 법이라 일상이 한가롭지는 않았다. 일을 꼭 해야 하는 건 아니지만, 손발이 놀고 있을 때만큼 쓸데없는 기억이 잘 찾아오는 때도 없다.

"휴우……."

가게를 보고 있자니, 더 작았고 좀 더 낡긴 했어도 큰사슴 잡화가 자꾸만 떠오른다. 닳아서 반들반들한 계산대에서부터, 새로 잇댄 나무들 때문에 얼룩덜룩한 창틀에 이르기까지. 모든 물건이 손에 익었고 손님이 말하는 어떤 것이라도 단번에 찾아낼 수 있는 그곳에 앉아 있고 싶다. 몇 번이고, 심지어 낮에 깜빡 잠들 때조차 나는 큰사슴 잡화의 꿈을 꾸었다. 어머니와 주고받던 시시한 농담, 그토록 하기 싫었던 배달, 계절이 바뀔 때마다 어머니의 잔소리와 성화에 못 이겨 고치곤 했던, 물이 잘 안 빠지는 처마와 지붕 등등.

벌써 해가 바뀌어 음유시인 아룬드라니, 날짜 세던 사람은 사라져도 시간은 까딱 않고 가는구나.

올해 송년제나 새해맞이가 즐거운 마음으로 치러지지 못했음은 말할 나위도 없었다. 예년 같으면 떠들썩한 파티가 벌어지고 재미있는 구경거리들이 많았을 테지만, 이번에는 죽은 사람들을 위한 추모제가 있었을 뿐이다. 모인 사람들은 작년의 절반에도 못 미쳤다. 두 마을의 사람들이 말 그대로 '몰살'을 당했으니까. 다시 생각해도 씁쓸한 기억이다.

장례식 때 이상했던 점이 하나 있었다. 알아보기도 힘든 시체들을 묘석에 새길 이름도 없이 묻던 때에, 누군가가 지적했었다. 숫자가 터무니없이 적다고.

나머지 시체들은 너무 엉망이 되어서 거두어 오지 못했기 때문이겠지, 하고 생각했지만 혹시 괴물들이 시체를 먹어치운 것 아니냐거나, 심지어는 사람을 산 채로 잡아먹었을 것이라는 식의 갖은 불길한 소리가 한동안 돌아다녔다. 다들 인정하고 싶지 않은 기분 나쁜 상상일 텐데도 아직까지 그런 소리가 완전히 없어지지는 않았다.

어머니의 가슴에 난 상처, 거기에 얼어붙어 있던 피를 생각하면, 괴물들이 뭔가 이상한 능력을 지니긴 한 모양이었다. 지난번 털가죽 괴물 때처럼 말이다. 아무리 추운 날씨라고 해도 피가 당장에 얼어붙어 버린다는 것은 있을 수 없는 일이니까.

시체들을 수습해 옮긴 후, 하비야나크는 유령이라도 나오는 마을로 변해버린 양 드나드는 사람이 없어졌다. 이러다가 우리 마을은 이대로 하얀 산맥의 일부가 되어버릴지도 모르겠다는 생각까지 든다.

점심을 먹은 뒤에 잠시 쉬겠다고 말해서 허락을 얻었다. 신데볼프 씨는 어머니와 반대로 만사에 태평한 성격이었다. 손해를 좀 봐도 허허 웃고 마는, 어찌 보면 상인답지 않은 듯도 한 사람이었다.

검을 꺼내 들고 녹색 호수가 내려다보이는 남쪽 언덕에 올랐다. 영지의 남쪽 경계인 이 언덕에서는 녹색 호수뿐 아니라 영지 밖으로 펼쳐진 평야도 잘 보였다. 그곳에서 요즈음 정해 놓고 검 연습을 하고 있었다. 몸이 회복된 후로 하루도 쉬지 않았다.

연습량도 내가 정했다. 좀 무리하게 정했는지 처음에는 허리가 꺾어질 지경이었는데 최근에는 그 효과를 좀 보는 중이었다.

물론 쉬운 일은 아니었다. 내가 가진 건 나름대로 튼튼한 체력과 스노보드 덕에 다져진 팔다리 힘뿐. 그 외에는 게퍼를 비롯한 동네 깡패 소년들과 막대기로 싸워본 것이나, 교본을 외우도록 읽었다는 정도밖에 없었다. 전에 내 친구 몇이 그랬듯 나도 검사가 되는 것이 꿈이었다면, 새삼 검을 배우기 위해 이렇게까지 고생할 필요는 없었을지도 모르겠다. 그러나 나는 잡화점 주인이 되겠다고 생각했었고, 18년 동안 살아오면서 배운 것이라고는 물건 팔고, 손님 상대하고, 물건 값 흥정하고 하는 것들밖에 없었다.

겨울치고 따뜻한 바람이 불어오는 것을 뺨으로 느끼면서 나는 검을 세워 잡았다. 기합도 넣었다.

"캬아앗!"

이건 내가 생각해도 괴물의 울음소리 같군.

미르보가 주고 간 커다란 검이 내 연습의 동반자다. 이제 익숙해질 때도 되었건만, 연습하려고 들어 올리는 순간에는 늘 오만 정이 뚝 떨어진다. 어찌나 무거운지, 자칫 중심을 잃으면 내 몸이 딸려갈 지경이니까.

주위 사람들이 갑자기 웬 검 연습이냐고 한마디씩 하고 있는 것을 안다. 아마 어머니를 구하지 못했다는 죄책감 때문이겠지, 하고 멋대로 결론들을 내리고 있다는 것도 안다. 그들에게 내 생각을 일일이 설명할 필요는 없기에 신경 쓰지 않기로 했다.

아마도 촌구석 잡화점 점원이 딱 어울릴 나는 옛날이야기나 전설에 나오는 부모를 잃은 소년들—이들은 나중에 대륙, 좀 규모가 작으면 자기 나라나 최소한 영지라도 구하는 영웅이 되는 것이다—처럼 '반드시 복수하고야 말겠어!' 하는 결심이 불타오르지가 않는다. 옛날 이야기일 때는 그런 것이 무척 당연하게 들렸지만, 막상 내 이야기가 되고 보니 기백을 헤아리는 숫자의 괴물들을 일생 동안 쫓아다니며 쳐 죽이겠다는 결심이 결코 아무한테나 솟는 것은 아니었다는 거다.

그렇다. 이건 슬픈 이야기다. 나는 전설의 주인공도, 영웅의 재목도, 아무것도 아니라는 것.

그렇다고 괴물들을 증오하거나 개죽음을 분하게 여기는 마음이 부족한 것은 절대 아니다. 이상하게 생각할 사람이 있을지 모르지만, 나는 그런 식의 복수가 나에게 가능하다는 생각 자체를 할 수가 없다.

역시 이야기와 현실은 엄연히 다르다는 것을 뼈저리게, 아프게 통감하면서 나는 이렇듯 소박하게나마 검을 휘두르고 있다. 잊지 않으려고. 지금의 고통을, 그리고 복수하겠다는 자신감조차 솟지 않는 수치스러움을 보상하려고.

그런데 의아한 점이 또 하나 있다. 이토록 어마어마한 괴물 무리가 우리 마을을 떠나고 나더니 종적이 사라져버렸다. 한 달이나 지났건만 어느 영지에서도 괴물 비슷한 것에 습격당했다는 소식은 없었다. 마치 가는 도중에 들판에서 그냥 증발해버리기라도 한 것 같았다.

그러면 한낱 꿈처럼 지나가 버린 괴물들에게 어머니를 잃은 나는 누구를 미워하며 이 마음을 보상받아야 하지? 사람들이 얼마 안 가 이런 사건이 있었다는 것조차 잊는다면?

그렇다면 더욱 울화가 치받는 일이야!

나는 목표 없이 맹렬하게 검을 휘둘러댔다. 아무래도 웃긴다. 나는 그 괴물들이 온 대륙에 창궐해서 가는 곳마다 동네 소년들의 어머니들을 사그리 죽이길 바라기라도 하는 걸까.

신데볼프 씨의 잡화점으로 돌아오니 손님이 한 명도 오지 않은 것처럼 계산대는 내가 정리해 놓은 그대로였다. 신데볼프 씨는 한쪽에서 파이프를 든 채 꾸벅꾸벅 졸고 있었다. 슬그머니 들어와 내 자리에 앉는데, 자는 줄 알았던 그가 불쑥 입을 열었다. 눈은 여전히 감은 채로.

"일이 힘들지?"

"아뇨?"

정말로 힘들지 않았기 때문에 반사적으로 대답이 튀어나왔다. 하지만 말하자마자 조금 후회했다. 이런, 좀 고생하는 체 해볼걸.

"잡화점 일이잖아."

나는 고개를 갸웃거렸다.

"잡화점 일이니까 안 힘들죠. 익숙한걸요."

"그게 아니라…… 생각이 날 게 아니냐."

그제야 신데볼프 씨가 입을 연 이유를 알았다. 나는 고개를 흔들었다.

"먹은 값을 하려면 잘하는 걸 해야지, 갑자기 다른 걸 배울 수 있나요."

"먹은 값이라니. 녀석아, 내가 너 먹이는 돈 계산해가며 데리고 있는 줄 아냐?"

"아닌 거 알고 있어요. 하하, 하……."

크게 웃으려 했지만, 웃고 나니 씁쓸한 웃음이 되어버렸다. 신데볼프 씨는 실눈을 뜨고 날 보다가 파이프 재를 아무 데나 툭툭 털었다. 그러더니 파이프를 내려놓고 계산대 아래 여닫이 장을 뒤졌다.

별 것이 다 나왔다. 팔다 남은 물건과 개인적인 물건들, 심지어 쓰레기통에 버려야 할 것들까지 멋대로 뒤섞여 있었다. 우리 집도 매일 재고 정리를 하진 않았지만, 이 집은 정말 심했다. 그렇게 이것저것 꺼낸 끝에 신데볼프 씨는 조그마한 사슴가죽 주머니 한 개를 골라내어 내 앞에 놓았다. 주머니는 좀 이상했다. 안에 뭔가 들어 있긴 한 것 같은데, 열 수 없도록 주둥이가 꿰매져 있었다.

"이게 뭔데요?"

"네 어머니께서 남긴 물건이야. 너한테 주라고."

나는 깜짝 놀라 다시 한 번 손에 든 주머니를 보았다.

"어머니가요? 언제요?"

"몇 년 전이더라……. 너무 오래되어서 나도 깜빡 잊고 있었지 뭐냐.

그 언제냐, 우리 영주님이 마상시합을 열어서 기사들이 잔뜩 왔던 때 있지 않냐? 한바탕 떠들썩했잖아. 다들 구경하러 간다고."

"4년 전 같은데요."

"그래, 그때 말야. 네 어머니께서 한밤중에 와서 나한테 이걸 주더라고. 그리고 자기가 죽으면, 너한테 전해 주라고 하시는 거야."

"죽으…… 면요?"

기분이 이상했다. 어머니는 4년 전부터 죽음을 생각하고 계셨단 말인가? 설마 이번에 이런 일이 있을 줄 아셨던 것은 아닐 텐데?

"나도 왜 갑자기 그런 소릴 하냐고 했는데, 그냥 사람 일 어떻게 될지 모르는 거 아니냐고 그러시더라고. 그래서 난 너희 집에 다른 친척도 없고 하니 어머니가 네가 걱정이 되어서 그러시나보다, 하고 생각하고 말았지."

신데볼프 씨는 마음이 좋긴 해도 참 무신경한 사람이기도 했다. 그런 것을 아무 생각 없이 죽 보관만 해오고 있었다니 말이다.

나는 손에 쥔 주머니를 만져 보았다. 딱딱하고 네모진 뭔가가 들어 있는 것이 느껴졌다.

"좀 더 일찍 줬어야 했는데 미안하구나. 하긴 장롱 정리를 하지 않았더라면 지금도 잊고 있었을지 모르겠다. 나름대로 잘 놔둔다고 하다가 너무 구석에 갖다 놔서 말이야. 마침 청소를 했기에 다행이지. 아무리 더럽게 사는 사람도 음유시인 아룬드에는 대청소를 한 번 하잖냐."

저녁을 먹고서 신데볼프 씨네 집 안쪽에 있는 내 거처로 들어갔다.

구석에서 담요를 단단히 말아 두르고서 칼로 주머니를 찢었다. 안에서는 짐승의 뼈로 만든 조그마한 상자가 떨어졌다.

나는 상자를 열기 전에 잠시 생각했다. 안에는 뭐가 들어 있을까. 어머니는 4년 전에 나한테 뭘 남기고 싶어 하셨을까. 그런데 왜 하필 신데볼프 씨에게 맡기셨을까. 신데볼프 씨보다 친하게 지내던 아주머니들도 많이 있었는데. 아참, 그 아주머니들도 하비야나크 사람이라 거의 다 이 세상에 없구나. 그럼 어머니는 설마 그런 것까지 생각하시고?

에이, 말도 안 돼.

감상적으로 이것저것 상상하지 말고 빨리 열어보는 쪽이 좋을 것 같았다. 감동적인 편지 같은 것을 남기실 성미는 아니셨고, 어차피 4년이나 지난 물건이니까 생각 외로 어이없는 것일지도 모른다.

나는 상자를 열었다. 안에서는 양피지 조각이 하나 나왔다. 급히 휘갈겨 쓴 글자들을 본 순간 기분이 이상해졌다. 두 손으로 펼쳐 놓고 차근차근 읽었다.

어머니답게 눈물 나는 인사 같은 건 없었다.

파비안,

이걸 연 것을 보니 내가 그 세상에 없는 모양이다.

지체하지 말고 엠버리 영지를 떠나거라. 한시도 지체하지 말아라.

네가 어디로 간다고 다른 사람에게 알리지도 말아라.

트뢰멜 시에 가서 대장장이 손 올보르그 씨를 찾아라. 그에게 내 이야기를 전하면 그가 알아서 해 줄 것이다.

그럼, 끼니 잘 챙겨먹고 다녀라.

어머니 없다고 한심하게 굶지 말고.

"……."

무슨 편지가 이래요?

더 길게 쓰면 누가 뭐라고 한대요? 뭐가 그렇게 급한 건데요? 아들이 이걸 보고 어머니와 농담 주고받던 옛일이 생각나 눈물 쏟을 것은 생각 안 하셨나요? 끝에 이름조차 안 쓰시다니, 아들 생각을 하긴 하는 건가요?

이렇게 용건만 적은 편지를 보니, 어디 가셨다가 내일이라도 돌아오실 것 같잖아요…….

눈이 뿌옇게 흐려져 글자가 보이지 않았다. 내용은 생각도 안 나고, 어머니의 목소리와 말투만이 떠올라서 미칠 지경이 되었다. 아직도 눈물이나 흘리고 있을 순 없다. 나는 담요에 얼굴을 묻고 일부러 한참 동안 숨을 참았다. 목으로 올라오던 울음이 다 막혀 내려갈 때까지.

겨우 진정이 됐지만 양피지를 다시 읽을 엄두가 나지 않았다. 지금은 어머니의 글씨를 보는 것조차 힘겨웠다. 나는 양피지를 도로 챙겨 뼈 상자에 넣고, 자리에 누워버렸다. 지체하지 말고 떠나라는 둥 하는 이야기가 생각났지만, 어차피 어머니가 돌아가신 뒤 해가 바뀐 마당인데 이제 와서 무슨 의미가 있겠는가 싶었다. 나는 램프를 끄고 담요를 덮어썼다.

그러나 이튿날에는 생각이 달라졌다. 어머니의 유언이나 다름없는데, 할 수 있는 데까진 해봐야 하지 않겠는가 싶었던 것이다. 나는 신데볼프 씨에게 열흘 정도 쉬면서 어딜 다녀올까 한다고 말했다. 편지 내용대로 트뢰멜 시 이야기는 하지 않고 말이다. 신데볼프 씨는 내가 열심히 일하는 것을 오히려 안쓰럽게 생각하던 사람인지라, 선선히 허락해 주었다.

영주님 가족이 돌아오지 않으니 여행 허가를 받지 않아도 되는 것만은 편했다.

트뢰멜은 걸어서 사나흘 정도 거리였다. 가게에 들르는 여행자들 입에서 곧잘 이름을 들었다. 우리 영지가 속한 노르마크 지방에서는 잘 닦인 도로를 찾기 힘든데, 드물게 동서로 관통하는 큰 도로의 서쪽 끝이 트뢰멜이다. 때문에, 드라니아라스 대평원의 풍부한 산물을 가지고 노른스 산맥의 '겨울 방랑자의 길'을 통해 들어온 상인들은 이럭저럭 트뢰멜까지는 오기 마련이었다. 그리고 거기에서 한바탕 상품을 나눈 다음 엠버리 영지가 있는 북쪽으로 오거나, 남쪽의 아르나 시 쪽으로 가거나 하는 식이었다.

영지 어귀에서 그렇게 엠버리에 왔다가 트뢰멜로 돌아가는 상인들을 만나 잠깐 동안 일행이 되었다. 길을 잘 모르는 터라, 데려다만 주면 그동안 심부름이라도 하겠다고 했다. 함께 가게 된 상인 일행은 두 사람이었는데 말이 한 필뿐이라서 교대로 타고, 걸어가는 쪽은 노새가 끄는 달구지를 돌봤다.

그들은 무뚝뚝한 사람들이었지만 우리 영지에 일어난 일을 아는지라 내게 잘 대해주었다. 내가 지쳐 보일 때면 자기들 대신 말을 타라고 권하기도 했다. 염치없이 탈 수도 없는 일이고 이틀쯤 사양했더니, 이번에는 달구지를 타라고 해서 이것까지는 거절하지 못하고 세 번째 날은 달구지 뒤에 거꾸로 앉아서 갔다.

엠버리 영지에서 트뢰멜까지는 사람이 다녀 낸 길뿐이었다. 따라서 달구지는 종종 심하게 덜컹거렸다. 거꾸로 앉아 있으니 길이 멀어져 가는 것만 보였다. 내 지난 생활도 함께 멀어져 가는 기분이었다.

트뢰멜의 대장장이 손 올보르그. 어머니 생전에는 한 번도 들어본 일이 없는 이름이었다. 가면서 나는 이런저런 생각을 해봤다. 어머니는 4년 전에 왜 그런 편지를 남기셨을까. 그때 어디 아프셨던 걸까? 편지는 왜 그렇게 휘갈겨 쓰셨을까? 급하게 쓰신 듯한데, 누군가한테 협박이라도 받고 계셨던 걸까? 혹시 빚쟁이?

지체하지 말고 떠나라고 하신 이유는 뭘까? 빚쟁이가 쫓아와서 나까지 귀찮게 굴까봐? 그래서 남들에게 어디 간다고 알리지도 말라고 하셨을까? 그리고 짧은 내용만으로는 정확히 모르겠는데…… 혹시 나더러 엠버리에서 떠나 다시는 돌아오지 말라고 하신 것일까?

풀리는 의문은 한 가지도 없었다. 손 올보르그를 만나야만 대답을 얻을 수 있을 것 같았다. 그렇게 생각하면 모든 의문은 역시 한 가지 근본적인 질문으로 모아졌다. 손 올보르그는 도대체 누구인가? 어머니하고 무슨 사이인가? 혹시…….

그 사람이 우리 아버지 아냐?

"말씀 좀 묻겠습니다. 대장장이 손 올보르그 씨가 어디 사는지 혹시 아시면……."

"그런 대장장이가 있었나? 모르겠는데."

"아, 네. 그러시군요. 실례했습니다."

"뭘. 그럼 찾는 사람 얼른 찾으쇼."

지극히 평범한 대화 같지만, 이런 문답도 스무 번쯤 하고 있으니 억지 미소도 힘들어지고 입술이 슬슬 비틀렸다. 단번에 찾아낼 거라고 생각하지는 않았다. 하지만 보아하니 트뢰멜은 번화하긴 해도 아주 큰 도시는 아닌데 어떻게 하나같이 모를 수가 있을까? 물론 여러 가지 이유가 가능했다.

첫째, '올보르그 씨는 오래 전에 마을을 떠났다.' 충분히 가능성이 있는 이야기였다. 어머니가 편지를 남긴 것도 이미 4년 전이고, 그때를 전후해서 떠나버렸다면 사람들이 기억을 못할 수도 있었다.

둘째, '이곳 사람들은 주로 언덕 집 대장장이, 하는 식으로 사람을 기억해서 이름을 모른다.' 가능성은 적지만, 올보르그 씨가 인기 없고 무뚝뚝한 사람이라면 이럴 수도 있으리라.

셋째, '올보르그 씨는 집도 일거리도 없는 구제 불능의 건달이어서 사람들이 이름 같은 건 모른다.' 이것도 가능성 있었다. 만약에 이 사람이 정말로 우리 아버지라면…… 어머니하고 헤어진 걸 보면 알 만하다. 남편이 제대로 된 인간이었으면 왜 헤어지셨겠어? 어머니는 성격은 괄괄해도 보기보다 끈기 있는 분이신데, 그런 분이 포기하고 떠날 정도라면 오죽잖은 인간이 아닐까.

마지막 가능성이 내 심금을 울렸으므로, 나는 사람이 많이 지나다니는 네거리에 선 채 엠버리로 돌아갈까 잠시 고민했다. 하지만 여기까지 왔는데 일단 얼굴이라도 보고 가야겠다는 쪽으로 마음이 기울어졌다. 게다가 새로운 생각도 떠올랐다. 비록 헤어지긴 했지만, 그래도 처음에는 결혼했잖아? 우리 어머니가 사람 보는 눈이 그렇게 없을까? 헤어진 이유는 다른 것일지도 몰라.

그러니 나부터 반성을 해 보자. 첫째, 큰사슴 잡화에 온 여행자들이 뭘 물을 때 건성으로 들은 적은 없었던가, 둘째, 난 우리 마을 아저씨들의 성과 이름을 모두 알고 있었던가, 셋째…… 저기 사람이 지나가네.

"저기, 사람을 찾는데 혹시 대장장이 올보르그 씨라고 아시는지요?"

"올보르그?"

반성은 즉시 중지됐다.

"아세요?"

"대장장이는 아니지만, 그런 이름의 할머니를 한 사람 알긴 아는데……."

나는 어이가 없었다. 그럼 지금까지 내가 한 상상은 다 뭐야?

"그 할머니는 어디 사시는데요?"

"저기 보이는 거리 끝에서 왼쪽으로 꺾어져서 공동우물이 나올 때까지 가라고. 그 앞이야. 거기 가서 물어봐."

그러나 그곳까지 가서 내가 발견한 것은 대장간이었다. 이번엔 정말로 어이가 없었다. 대장장이가 아니라 할머니라더니, 도로 대장간이냐?

나는 당장 들어가지 않고 우물을 찾아온 것처럼 일부러 걸음을 멈췄다. 적어도 어떤 사람인지 관찰이라도 해보고 물어볼 작정이었다. 내가 우물가에서 엉성하게 물 긷는 흉내를 내고 있는 동안, 도제처럼 보이는 젊은이가 나오고 뒤따라 대장장이라고 생각되는 남자가 모습을 드러냈다.

"하는 흉내만 낸다고 될 줄 알아!"

꼭 나한테 소리 지르는 것 같은 내용이라 흠칫했지만 물론 그가 소리친 상대는 도제 젊은이였다. 야단을 치고, 야단을 맞고, 일장 연설이 흘러나오는 동안 나는 두레박을 손에 쥔 채 남자를 살펴봤다. 혹시라도 나와 닮은 구석이 있는지…….

일단 몸집이 무척 컸다. 나도 키는 크지만, 이 사람은 키뿐 아니라 체격 자체가 우람했다. 손도, 발도, 머리까지도 컸다. 수염을 덥수룩하게 길렀고, 머리는 검었다. 나이는 마흔 살 정도?

수염은 지저분해도, 얼굴은 확실히 흰 편이었다. 내가 우리 마을 사람들과 가장 구별되던 특징이 타지 않는 얼굴빛이었지. 그리고 또 비슷한 데가…….

"……."

없었다.

내 눈썰미가 부족해서일지도 몰랐다. 하지만 거리는 고작 열네댓 걸음이고, 눈썰미 하면 알아주는 점원이었던 나인데?

하긴, 닮고 말고는 별로 중요하지 않을지도 모르지. 아버지와 아들이라고 꼭 닮으란 법은 없으니까. 일단 대화를 해 보면 의외로 성격이 비슷할지도 모른다. 대장간에서 만든 무기를 기가 막힌 솜씨로 팔고 있을지도 모르고.

그래서 나는 탯줄처럼 쥐고 있던 줄 달린 두레박을 놓고 대장간으로 다가갔다.

"혹시, 여기가 손 올보르그 씨의 대장간인가요?"

대장장이는 미간을 찌푸리며 나를 한참 보더니 물었다.

"어떻게 왔소?"

본인이라고 인정하는 것 같아 나는 일단 꾸벅 인사를 했다.

"저는 파비안 크리스차넨이라고 합니다. 저의 어머니는 이진즈 크리스차넨이고요."

이 정도면 알아들을 줄 알았다. 그런데 대장장이는 별 표정도 없이 고개를 한쪽으로 기울이더니 말했다.

"그래서?"

"저, 그래서라뇨?"

상황이 이상했다. 설마 이 아저씨, 우리 어머니 이름조차 잊어버린 건가?

"무슨 볼일로 왔냐고 물은 건데?"

"모르신단 말인가요?"

"아니, 자기소개만 해놓고 나더러 어떻게 알란 거야?"

갑자기 화가 치민 나는 다짜고짜 외치고 말았다.

"아무리 18년이나 흘렀다지만, 결혼까지 했던 여자의 이름을 잊어버리다니, 너무한 것 아닌가요!"

곁에 서 있던 도제가 눈이 둥그레져서 대장장이를 쳐다보았다. 대장장이는 어이가 없는 표정으로 날 보더니 갑자기 고함쳤다.

"결혼이라니 그게 무슨 소리야!"

나도 맞고함을 질렀다.

"이제 와서 발뺌할 생각이에요? 18년이나 지나서 새삼스럽게!"

"뭐가 새삼스럽다는 거야! 난 한 번도 발뺌한 적이 없어! 왜냐면 그런 얘기를 오늘 처음 들었으니까!"

"거짓말하지 말아요! 어머니가 분명히 트리멜의 대장장이 손 올보르그 씨가 우리 아버지라고 했단 말이야!"

내가 화가 나서 씩씩거리고 있는데 대장장이는 갑자기 소리치던 것을 멈추고 픽 웃었다. 그러더니 내게 말했다.

"이봐. 자네 기분은 알겠는데 이거 아나? 내 이름은 헨코플러라고 하거든?"

"네에?"

"손 올보르그는 말이야……."

거기까지 말했을 때였다. 대장간 안집처럼 보이는 조그마한 살림집에서 할머니 한 사람이 나왔다. 할머니는 내게 손짓을 했고, 대장장이 '헨코플러'는 가보라는 것처럼 턱짓하며 계속 피식거리고 있었다.

나는 무척 무안해졌다. 착각을 한 것이 내 잘못만은 아니었지만, 그래도 아버지가 어쩌고 하며 소리까지 질렀으니 창피하지 않을 수 없었다. 그래도 나는 끝끝내 뻣뻣하게 사과하지 않고 할머니 쪽으로 갔다. 처음에 대답을 애매하게 해서 날 헷갈리게 만든 것이 괘씸했던 것이다.

"얘야, 손 올보르그를 찾느냐?"

할머니에게도 얘기가 들렸던 모양이지만 이번에는 신중하게 말하기로 했다. 손 올보르그가 아버지라는 소리도 생각해보니 내 상상력이 발전한 결과였던 것 같았다.

"네, 저희 어머니께서 찾아가 보라고 하셔서요. 혹시 할머니 아드님인가요?"

"그랬지."

지난 일처럼 말하는 것이 이상했다.

"그랬다뇨?"

"죽었어, 우리 아들."

나는 뒤통수를 한 대 맞은 것처럼 멍해졌다. 뭐야? 도대체 왜 이래? 예상대로인 것이 한 가지도 없잖아?

"어, 언제요?"

"작년에……."

이야기를 들어보니, 손 올보르그는 대장장이 일을 그만둔 지 오래되었고, 술로 세월을 보내다가 작년에 술집에서 벌어진 싸움에 말려들어 칼에 찔렸던 모양이었다. '헨코플러'는 손 올보르그에게 대장장이 일을 배웠던 도제인데 대장간을 물려받았다. 그래서 그가 손 올보르그의 일을 묻는 나를 상대하려 했던 거였다. 할머니도 구석 집에서 살게 하고 말이다.

내 입장을 설명하기가 난감해졌다. 손 올보르그가 우리 아버지인가 하는 의문은 풀리지 않았지만, 죽은 사람을 놓고 옛 일을 들추기가 애매했던 것이다. 그래도 결국 물을 수밖에 없었다.

"혹시 이진즈 크리스차넨을 모르십니까?"

"이…… 진즈? 글쎄, 어디서 들어본 것도 같고……."

이런 식이라면 우리 어머니가 이 집 며느리였을 가능성은 별로 없겠지 싶었다. 할머니가 노망만 아니라면…….

"잠깐! 혹시 엠버리 영지에 사는 분 아닌가?"

도로 끼어든 헨코플러가 내 얼굴을 보더니 고개를 끄덕거렸다.

"맞아, 맞아. 내가 이름은 기억이 안 났지만 어르신이 술 드시고 종종 찾던 이름이 있었던 생각이 나. 크리스? 클로스…… 뭐였던가? 하여간 엠버리에 가봐야 된다고 중얼거리고, 그랬단 말이야. 하지만 말야, 결혼은 안 했거든?"

결혼이라는 말에 할머니가 눈을 둥그렇게 떴다.

"우리 아들은 장가를 못 갔는데?"

나는 얼굴이 빨개져서 어쩔 줄을 몰랐다. 말을 잘못 꺼내서 남의 집에 행패 부리러 온 녀석이 돼버린 기분이었다. 아내도 자식도 없다는 죽은 사람을 놓고 밀었다 당겼다 하고, 심지어 내가 아버지 없는 자식이라고 선전한 꼴이 됐잖아?

어쨌든 어머니가 찾아가라고 한 손 올보르그는 여기 없었다. 이제 도망가는 수밖에 없었다.

"죄송합니다! 제가 잘못 알았어요! 그만 가볼게요. 죄송해요, 아저씨! 죄송해요, 할머니!"

나는 돌아서자마자 쏜살같이 오던 길로 뛰어갔다. 그들이 나를 오래 기억하지 않기를 간절히 바라면서 말이다.

네거리까지 뛰어나오고서야 겨우 멈춰 서서 숨을 몰아쉬었다. 정신이 들고나자 내 꼴이 우스워 이번엔 한참이나 낄낄거렸다. 그런 다음 미친 놈 보듯 하며 지나가는 사람들의 눈을 피해 어느 처마 밑까지 가서 차근차근 생각해봤다.

어머니의 편지에는 손 올보르그가 아버지라는 말이 없었는데, 왜 멋대로 아버지라고 생각했을까. 물론 그렇게 추리할 여지가 없었던 건 아니지만, 이런 짓을 벌일 정도로 확신할 근거도 없었다. 머리가 어떻게 됐던 것 아닐까. 왜 18년이나 관심도 없던 아버지 생각에 그렇게 마음이 쏠렸지?

내 마음이 너무 배고팠던 걸까.

결국 어머니가 왜 트뢰멜로 가서 손 올보르그를 만나라고 했는지는 영영 알 수 없게 되고 말았다. 손 올보르그와 어머니가 무슨 사이인지도 여전히 모르고 말이다. 하지만 도로 돌아가 물을 용기는 나지 않았다. 영영 모르고 사는 한이 있더라도, 지금은 싫었다.

엠버리로 돌아가야겠구나. 엠버리를 떠나라고 한 건지 아닌지, 그것도 모를 노릇이니까.

그때였다. 대여섯 걸음 앞에서 말 한 필이 멈추더니 타고 있던 기사가 나를 향해 손을 흔들었다. 처음엔 내가 아니고 다른 사람한테 그러는 건가 했다. 그러나 내 곁엔 아무도 없었다. 남의 집 처마 밑에 궁상맞게 서 있을 놈은 나뿐이었던 모양이었다.

"저, 저요?"

내가 손가락으로 날 가리키자 기사는 고개를 끄덕이더니 투구를 벗었다. 무척 잘생긴 젊은 기사였다. 블론드 머리를 귀 언저리에서 짧게 쳐 올렸고, 눈은 새파랗게 빛났다. 머리 색깔은 비슷할지 몰라도 날렵하고 강인한 인상이 아르노윌트와는 천지차이의 분위기였다. 나이는 나보다 고작해야 네댓 살 정도밖에 많아 보이지 않았다.

그가 말했다.

"나와 함께 좀 가줘야겠소."

"저기, 왜…… 가야 되는 건지 좀……."

상대가 검을 든 기사인지라 이렇게 말하는 것조차 껄끄러웠지만, 영문도 모르고 따라가는 것보다는 나았다.

기사의 대답은 간단했다.

"가 보면 알게 되오."

그 정도면 내가 따라올 것이라고 생각했는지, 기사는 말머리를 돌리려 했다. 그러나 내겐 그렇게 간단한 문제가 아니었다. 이런 낯선 도시에서, 게다가 상대는 귀족일 텐데 멋도 모르고 갔다가 무슨 봉변을 당할지도 모르는 일 아닌가? 일단 한 대 맞더라도 상황을 아는 쪽이 낫지.

"어디로 가는 것인지 그것만이라도 알고 싶은데요. 그리고 기사님께서 누구신지도요. 제가 무슨 죄를 지었습니까?"

기사는 다시 고개를 돌려 나를 보더니 갑자기 말에서 내려섰다. 내가 긴장해서 쳐다보고 있는 가운데 다가온 그가 두 걸음 앞에서 멈춰서

더니, 뜻밖으로 예를 갖춰 두 손을 모아 보였다.

나는 깜짝 놀랐다. 그건 귀족 젊은이들끼리 서로에게 보일 법한 예의였다. 나 같은 평민에게는 가당치도 않은 일이었다.

"나는 구원 기사단의 야스딩거요. 나의 상관께서 당신을 만나고자 하시며, 짐작컨대 아마 나쁜 일은 아닐 것 같소."

야스딩거 경이 나를 데려간 곳은 트뢰멜에서 가장 크고 훌륭해 보이던 여관이었다. 트뢰멜에는 돈 많은 여행자들이 많은지, 중앙에 바를 두고 둘로 나눠진 홀은 어느 쪽이나 사람들로 북적거렸다. 동쪽에서 온 상인들, 이제부터 동쪽으로 가려는 자들, 며칠 전에 떠나왔다는 아르나강에 대해 큰 소리로 떠드는 사람, 장화 바닥으로 박자를 맞춰 가며 노르마크 민요를 불러대는 술꾼, 별별 사람들이 다 있었다.

야스딩거 경은 홀을 가로지르며 마주친 몇몇 기사들과 인사를 나눴다. 그렇게 아는 체하는 기사마다 곁에 선 나를 바라봤고, 보게 되면 반드시 놀란 듯 수군거리는 것이었다. 이리하여 나는 거액의 현상금이 붙은 수배자의 기분을 알 수 있게 됐다. 아마 그런 놈이 잡혀서 들어오면 모두가 놀라 수군거리면서 잡아가는 사람에게 인사하고, 잡혀가는 놈에게는 말도 안 건네겠지. 딱 그거하고 비슷한데.

이윽고 야스딩거 경은 나를 2층으로 데려갔다. 2층에서도 가장 커다란 문 앞으로 가서 노크를 했다. 안에서 반응이 있자 문을 열고 들어갔다.

"단장님, 그 소년을 데려왔습니다."

들어간 곳은 널찍한 응접실 비슷했다. 침실이 옆에 따로 마련되어 있는 최고급 방인 모양이었다. 정면에 뒤뜰 쪽으로 난 큰 창이 있었는데, 그 창가에 기사 한 사람이 서 있었다.

역광 탓일까, 처음에는 모습이 잘 보이지 않았다. 큰 키와 당당한 어깨, 망토만이 뚜렷했고 망토 안쪽으로 은빛 갑주가 희미하게 빛났다. 그러나 그가 몇 걸음 다가오는 동안 나는 흑청빛 머리카락을 보았고, 흰 얼굴빛을 보았고, 두드러진 눈썹뼈 아래 나와 똑같은 눈빛을 보았다.

발이 붙어버린 것처럼 움직일 수가 없었다. 기사가 내 앞에 와 서는 순간까지. 스스로를 납득시킬 수가 없었다. 조금 전의 일 때문에, 약간 닮았을 뿐인 얼굴에 내 바람을 덧씌워 보고 있는 건가?

"수고했다, 야스딩거 경. 그만 물러가도록."

야스딩거 경이 나가고 문이 닫혔다. 둘만이 남았다.

기사는 존재감이 독특한 사람이었다. 신분 높은 사람들에게서 흔히 느껴지는 난해한 고상함과는 달랐다. 그렇다고 폭력적인 두려움도 아니었다. 단장이라 했으니 수많은 기사를 거느렸을 텐데, 본질적으로 혼자 다니는 것이 어울릴 듯한 사람이었다. 나와 비슷한 얼굴인데도 느낌만은 확연히 달랐다. 내가 저 나이가 되면 저렇게 될 수 있을까? 아니다, 그럴 수 없을 것 같다.

"자네, 몇 살이지?"

그가 첫 마디를 뗐다. 나는 저도 모르게 긴장하며 대답했다.

"열여덟입니다."

"이름은 뭔가?"

"파비안 크리스차넨이라고 합니다."

수련 기사라도 되는 것처럼 대답이 척척 나왔다. 기사는 상대를 긴장시키는 법을 알고 있었다.

"자네는…… 엠버리 출신인가?"

"맞습니다만…… 어떻게 아신 건가요?"

어리석은 실수를 두 번 하고 싶지 않았다. 만나는 사람마다 자기 아버지라고 주장하는 웃기는 녀석이 되는 건 싫었다. 게다가 저런 사람이라니, 멧비둘기가 자기 아버지는 매라고 상상하는 꼴이 아닐까.

기사가 갑자기 내 앞으로 다가왔다. 나는 그가 내 손을 당겨 쥐는 것을 느끼고 눈을 크게 떴다.

"결국 이렇게 만났구나. 내 무엇에 감사를 해야 할까. 너를 잃게 하고, 너를 키운 세월에 감사를 해야 할까."

2. 사계절의 목걸이

오! 아룬드나얀!
비밀을 숨긴 순전한 광채!
흩어진 네 개의 보석이 깨어날 때면
목걸이는 노래하리, 세상의 종말을 위해
죽어간 별을 기리는 노래를.

오, 그대는 잊었나?
2백 년의 약속이 이루어지고,
잊힌 네 가지 기억을 되찾을 때면
검푸른 깃털, 희생물이 제단에 올려져
계절을 다시 눈뜨게 하리.

– 고대 이스나미르 왕국, 일곱 별자리의 예언자
헬 위스 카르모하드의 축시 「아룬드나얀」 13, 14연

"저는…… 믿을 수가 없는데요."

아버지와 나는 여관의 텅 빈 홀에 앉아 있었다. 새벽에 가까운 시각이라 다른 손님은 없었고, 우리 외엔 여관 주인이 바에 앉아 졸고 있을 뿐이었다.

아까 나는 미처 정신을 차리기도 전에 열댓 명의 기사들에게 졸지에 인사를 받았다. '결국 만났다'는 말에 멍해 있는데 노크 소리가 들려왔고, 아버지가 허락하자 그들이 한꺼번에 들어왔던 것이다. 그들은 무척 기쁜 얼굴들이었다.

"단장님, 아드님을 찾으신 걸 축하드립니다. 그토록 오래 찾으시더니 결국 보답이 있었군요."

맨 앞에 서서 대표로 말한 사람은 야스딩거 경이었다. 그가 다른 기사들보다 나이가 어린 편인데도 그랬다. 다른 기사가 말했다.

"단장님을 너무 닮아서 깜짝 놀랐습니다. 핏줄이 무척 강한데요. 훌륭한 기사가 될 재목으로 보이는군요."

그러더니 기사들이 나를 향해 인사를 하는 바람에, 나는 놀라 자빠질 지경이 되었다. 아버지가 말했다.

"걱정하지 마라. 오늘은 처음이라 그런 것뿐이란다."

정신을 차리기 힘든 하루였다. 생각할 것도, 물어볼 것도 많은데 순서를 종잡을 수가 없었다. 다행히 아버지와 기사들은 일이 있어 나갔다가 밤늦게 들어왔고, 그 사이 나는 머리를 좀 정리했다.

아버지를 만나고 싶어 했던 것은 사실이었다. 익숙했던 것을 모두 잃은 뒤, 나를 만나 반가워하거나 최소한 깜짝 놀랄 사람을 만나고 싶었던 것이 아닐까. 어머니의 편지에서는 언급되지도 않은 아버지를 찾겠다고 저도 모르게 생각했을 정도로.

그러나 정말로 찾게 되니 어리둥절하기도 했다. 비록 아버지 쪽에서는 나를 줄곧 찾고 있었다지만 말이다. 아버지와 기사들은 어느 고귀한 분을 찾기 위해 북부 지방을 수색하는 중이었고, 그 과정에서 나와 어머니 또한 찾고 있었다. 엠버리 영지에 산다는 것도 이미 알아냈고, 곧 트뢰멜을 떠나 엠버리로 갈 예정이었다 했다.

그런데 야스딩거 경이 트뢰멜 네거리에서 내가 올보르그 씨를 찾으려고 이 사람 저 사람에게 묻고 있는 것을 보았던 것이다. 그는 내 얼굴이 아버지와 너무 닮은 나머지 도저히 지나칠 수가 없었다. 내 뒤를 추적하도록 기사를 보낸 뒤 아버지에게 보고를 해서, 결국 데려오게 된 것이었다.

아버지는 한참 만에 뜻밖의 답을 했다.

"그건 나도 마찬가지란다."

예상 못한 대답이었지만, 조금 지나자 오히려 마음이 편해졌다. 기적을 경험하고 있는 것은 둘 다 마찬가지였으니까.

핏줄만으로 감격하기에는 너무 길었던 세월이었다. 그러나 마주앉은 우리는 서로의 얼굴에 나타난 뚜렷한 핏줄의 흔적에서 눈을 떼지 못했다. 마주 보고 있자니 상대가 어떤 성격인지, 어떻게 살아왔는지 전혀 모른다는 것이 아이러니로 느껴질 지경이었다.

"저에 대해 처음부터 알고 계셨던 건가요?"

나는 흠칫 놀랐다. 그때까지 표정이 없던 아버지의 얼굴에 미소가 번졌던 것이다.

“이렇게 훌륭하게 자라 있을 줄은 상상도 못했다.”

“왜 떠나셨던 거죠?”

저도 모르게 따지듯 말하고는 곧 후회했다. 내게 그런 자격이 있을까 싶어서였다.

“내가 떠났던 것이 아니다. 네 어머니가 나를 떠났지.”

“두 분이 왜 헤어져 계셨는지, 물어봐도 될까요?”

“그래. 그 이야기를 들어야 할 거다. 한번 들어보아라.”

나는 숨을 약간 들이마셨다. 들창을 흔드는 바람 때문에 일하는 여자가 켜 놓은 촛불이 꺼질 듯 깜박거렸다.

“이진즈는…….”

알고는 있되 평생 단 몇 번도 내 귀로 들어보지 못했던 이름이었다. 내 기억 속의 어머니는 ‘잡화점 아주머니’ 가 아니면 ‘파비안 어머니’, 그것도 아니면 이제는 잘못된 명칭이란 게 밝혀졌지만 ‘크리스차넨 부인’ 이었으니까.

어머니에게도 고르만 씨와 같은 남편이 옆에 있었더라면 늘 ‘이진즈!’ 하고 불러 주었을까?

“아이를 가진 것을, 그러니까 너를 가진 것을 인정하지 못했다. 그때 우리는 정식으로 결혼하지 않았으니까. 아니, 결혼할 수 없는 사이였으니까. 이진즈는 내가 아니었다면 곧 무녀가 될 몸이었다.”

어머니가 무녀가 되려 했다고?

뜻밖의 이야기에 눈을 크게 뜨다가, 불현듯 나우케 의사가 했던 말이 떠올랐다. 어머니는 결혼할 운이 아니라고 했던 이야기 말이다. 그 말이 맞았다. 그러니까 어머니는 아들을 낳긴 했지만 결혼하지는 않았던 것이다.

"네 성이 크리스차넨이라고 했지. 이진즈의 진짜 성은 클로자넨느라고 한다. 아마 이곳 노르마크 지방에 정착하기 위해 일부러 노르마크식으로 바꾸었던 모양이다. 들었을지 모르겠다만, 클로자넨느 가문은 리에주에서 대대로 중개 무역을 해 오던 상인 집안이었지. 이진즈가 다섯 살 때에 님-나르시냐크로 옮겨오면서 가세가 좀 기울었지만 그런대로 착실한 명성을 쌓은 집안이었다. 그들이 가업을 버리고 옮겨오게 된 것은 이진즈 때문이었다. 이진즈가 때마침 리에주를 방문한 듀나리온들로부터 무녀가 되리라는 수기(授記)를 받았던 것이지."

'흰옷의 듀나리온' 이라고 불리는 생명의 무녀에 대해서는 어디선가 들어본 일이 있었다. 자세한 것은 모르지만 남쪽 지방에서는 큰 종교적 집단으로 어디서나 존중을 받는다고 들었다. 하지만 결과적으로 그 수기는 영 엉터리였던 셈이다. 무녀는커녕 영지에서 제일가는 잡화점 주인이 됐는걸.

"이진즈가 하나뿐인 자식이었는데도 불구하고, 듀나리온에 대한 신심이 대단하던 네 외가에서는 그 일을 큰 영광으로 생각했다. 그래서 듀나리온의 본당이 있는 님-나르시냐크까지 와서 딸이 무녀들 사이에서 자라도록 했다. 그리하여 어려서부터 무녀들과 어울리고 무녀들의 학문을 배웠던 이진즈는 자라서 듀나리온 무녀가 되는 것을 너무나 당연하게 생각해 왔었지."

어머니는 생전에 외가 이야기를 자세하게 해 준 일이 없었다. 리에주를 떠나 옮겨갔다는 도시가 수도 방위도시인 님-나르시냐크라는 것도 몰랐다. 무녀인 어머니도 상상이 되지 않는다고 생각한 순간, 꿈속에서 흰옷을 입고 있던 어머니의 모습이 문득 떠올랐다.

살아서 되지 못했던 흰옷의 무녀…….

"너를 가진 것을 알고서, 이진즈는 도망쳤다. 무녀로 거듭나게 되는 축복의 행사를 겨우 이틀 앞둔 채. 나와는 의논도 하지 않았다. 내게 남긴 편지를 읽고서야 아이를 가졌다는 사실을 알았을 정도였지. 이미 어떤 반대를 뚫고서라도 이진즈와 결혼하겠다고 결심했던 내게는 너무 잔인한 일이었다. 심지어…… 그 편지에는 목숨을 끊겠다고 쓰여 있었으니 말이다."

나는 말을 이을 수가 없었다. 아버지는 시선을 촛불로 보냈다. 안에 담긴 감정을 헤아릴 수 없기에 오히려 무표정한 시선이었다.

"강에서 유품이 발견됐고, 모두 이진즈가 죽었다고 생각했다. 그녀는 유서를 내게만 남겼기에 나 외엔 아무도 그렇게 된 까닭을 몰랐지. 나는 가만히 있을 수 없다고 생각해서 듀나리온 대신전으로 나아가 대무녀님께 모든 것을 솔직히 밝혔다. 그러나 대무녀님께서는 이렇게까지 한 이진즈와 클로자넨느 가문의 명예를 생각해서 사람들에게 사실을 밝힐 수는 없다고 하셨지. 괴로웠지만, 수긍하는 수밖에 없었다."

나는 어머니가 돌아가셨다는 말을 아직 꺼내지 못했다. 이런 이야기를 듣고 있으니 더더욱 꺼낼 수가 없었다.

"몇 년 뒤, 임무 때문에 들렀던 마을에서 나는 이진즈와 꼭 닮은 여자를 봤다는 사람들을 만나게 됐다. 그들이 말하는 시기가 그녀가 사라졌던 때와 거의 일치해서, 혹시 살아있을지도 모른다고 생각한 나는 소식을 알아보려 애썼다. 그러나 이미 몇 년이 흐른 터라 자취를 찾는 것은 쉽지 않았다. 비슷한 흔적 몇을 발견하는 데 그쳤을 뿐이다. 당시 기사단의 일개 기사에 불과했던 나로서는 더 광범위한 수색을 할 수 있는 힘이 없었다."

나는 갑자기 말했다.

"이해합니다. 그럴 수밖에 없었겠죠."

아버지는 내 얼굴을 한참 동안 바라보더니 고개를 저었다.

"그런 식으로 말하지 말아라."

침묵이 흘렀다. 이미 어머니가 없다는 현실에 짓눌려 편하게 말할 수도, 들을 수도 없었다.

"잊은 일은 없었다. 그 후로도 오랫동안…… 기회가 닿을 때마다 이진즈의 흔적을 찾아보려 했지. 좀더 나은 위치에 서게 된 뒤로는 그녀가 켈라드리안 숲으로 들어간 것까지 알아냈지만 그 뒤의 자취는 세월이 흐려버렸더군. 엠버리 영지에 있는 두 사람을 찾아내기까지 18년이라는 세월이 걸린 나를 용서해 다오. 하지만 지금이라도 두 사람을 돌려받고 보니…… 이 세상에 섭리가 있음을 느끼겠구나."

나는 고개를 세게 흔들었다. 흔들다가, 불쑥 내뱉었다.

"섭리가 있다면 어머니와 아버지는 살아서 만났겠지요."

아버지가 눈을 약간 크게 뜨는 것이 보였다.

"그 말은……."

“네. 어머닌 돌아가셨습니다. 그것도 바로 지난달에요. 사고였죠. 어디서 나타났는지도 모를 괴물들이 마을을 통째로 부숴 놨고…….”

가슴속에서 뭔가가 치밀어 올라 말을 더 이을 수가 없었다. 억누르려고 가슴을 쳤지만 소용없었다. 병석에 누워 생각하지 않으려 몸부림쳤던 모습이 다시 눈앞에 어른거렸다.

왜 어머니는 그런 표정으로, 그렇게 회한에 찬 표정으로 차가운 바닥에 누워 계셔야 했죠? 어린 나를 껴안아주시던 가슴에는 구멍이 뚫리고…… 차갑게 엉겨 붙은 피뿐.

“괴물에 대한 소문만 들었는데…… 그게 사실이었단 말이냐?”

나는 대답하지 못했다. 겨우 숨을 내쉴 수 있게 됐을 때, 숨과 더불어 다른 것도 흘렀다. 내 뺨 위로 휘갈겨 그어졌다.

한 번도 제대로 흘려 보지 못했던 것 같다. 한 방울, 두 방울이 아니라 몸 안 모든 것이 빠져나가는 듯한, 가슴 밑바닥에서부터 끓어오르는 눈물을. 내 눈이, 내 몸이 닳아 없어질 정도로, 내 감정이 철저히 녹아 없어질 정도로, 잊어버리고 싶은 장면 모두가 눈물로 변할 때까지, 어머니를 찾아 언덕길을 달려 올라가던 때도, 가게 바닥에 누운 어머니를 본 그 순간도, 그리고 닷새 동안을 누워 있으면서도, 제대로 흘려 보지 못한 눈물을.

나는 울었다.

음유시인 아룬드 10일, 엠버리 영지로 돌아온 나는 혼자가 아니었다.

당연한 이야기지만 나는 즉시 소문의 중심이 돼버렸다. 무장한 낯선 기사가 나타났다는 것만으로도 온 동네 이야깃거리가 될 텐데, 그 기사가 잡화점 파비안 녀석의 아버지라니 이만저만 놀라운 소식이 아니었으리란 건 이해가 간다. 귀족처럼 당당한 모습에, 영주님이 심심할 때 한 번쯤 걸치던 갑옷보다 훨씬 훌륭한 은빛 갑주까지, 사람들을 열광시킬 만한 요소도 충분했다. 무엇보다도 그들이 놀란 건 아버지와 내 얼굴이 깜짝 놀랄 정도로 닮았다는 점이었다.

설마 그런 기사가 진짜 아버지일까, 하고 수군대다가 딴 소리 못할 정도로 닮았더라, 쪽으로 바뀌어가더니 평소 파비안의 얼굴은 저런 줄 몰랐는데 역시 차리기 나름이라는 이야기까지 나왔다. 칫, 내가 그렇게 구질구질했나?

이런 상황에서 아버지의 신분까지 소문냈다간 무슨 일이 일어날지 모르겠다 싶어 가능한 한 함구하려 했지만, 이것도 생각대로 되지 않았다. 고작 신데볼프 씨에게 했던 말이 이틀도 가기 전에 온 영지에 다 퍼졌고, 알 만한 사람들까지 굽실대는 바람에 무안해서 얼굴을 들 수가 없었다.

아버지는 귀족은 아니었지만, 독립된 기사단으로는 대륙 최대의 규모를 가진 님-나르시냐크 구원 기사단의 기사단장이었다. 아르킨 나르시냐크, 그것이 아버지의 이름으로 내 이름도 이제 파비안 나르시냐크가 되어야할 판이었다.

괴물에 겁먹은 영주 집안이 여전히 돌아오지 않는 터라, 엠버와 그릴라드의 촌장님들이 아버지에게 와서 영지의 임시 대표가 되어주십사

부탁하는 일까지 생겼다. 하지만 아버지는 한 마디로 거절했다.

"오래 머물지 못할 테니 잠시라도 아들과 조용히 지낼까 합니다."

한 사람이 더 있었다면 좋았을 것이다. 두 분은 무슨 인연이기에 18년을 헤어져 있다가 이렇듯, 고작 한 달이 어긋나 만나지 못하는 사이가 되셨을까.

본래대로라면 임무가 있는 아버지를 내가 따라가는 쪽이 옳았을 것이다. 그러나 어머니에게 닥친 일을 알게 되자, 아버지는 잠시 임무를 휘하 기사들에게 맡기고 엠버리에 가기로 결정하셨다. 아들이 살았던 곳, 그리고 아내가 살았던 곳을 보아야겠다고.

나는 마을 사람들의 말처럼 아버지의 존재를 단순히 달갑게 받아들일 수만은 없었다. 어머니가 사라지니 아버지가 나타나고, 그런 변화에 쉽게 적응하는 자신이라니, 생각하기도 싫었다. 사람들이 하는 말 중 가장 싫은 것이 '어머니와 살던 것보다 낫게 됐다' 는 이야기였다. 그렇게 말하는 사람을 붙들고 한번 물어보고 싶다. 도대체 당신이 하고 싶은 얘기가 뭐냐고.

나는 여전히 신데볼프 씨의 집에서 지내고, 아버지는 여관에서 지내게 된 것도 그런 기분 때문일지도 모른다. 아버지는 내게 잡화점 일을 계속할 필요는 없다고 했지만, 고개를 저은 건 나였다. 아버지가 주는 어떤 것도 선뜻 받을 수 없었다. 내게 일어난 변화를 기뻐하는 자신을 용납할 수 없었다. 그 안에는 사라진 어머니가 있으므로.

오랜만에 오르는 하비야나크 언덕은 사람의 발이 닿지 않아 산비탈에 가까워진 듯 느껴졌다. 생각 탓일지도 모르지만. 바람이 불어오자 무너진 채 수습되지 않은 폐허가 여기저기서 삐걱거렸다. 죽은 사람들은 내 눈에 띄지 않게 됐을 뿐, 여전히 저 집들 속에 숨어서 살아가고 있을 것만 같다.

큰사슴 잡화에 이르렀을 때, 아버지는 나를 밖에서 기다리게 하고 혼자 안으로 들어가셨다. 열린 문 안쪽을 보니 다시 내린 눈이 수북이 쌓여 있었다. 문은 고쳤지만 지붕은 내버려뒀으니 당연한 일이다.

사람의 손이 닿지 않은 잡화점은 허물어져가고 있었다. 하지만 잘 손질된 큰사슴 잡화를 보았더라도 아버지의 눈에는 초라해 보였을 것이다. 어머니가 십몇 년 동안 일궈 놓은, 어머니의 자랑이었던 잡화점인데.

문득 관자놀이를 간질이는 머리카락을 매만져보았다. 매끄럽다. 머릿결이 곱다는 소리는 종종 들었는데 어머니한테는 한 번도 못 들은 것 같다. 왜였을까. 아버지를 기억하기 싫으셨을까.

문 밖에 서서 아버지의 뒷모습을 바라보다가, 하늘을 올려다보았다. 그러면서 어머니가 안에 살아 계신다고 상상해 보았다. 가게를 보고 있는 어머니에게 아무 일도 아닌 것처럼 찾아온 사람이 있다고 귀띔하고, 슬그머니 밖으로 빠져나와 지금처럼 하늘을 올려다보며 기다리는 중이라면. 아버지가 안으로 들어서면 어쩌면 깜짝 놀란 듯한 외침이, 또는 당혹스런 침묵이 있을지도 모르지. 아마 어머니 성격이라면 들고 있던 펜이라도 던지면서 외칠지도 모른다. '이제 와서 찾아오면 뭘 해!'. 하지만 결국은 따뜻한 목향차라도 한 잔 내오면서 밖에 서 있는 나를 부르실 것이다. '딴전 피우지 말고 얼른 들어와, 이 녀석아!'.

그렇게 부르는 소리가 들리는 듯해 눈물이 언뜻 괴었다. 고개를 흔들어 떨어 버렸지만, 잠시 후 가게에서 나온 아버지의 눈가에도 비슷한 것이 맺힌 듯했던 것은 내 착각이었을까.

아버지는 내 대신 문을 닫으며 문틀이 잘 맞지 않는 곳까지 정성 들여 맞춰 놓았다. 그런 뒤 문고리에서 오랫동안 손을 떼지 못했다.

비탈을 내려오며 이 길을 다시 올라오지 않는 것이 좋겠다는 생각이 들었다. 하비야나크엔 실제로 죽은 사람들이 살아가고 있었다. 내 기억의 형태로, 여기저기에서 부르는 것이다. 고르만 씨가, 에렌트 형이, 대장간 벤야가 바람 소리의 형태로 내게 말을 건다. 대답하지 않고 고개를 흔들며 내려가는 나를 얼마나 야속하게 생각할까. 하지만 대답하는 순간 나 또한 이곳을 떠나지 못하게 될 것만 같아 아는 체도 하지 않고 도망치듯 떠나는 것이다.

"파비안."

내가 대답할 목소리는 이 사람뿐이었다.

"네."

얼마 동안 다시 말이 없었다. 어머니와 이야기할 때와는 다른 것이 많았다. 그러나 익숙해져야겠지.

"내가 네 곁에 없는 것이 좋을까."

고개를 들어 그런 말을 하는 사람을 쳐다보았다. 매서운 눈매와 콧날, 턱의 생김새, 조각칼로 다듬은 것 같은 날카로운 얼굴이었다. 때로는 닮았다는 말이 이해가 되지 않을 때도 있다. 지금도 그런 때였다.

"……아뇨."

"너는 너무 말이 없구나."

아, 저런 이야기를 내 평생 처음 들어보는구나.

아들이 어떤 사람인지 전혀 모르는 아버지. 아들이 손 한 번도 잡아 주지 않은 아버지.

18년 동안 찾던 아내를 잃은 남자의 기분은 어떤 걸까. 내가 짐작할 수 없는 문제다. 18년 동안 사랑하던 어머니를 잃은 기분과 비슷한 걸까.

그리고 그 아들이 아직 한 번도 '아버지' 라고 부른 일이 없다는 것을 어떻게 생각할까. 내가 이 사람을 더 아프게 할 자격 같은 것을 가지고 있을까. 우리 둘 다 누가 먼저랄 것 없이 아프고 슬픈데.

비탈 중간에 나는 멈춰 섰다. 경사가 완만해지는 데라 스노보드가 가끔 멈추곤 하던 곳이었다.

"저……."

나는 머뭇거렸다. 쉬운 일은 아니었다. 살아오면서 한 번도 입 밖에 내어본 일이 없는 말이니까. 아버지는 멈추어 나를 돌아보았다.

"불러도…… 될까요?"

나는 일부러 정확한 단어를 말하기를 꺼렸다. 그러나 그는 알아들었다.

그의 얼굴이 개었다. 엠버리에 온 뒤 처음으로.

"물론이다."

그래요. 내가 아프다고 해서 당신을 아프게 할 자격이 생기는 것은 아니겠지요. 누가 더 고통스러운지 따지는 것은 바보 같은 일일 거예요. 아마도 애를 썼겠지요, 최선을 다하지는 않았을지 몰라도, 우리 모자를 찾기 위해 조금은 애를 썼겠지요.

다른 일들로 바빴겠지요, 18년이나 떨어져 지낸 우리 모자를 찾아 전 대륙을 돌아다니기에는. 아니면 당신의 친척이나 주위 사람들이 말렸겠지요. 이제 와서 그들을 찾아 무엇 하겠느냐며.

아마 당신에겐 새로운 가족이 있을지도 모르죠. 묻지 않았지만, 그렇더라도 이해합니다. 죽었는지 살았는지도 모를 아내와 아들 때문에 18년이나 혼자 살아야만 할 이유는 없으니까.

결국 당신은 이렇게 늦게 찾아왔고, 우리 어머니는 남편이 '이진즈!' 하고 부르는 것을 한 번도 들어보지 못했지만, 어머니 대신 내가 들었죠. 당신의 입에서 나온 어머니의 이름. 그걸로 보상되기에는 그동안의 세월이 너무도 버겁지만, 이제는 어쩔 수 없는 일이지 않나요.

어머니, 당신도 처음에는 부인하고 싶었던 그 아이를 낳아서 열여덟 해나 정성스레 기르시지 않았나요.

그러니 내가 이 사람을 18년 동안 부르지 못한 이름으로 부른다고 해서 어머니, 당신이 너무 싫어하시진 않겠죠?

"아버지……."

바람이 언덕 풀을 쓰다듬는 것을 바라보며 오랜만에 검을 들었다. 그동안 쉬었으니 연습량을 줄여야 할까 생각하다가, 고개를 흔들고 검을 높이 올렸다. 혼자 하는 연습에는 한계가 있었지만 마땅한 상대도 없었고, 그리 미련도 없었다. 대륙 최고의 검사가 되겠다는 목표 따위는 내게 없으니 말이다.

하지만 지켜봐 줄 사람이라도 있는 건 괜찮을지도 모른다.

예전처럼 검을 올렸다 내리는 것을 되풀이하다가 제풀에 지쳐 주저앉았을 때, 등 뒤에서 누군가가 몸을 일으키는 소리가 들렸다. 돌아보니 아버지였다. 언제부터 와 있었는지 기척도 느끼지 못했다.

"열심이구나."

나는 어색한 미소를 지었다. 붙임성 있는 녀석으로 소문났던 나지만 아버지만은 아직 편하게 대하지 못했다.

"한심한 수준이라 보여드리고 싶지 않았는데요."

아버지는 내가 든 검을 잠시 보더니 빙그레 웃으셨다.

"아버지와 대련이라도 해 볼까?"

"네?"

느닷없는 제의에 나는 우물쭈물 하며 검을 내렸다. 기사단장인 아버지와 대련이라니. 저 건너 영지인지 어디인지로 도망가서—어쩌면 수도까지 달아났는지도 모른다—돌아올 생각을 않는 영주 아들놈과는 차원이 다를 것 같은데.

"상대도 안 될 것 같은데요?"

"그저 한번 해 보자는 것이다. 네가 연습하는 것을 보고 있으니 한번쯤 실력을 보고 싶어지는구나."

아버지의 마음을 모르는 것은 아니었다. 임무가 있는데 언제까지나 내 곁에 머무실 수는 없다. 함께 지내는 동안만이라도 아들과 여러 가지 일을 해보고 싶으실 테지.

하늘에 둥실 구름이 흘러간다. 언덕에는 내가 남긴 눈 발자국이 흩어져 있을 뿐 인기척은 전혀 없었다. 내 꼴을 볼 사람이 언덕을 지나가지 않기만을 바랄 뿐이다.

"좋아요."

아들인데, 죽이기야 하려고.

신중하게 검을 쥐었다. 긴장 탓인지 손바닥이 화끈거렸다. 아버지의 검은 끝으로 가면서 살짝 휘어진 외날 장검인데 세이버(saber)라고 부르는 종류로 알고 있다. 아버지의 세이버는 칼끝 위로 보조 칼날이 붙어 찌르기와 베기를 겸한 검처럼 보였다. 하지만 그 외에는 기사단장의 검치고는 장식도 없고 평범한 느낌이어서 묘하다 싶었다.

검이 닿을만한 위치에서 한 걸음 더 떨어져 서신 아버지는 입을 열어 내 기대와는 상반되는 말을 하셨다.

"일단 시작한 이상, 나를 이겨서 눕히겠다는 각오로 임해라."

장난이 아니었다.

"일단, 좌우 어깨를 칠 테니, 검을 받는 것을 보자."

다가오는 검을 왼쪽으로 피하는 순간, 아버지의 검이 어깨를 스칠 듯 다가와서 흠칫 움츠렸다. 아슬아슬하게 비껴 지나갔다. 빙글, 사분의 일 바퀴 정도 돌자 마주선 아버지도 거울상처럼 움직였다.

"다음!"

순식간에 한 걸음 간격을 좁힌 아버지의 검이 이번에는 왼쪽 어깨를 내리쳤다. 발을 바꿔 반대쪽으로 움직여야 하는데, 생각만큼 발이 빨리 따라주지 않았다. 엉터리로 뛰어서 피하다 보니 호흡이 엉켜버렸다.

"파비안."

아버지는 다시 한 걸음을 넓히고 검을 겨냥한 채 입을 열었다.

"발을 바닥에서 크게 떼지 말아라. 바닥을 쓸듯이 움직여라."

무안하다보니 저도 모르게 웃음이 나왔다. 아버지의 입가에도 미소가 번졌다.

"그럼, 이제 제대로 시작해 볼까."

조용한 어조와 딴판으로 검은 빨랐다. 오른발로만 두 걸음, 재빠르게 디디며 들어왔다.

"하앗!"

어깨 쪽으로 파고드는 검을 간신히 펄쩍 뛰어 피했다. 조금 전 들은 말은 까맣게 잊은 듯한 꼴이었지만, 말을 들었다고 바로 될 것 같으면 세상에 검 못 쓰는 사람이 없겠지. 그래도 동네 애들 싸우는 모양새로 피하는 건 볼썽사나운데.

"검을 걷어내라!"

머리 위로 내리쳐져 오는 검을 막으려고 검을 옆으로 틀어쥐며 높이 올렸다. 두 검이 닿는 순간, 아버지의 검날이 한 조각 떨어져 나가는 소리가 들렸다. 이어 두 검이 마주 긁히는 소리가 요란하게 울렸다.

그그그극!

오른발을 빼면서 자세를 낮췄다. 무게중심을 흐트러뜨리지 않고, 두 검이 서로 부딪쳐 긁히다가 떨어지는 순간을 노렸다. 손가락에 힘이 들어간다.

"이엽!"

큰 반원을 그리며 올려쳤다. 내 검보다 형편없이 얇은 세이버가 부서지지 않을까 걱정하면서. 검을 피한 아버지는 왼발을 내며 자세를 낮췄다. 아버지의 검이 내 검이 지나간 곳, 왼쪽 허리로 파고들었다.

"받아라!"

어떻게 막아야 할지 몰랐던 나는 대책도 없이 검을 잡은 손을 아버지의 세이버가 날아오는 쪽으로 밀어 붙였다. 젠장, 이런 상황에서 장갑을 안 끼고 있다니!

콰광!

세이버의 손잡이 쪽으로 무작정 검을 밀고 들어갔다가 계산이 잘못되어 손끼리 부딪치고 나니, 나는 내 검을 거지반 놓쳐버렸다. 간신히 아버지는 공격을 멈췄지만, 내 허리는 그대로 노출된 채였다. 게다가 아버지의 검 손잡이와 부딪친 손가락 마디가 불에 닿은 것처럼 쓰렸다.

"으윽……."

"좀 전처럼 공격하게 되면 다음 일은 전혀 생각지 않는 행동이란다. 지금 상태에서 상대가 아직 무기를 잡고 있다면, 진 것이지."

그 정도 움직임으로는 호흡 한 점 흐트러지지 않은 목소리였다. 다가온 아버지는 내 손을 잡고 들여다보셨다.

"살점이 뭉그러졌구나. 그렇지만 큰 상처는 아니다."

아이고, 아버지와 어머니의 차이가 이런 건가 보죠?

내가 검을 간신히 놓자 아버지는 내 손을 펴더니 손가락을 하나씩 만져 보셨다.

"손가락은 괜찮으냐?"

"……아마도요."

"그럼 다시 시작하자. 그 정도 상처를 입었다고 봐주는 적은 어디에도 없으니 말이다."

"그, 그렇겠죠?"

일단 적이라면, 이 정도에서 물러나 주지는 않겠지. 그러자 순간적으로 검사들의 격언이 떠올랐다. 공격은 최선의 방어!

"갑니다!"

머리를 노려 짧게 한 번, 크게 한 번 내리쳤다. 이번에는 자세도 좋았다. 발 움직임도 좋았고. 순식간에 사정거리 안으로 들어갔다. 오른쪽을 노리며 베어 들어가자, 아버지는 검을 세우며 대각선으로 비스듬히 갖다 대셨다. 책에서 본 어떤 자세와 한 치도 다르지 않아서 더 감탄했다. 아마도 두 개의 날이 부딪치면서 옆으로 미끄러져…… 챙!

쇠가 갈라지는 소리와 함께 뜻밖의 일이 벌어졌다. 아버지의 세이버 날이 뚝 부러져 버렸던 것이다. 순간 나도 멍해졌다. 어떻게 하면 저렇게 되는 거야?

"팔이 잘 단련되어 있구나."

"죄, 죄송해요, 아버지."

아버지의 팔에도 약간 충격이 간 모양이었다. 검 반쪽을 내던지시더니 갑자기 씨익 웃으셨다.

"두 검의 수준이 달랐던 까닭도 있다만, 어쨌거나 훌륭하구나. 실전에서 수준이 같은 무기를 쥐고 만난다는 보장은 없으니, 이번 싸움은 네가 이긴 것이나 다름없다."

이겼다는 말에 놀라 얼떨떨해 있는데, 다가온 아버지께서 내 검을 살펴보셨다. 검을 바라보는 눈조차 나와는 어딘가 달랐다. 날마다 무겁다고 불평하며 억지로 휘두르는 나와는 달리, 자식을 살펴보듯 하는 눈빛이었다.

"좋은 검이구나. 상대의 무기를 부수고도 날 한 군데 상하지 않았다니. 보통 대장장이가 만든 물건이 아닌 것 같은데. 어디서 얻었느냐?"

"그게, 어느 여행자가 자기에겐 필요 없다면서 주더라고요."

이것만으로도 거짓말은 아니었다. 제대로 설명하려니 좀 복잡한 게 아니어서 말이다.

"소중하게 다뤄라. 일생동안 이런 검 한 번 잡아보는 것이 절대로 쉬운 일이 아니다. 검에 일생을 바쳐 온 나조차도 이야기로만 들었을 뿐, 이런 검을 실제로 본 것은 처음이란다."

난 눈만 크게 뜨고 있었다. 다른 기능도 많다는 이야기를 할까 하다가 그냥 삼켜버렸다. 검을 들고 불쇼 같은걸 한다고 자랑스러울까 싶기도 하고.

"하지만 파비안. 아직 너는 그 검을 네 것이라고 할 수 없다."

물론 미르보가 갑작스레 주는 바람에 떠맡은 거지, 결코 내가 고른 건 아니다. 고를 수 있었다면 좀 더 가벼운 걸 골랐겠지.

"네가 든 무기를 네가 버티지 못해서야, 그런 무기는 없느니만 못하다. 적에게 그런 걸로 대적하느니 차라리 버리고 뛰어 달아나는 것이 나을지도 모르지."

코끝을 실룩이며 검을 내려다보았다. 내가 가누지 못할 뿐, 훌륭한 검이란 말은 사실이라고 생각했다. 일단 남들이 손 못 댄다는 점도 멋지고, 그 가운데 새겨진 이상야릇한 글자들도 그럴듯하잖아? 내 이름 써놓은 것도 아니니 별 쓸모는 없지만. 하여간 버릴 순 없다. 일단은 미르보가 엄청나게 화를 낼 것 같다.

"버리기 싫으면 어떻게 해야 하겠느냐?"

"잘 쓰게 되어야겠지요."

"옳은 말이다. 혹독한 수련을 거쳐서 검을 쥐어야만, 그것이 진정한 의미에서 네 몸의 일부가 되는 것이다."

아버지는 선 채로 나를 내려다보셨다. 내 키도 만만찮긴 하지만, 아직 아버지의 키에 닿으려면 좀 더 기다려야 할 것 같았다.

"왜 검을 수련하는 데 몸을 단련해야 한다고 생각하느냐?"

"그거야 일단 검을 들고 다녀야잖겠어요?"

그랬다. 그거야말로 요즘 내가 가장 심각하게 맞닥뜨린 문제니까. 아버지의 어이없는 표정을 보는 것도 꽤 재미있었다.

"네 검의 장점은 무엇인지, 단점은 무엇인지, 그것을 어떻게 이용해야 할지 잘 생각하거라. 이렇게 무거운 검의 특징은 무엇일 것 같으냐?"

"무거우니까…… 느리겠지요. 대신 파괴력이 있고."

"맞았다. 그런 검을 너는 자꾸 좌우로 휘두르려고 하는데, 그렇게 해서야 어디 네 허리가 성하겠느냐."

그 말을 듣고서야 나는 왜 내 허리가 이렇게 자주 끊어질 듯이 아픈지 깨닫게 되었다. 뻔한 일인데도 깨닫고 실천하기는 힘든 노릇이로구나.

“그런 대형검은 위에서 아래로 내려칠 때 가장 위력이 있다. 그리고 아래에서 위로 올려치는 것도 괜찮지. 좌우로 휘두르며 베는 것은 그 검이 장검 정도로 가볍게 느껴진 뒤에 해도 늦지 않다.”

검술 선생이 있었다면 일찌감치 이야기해 주었을 법한 실질적인 충고였다. 아버지가 죽 내 곁에 있을 수 있다면 검술 선생 열 명보다 나을 터인데.

“또, 고통스런 수련을 일부러 찾아서 할 필요도 있다. 온몸의 감각을 미리 깨워두는 것이 실전에서도 너를 지켜주는 법이다. 몸을 다치지 않고 곱게 배운 검술은 실전에서 금방 드러난다.”

그 말을 들으니 떠오르는 사람이 있었다. 녹보석의 기사가 되려고 남의 영지까지 가서 준비 중이라는 아르노윌트 말이다.

“왜냐하면 그런 자들은 실전에서 한 군데라도 상처를 입는 순간, 그동안 배우고 익혀 온 검술을 모조리 잊어버리게 되기 때문이지.”

아르노윌트, 혹시 너 거기서도 귀 가리키면서 들을 수 있다면 좀 들어! 명언이다, 명언! 적어야 된다고!

나는 아르노윌트를 대신해서 대단히 감동한 표정을 지었다. 실제로 나한테도 감동적이었던 것은 말할 것도 없었다. 아르노윌트의 검술 선생이 얼마나 할 일 없는 작자인지 마음속으로 욕하면서 말이다.

“꼭 기억해둘게요.”

“그래.”

바람이 불어왔지만 땀을 흘린 탓인지 차다는 느낌은 없었다. 곧 다가오는 2월, 암흑 아룬드에는 검은 비가 내린다. 눈이 아니고 비다. 날씨는 점차 풀리고 있었다. 그렇게 시간이 흐를수록 헤어질 날도 가까워 왔다.

아버지가 묵고 계신 여관으로 오라는 말을 들었을 때, 이미 무슨 이야기를 듣게 될지 예상하고 있었다. 그래서 막상 말을 들었을 때도 놀라지 않았다. 오히려 담담하게 웃으며 이런 말도 할 수 있었다.

"임무 중이라고 하셨는데, 너무 오래 여기 머무셨어요."

낮 시간이라 그런지 여관 겸 주점인 '그릴라드의 녹색 깃발'의 홀에 다른 손님은 없었다. 주점의 주인은 스륌스 씨로 부모님이 돌아가시고 주점을 물려받은지 몇 달 되지 않아서인지 운영이 서툴렀다. 내가 아버지와 마주앉고서 한참 후에야 손을 앞치마에 슥슥 문질러 닦으며 달려왔다.

"뭐 주문하시겠습니까?"

"잔 두 개만 갖다 주시고, 여기서 가장 맛있는 파이가 어떤 겁니까?"

"잔이요…… 네! 아, 그리고 파이는 전부 맛이 있지만, 커스터드 파이를 드셔보시겠습니까?"

파이가 나왔을 때 아버지는 테이블 위에 포도주 한 병을 올려놓으셨다. 나는 눈을 둥그렇게 뜨고 병을 바라봤다. 아버지는 혼자 미소 지으시며 병의 봉인을 뜯고 코르크 마개를 뽑았다. 약간 쏘는 듯도 한 독특한 향이 풍겼다.

"남쪽 바다의 도아 해협을 건너면, 대륙처럼 큰 섬 하르마탄이 있지.

섬의 남쪽은 비카르나 족의 땅이지만 북쪽은 이스나미르의 지배를 받고 있는데, 그곳에 나르시냐크 집안이 대대로 지켜 온 예모랑드 영지가 있다. 성은 피아 예모랑드라고 부르지."

"피아 예모랑드라면 점성술 아룬드(11월)의 별이로군요?"

"그래, 11월의 별에서 따온 이름이지. 내가 기사단 때문에 님-나르시냐크에서 지내다보니 친구가 대신 관리하고 있는데, 1년에 한 번 정도 들러서 살펴보곤 한다."

잔에 따라진 술은 무르익은 포도의 빛깔이었다.

"그곳에서 나는 유명한 포도주란다. 예모랑드 포도주라고 하면 마브릴 족의 땅에서도 이름 있는 술이지. 가장 좋은 포도는 따뜻한 평야보다는 오히려 거친 땅에서 나는 법이라서."

잔을 들자 향이 더욱 진동했다. 상당히 독한 술 같은데.

"오늘 아침에 야스딩거 경이 가져다주고 갔는데, 이걸 구해오느라 꽤 고생을 했던 모양이더구나. 하르마탄 섬까지 다녀올 수는 없고 해서, 큰돈을 주고 샀다지 뭐겠느냐. 영지에 가면 얼마든지 있는 것을."

그렇게 말하며 아버지는 너털웃음을 터뜨렸다. 나도 웃을 수밖에 없었다. 츠칠헨 야스딩거는 트뢰멜에서 나를 찾아내기도 했던 젊은 기사인데 헤어졌던 아들을 만난 기사단장의 마음을 헤아려 고향의 특산술을 구해오는 정성이 대단하다 싶었다. 아니, 그도 그지만 아버지가 술을 산 돈을 아까워하는 모습이 나를 웃게 했다. 나와는 딴판으로 멋있는 아버지지만, 어쩌면 물건값 깎던 나와 비슷한 점도 있지 않은가 싶어서 말이다.

잔을 부딪치고 한 모금 넘기는데 아버지가 향을 맡으며 나직이 중얼거렸다.

"이진즈도 있었다면 좋았을 것을."

술이 딱딱한 덩어리로 변한 것처럼 목에서 잘 넘어가지 않았다. 아버지가 고개를 들며 나를 불렀다.

"파비안."

대답을 해야지. 목에 막힌 것을 넘기려고 그 비싸다는 술을 단숨에 비워 버렸다. 비싼 포도주는 이렇게 마시는 게 아니라고 들은 것 같지만 할 수 없었다.

"……네."

덧창으로 들어온 햇빛이 마루에 흰 창을 그려 놓았다.

"네가 어머니와 함께 가 버리지 않고 이렇게, 무사히 있어줘서 얼마나 기쁜지 모르겠다. 처음에는 고작 한 달이라는 시차가, 이리도 허무하게 어긋난 재회가 얼마나 분하고 괴로웠는지 모른다. 하지만 되풀이해 생각하는 동안 너만이라도 기적처럼, 누군가가 계획한 것처럼 따로 살려놓은 운명의 배려에 감사해야 하는 것이 아닌가, 18년이나 늦었으면서 예전의 잘못을 본래대로 되돌릴 수 있다고 기대했다면 지나친 욕심이 아니었을까, 그런 생각이 들었다."

나무 테이블에 놓인 아버지의 손이 보였다. 헤아릴 수 없는 전투로 단련된 전사의 손이었다. 그러나 지금은 평온하게 테이블 위에 놓여 있을 뿐이었다.

그러나 언젠가는 다시 그 세계로 돌아가야 할 손이다.

"그러니 남은 우리는, 이곳에 없는 사람 몫까지 서로를 아끼고 의지하며 살아가야 할 거야."

내 생각이라고 달랐을까. 하지만 내가 두려워하는 것은 나 자신이었다. 아버지에게 짐이, 해결해야 할 과제가 되고 싶진 않았다. 그러면서도 나는 또 아버지가 필요했다. 혼자서도 괜찮으니 돌아가라고 선뜻 말하기엔 너무 외로웠다.

"아버지는, 진심으로 저를 아들로 여기시겠지요. 그리고 저도 아버지를 진심으로 제 아버지로 생각합니다. 다만……."

모순된 말인 것 같았지만, 끝까지 하기로 결심했다.

"저는…… 저 자신을 진심으로 아버지의 아들로 생각하지는 않는 모양이에요. 아버지가 필요하지만, 아버지에게 기대고 싶진 않습니다. 아버지가 떠나셔야 하는 것도 알고, 저는 이곳 사람이고, 지금까지도 잘해 왔으니까 앞으로도…… 잘 할 거예요."

이야기가 계절처럼 내 곁을 흐른다.

누구나 계절의 변화를 모르진 않아. 그것이 인생의 주제가 아닐 뿐이지. 어느새 봄이 되고, 여름이 오고, 가을이 되며, 이윽고 겨울이 온다. 어느 날 얇은 옷을 입고 나가 볼까, 하다가 차가워진 공기를 깨닫는 것이다.

나를 바라보던 아버지의 눈동자가 일순 흔들린 듯했다. 그러나 곧 전처럼 온화한 빛으로 되돌아왔다. 짧은 시간 동안 무슨 고민을 하셨을까. 무엇 때문에 마음이 흔들리셨을까.

"그런 말은 말아라."

아버지는 파이를 한 조각 잘라 입에 넣더니 내 빈 잔에 술을 따라 주셨다.

"너는 여기 남아 있고, 나는 떠나고, 그래서 또다시 18년쯤 뒤에나 만날 생각이냐?"

농담처럼 던진 말이 불쑥 내 마음을 찔렀다. 18년이 얼마나 긴지 충분히 경험한 터였다. 상상만으로도 그런 것은 싫었다.

"나와 함께 님-나르시냐크로 가자. 내겐 너를 위한 계획이 무척 많단다. 너는 내 맏아들이니 당연히 가문을 이어야지. 구원 기사단의 수습 기사가 되어 차근차근 검술을 익히면서 나를 보좌해 다오."

얼른 대꾸할 수가 없었다. 실감도 잘 나지 않았다. 아버지의 이야기는 내 몫이 아닌 세상으로의 초대였다. 내가 머뭇거리는 동안 아버지의 입가에 우울한 미소가 떠올랐다.

"너는 아버지와 사는 것이 별로 달갑지 않은 모양이구나."

"그런 건 아닙니다만……."

"그럼, 내가 너를 두고 갈 거라고 생각했단 말이냐?"

아버지는 이제 완연히 웃고 계셨다. 농담을 하시는 것이다. 나는 어찌할 바를 몰랐다. 아들 역할이 어설픈 탓도 있지만, 선뜻 결정할 수가 없었던 것이다. 정말로 따라가도 좋을지, 아니면 남는 쪽이 좋을지. 아버지와 함께 가서 가문의 후계자가 되고, 기사단에 들어가고 하는 것은 생각지도 못한 이야기들이었다. 시간이 필요했다.

"저어, 조금만 생각해 보겠습니다. 내일 아침까지만요. 그 때 확실히 말씀드릴게요."

아버지는 내가 망설이는 것을 조금 섭섭하게 여기는 기색이었지만, 달리 대답할 방법이 없었다.

누구한테 물어보고 싶은데 의논할 만한 사람이 한 명도 없었다. 마을 사람들에게 물어봤자 나올 대답은 뻔했다. 당연히 따라가야지! 북부 시골구석에서 한 평생 보내느니 수도가 있는 남쪽으로 가서 한번 그럴듯하게 살아봐야 될 거 아냐? 남들은 가고 싶어도 못 가는데, 거저 온 기회를 차버린다는 게 말이 되냐? 게다가 가문의 재산도 한 몫 챙길 테고 굴러 들어온 복이지…….

그런 이야기는 들어봤자 아무 도움도 안된다. 실리적인 선택은 당연히 따라가는 쪽이란 것쯤은 나도 알고 있다. 나도 누가 그런 고민을 내게 상담해왔다면 저렇게 외쳤을 것이다. 하지만 당사자는 나였다. 나는 아버지의 후계자가 된 내 모습을 상상해 봤다.

……상상이 되지 않았다. 우스꽝스런 장면만 떠오를 뿐이다. 기사단장님의 아들이 수도에 잡화점을 열었으니 우리 한번 가보세…….

일단 잡화점은 빼놓고 생각해 보자. 내게 견습 기사가 될 실력이 없는 거야 당연한 일이지만 어떻게 들어갔다고 치고, 새로이 속한 곳에 가 보면 내 또래들이 아마 밤낮 없이 검을 휘두르고 있을 것이다. 어려서부터 검을 배워 온 녀석들이겠지. 개 먹이에 담긴 도토리 모양이 될 게 안 봐도 눈에 선하다. 어쩌면 수준을 맞추느라 열 살짜리하고 연습해야 될지도 모르지.

기분 나쁜 상상을 얼른 누르고 이번에는 가족과 친척을 만날 일을 생각해 봤다. 일단 예상은 했던 일이지만 가문의 대를 이어야 할 의무 때문에 아버지도 한 번 결혼을 했던 모양인데, 부인은 이미 세상에 없고 동생만 하나 남겼다고 했다. 사내 녀석이라는데 어떤 성미일지 자못 걱정스럽다. 내가 나타나면 하루아침에 후계자 지위를 잃게 될 테니, 아무리 성격 좋은 놈이라 해도 심사가 좋을 리는 없다고 생각되었다.

아버지의 나르시냐크 가문은 2백 년 넘게 이어져 온 가문이고, 그동안 구원 기사단을 사실상 소유해 왔다. 직계든 아니든, 나르시냐크 성이 아닌 사람이 기사단장이 된 예는 거의 없다고 했다. 이런 유서 깊은 가문에서 난데없이 나타난 나를 좋게 받아들여 줄 리 만무하리라. 이미 아들도 하나 있는 상태니까 말이다. 내가 받을 대접은 기껏해야 사생아 정도가 아닐까.

난 왜 이렇게 현실적인 점만 생각해 내는 걸까.

꿈에 부풀어 '수도의 달크로즈 성을 보러 간다!', '귀족처럼 한바탕 살아 보는 거야!', '너저분한 생활이여 안녕!' 이렇게 생각할 수는 없는 거냐. 옛날에 누가 날 붙들고 이런 넋두리를 했더라면 한심하다고 비웃었을 텐데. 떼돈이 공으로 생기는 거 봤냐, 꾹 참고 있다가 한 몫 챙겨 나오면 그때부터 인생 주름 쫙 펴지는 거다, 등등 멋진 충고도 해줬겠지.

갈수록 상상이 더 괴로워져서, 구석에 깔린 담요로 기어 들어갔다. 신데볼프 씨가 내게 빌려준 방에는 침대가 없었다. 하긴 방이 하도 작아서 침대 들어올 자리도 없었지만.

찬바람이 들지 않도록 창 덧문도 꼭 닫아 주위에는 빛 한 점도 없었다. 나는 지붕 위 저 너머에서 비치고 있을 달빛을 생각했다. 공기는 맑고 차겠지.

내가 무언가를 두려워한다면, 왜 두려워하는지 까닭을 알아야 벗어날 수가 있다. 언젠가 괜찮아지겠지 하고 억지로 버틴다고 사라지지는 않을 것이다. 벌레를 무서워하는 여자애한테, 익숙해지랍시고 벌레들을 잔뜩 들이댄다고 나아지는 것이 아니듯 말이다.

내가 갈 수 없다고 느낀다면, 이유가 있을 거야.

눈을 감고 검은 휘장 위의 수많은 별무늬들을 상상해 보았다. 밖에는 아주 넓은 세계가 있고, 나는 이 작은 쪽방에 있었다. 두 세계는 아득히 먼 것 같았다.

"전 여기 남겠습니다."

날씨가 좋았다. 언덕 위를 한바탕 달리고, 검도 실컷 휘두르고, 그런 다음 잡화점 계산대에 앉아 꾸벅꾸벅 졸면 딱 알맞을 듯한 날씨였다. 내 얼굴은 밝았지만 아버지는 말이 없었다. 왜 그런 선택을 했느냐고 묻지도 않았다. 하긴, 물을 필요가 없었을지도 모른다. 가지 않는다면 이유야 뻔하니까.

"어머니 무덤도 돌봐야죠."

덧붙여 말하며 나는 씩 웃기까지 했다. 아버지는 한참 동안 나를 보고 있다가 손에 끼고 있던 전투용 장갑을 벗었다.

"파비안, 이걸 써 보겠느냐."

얼결에 받아들고 의아한 표정을 짓고 있으니 아버지가 끼어 보라고 손짓했다. 나는 장갑을 끼었다.

"그런 검을 쓰면서 좋은 장갑이 없어서야 어디 손이 남아나겠느냐."

무리한 검 연습으로 곳곳이 까진 내 손바닥을 눈여겨보셨던 모양이었다. 아버지의 장갑은 약간 낡기는 했지만 가죽과 사슬의 이음매가 정교한 고급품이었다. 일개 소년 검사가 만져볼 만한 물건이 아니다 싶었다. 거기다가 아버지가 길을 잘 들여놓아서 처음 이런 것을 낀 내 손에도 전혀 불편함이 없었다.

나는 겨우 할 말을 찾아냈다.

"아버지는요?"

"내겐 또 있으니 걱정 말거라."

아버지는 밝게 웃으셨다. 내가 잘 쓰기만 하면 그것으로 충분하다는 듯이. 나는 아버지의 맨손을 바라보았다. 맨손이지만, 장갑을 낀 내 손보다 훨씬 더 강인해 보였다.

"제 결정이 못마땅하시지요?"

"그래, 못마땅하구나."

웃으면서 하신 말씀이지만, 아마 본심일 것이다. 나는 고개를 흔들며 따라 웃었다.

"죄송해요. 하지만 전 아버지가 계시는 훌륭한 곳에 어울리는 녀석으로 자라지 못한 것 같아요. 밤새 생각해 봤지만 아버지께 폐가 되는 것은 물론이고, 저 자신도 견디기 힘들 거라고 생각했어요. 너무 갑작스런 일이기도 하고…… 아직 준비가 안 됐거든요. 대신 좀 더 나이가 든 뒤에 찾아뵈어도 되겠지요?"

"……."

아버지는 대답 없이 내 얼굴을 들여다보셨다. 내 얼굴을 외우기라도 하려는 것처럼. 잠시 후, 아버지는 품 안으로 손을 넣더니 보이지 않게 목에 걸고 있던 주머니를 벗어 탁자에 올려놓았다. 탁, 하고 테이블 위에 놓이는 소리만으로도 묵직한 물건이란 느낌이 왔다.

"꺼내 보아라."

주머니를 열자 은빛 사슬에 손바닥만 한 원반 모양의 장식추가 달린 목걸이가 나타났다. 두 손으로 만져보려다가 주춤하며 내려놓았다. 그래도 될까 싶을 정도로 엄숙한 느낌을 주는 물건이었던 것이다. 한 점 티도 없이 새카만 색깔부터 그랬다.

좀 더 자세히 보니, 원반 위에는 세공 수준을 알아볼 눈이 없는 내가 봐도 감탄이 솟을 정도로 정밀한 세공이 입혀져 있었다. 부드럽게 맺고 이어진 돌기들을 발끝으로 더듬어 봤다. 원을 그리며 새겨진 이름 모를 문자가 있고, 원반의 테두리에는 열네 개의 삼각형 돌출부가 있어서 각각 열네 달의 상징들이 새겨져 있었다.

"우리 가문에 대대로 내려오는 보물 가운데 하나다. '사계절의 목걸이' 라고 불리지."

내 손가락은 원반에 박힌 초록빛 보석에서 멈췄다. 윤기 나는 검은 돌 위의 녹색 보석이 이채로웠다. 이 녹색 보석을 머리로 네 보석이 십자 배열을 이루고 있었던 모양인데, 다른 세 군데는 움푹 팬 자리만 남았을 뿐 비어 있었다.

"사계절이라, 그렇다면 이것은 봄이로군요?"

제대로 뜻을 알고 한 말은 아니었지만, 아버지는 고개를 끄덕이셨다. 사계절이라. 그렇다면 비어 있는 자리는 여름과 가을과 겨울의 보석일까?

“워낙 오래된 것이라 다른 보석들의 행방은 묻혀버렸다더구나. 그래서 목걸이는 본래의 능력을 잃고 아름다운 장식품에 불과하게 되었지.”

하지만 장식품만으로도 대단한 가치를 지닐 만큼 훌륭한 물건이었다. 적어도 내 눈엔 그랬다. 찬란한 광채를 뿌리는 녹색 보석은 더 말할 것도 없고 말이다.

“본래의 능력이라뇨? 이게 마술을 부리기라도 하나요?”

“글쎄, 전설 같은 이야기지.”

아버지는 잠시 후 이어 말했다.

“대마법사 에제키엘을 알고 있겠지? 그가 남긴 마법의 힘이 이 안에 숨겨져 있다는 전설이 있는데, 사실 여부는 아무도 모르지. 다른 보석을 다 찾아서 채워 넣기라도 한다면 혹시 모르겠지만.”

나는 깜짝 놀라 되물었다.

“영원의 구속자, 에제키엘요?”

“그래. 목걸이가 전해지기 시작한 연대가 그의 시대와 일치하기도 하고.”

익숙한 전설 속의 이름이 손에 쥔 물건을 다시 한 번 살펴보게 만들었다. 그렇게 오래된 물건이라고 보기에는 낡은 흔적이 전혀 없었다. 다만 새겨진 문양들을 보고 있자니 굉장한 세월이 감춰져 있을 듯한 느낌이 드는 것이다. 에제키엘의 시대라면 2백 년 전? 아니, 그보다 더 오래된, 생각으로도 닿지 못할 과거 말이다.

아버지의 목소리가 들렸다.

"본래는 녹색 보석도 없이 이 목걸이만 전해져 왔지. 그런데 이번에 임무를 위해 달크로이츠 산맥 남쪽까지 갔는데, 무녀들의 마을에서 이 물건을 알아보더구나. 그들이 이 녹색 보석을 간직하고 있어서 나도 깜짝 놀랐다."

나도 눈을 크게 떴다.

"그럼 이걸 아버지께서 찾아내신 거군요?"

전설 이야기이겠거니 하고 있었는데, 바로 얼마 전에 하나를 찾았다는 말을 들으니 놀랄 수밖에 없었다. 갑자기 목걸이와 에제키엘의 이야기가 무척 가깝게 느껴지기 시작했다.

"그런 우연이 언제나 따라 주리라 기대할 순 없겠지."

그렇게 말한 아버지는 테이블에 놓인 목걸이를 내 쪽으로 밀어 주었다.

"네가 갖도록 해라."

"네?"

이번에야말로 정말 놀랐다.

"아버지, 이건 가문에 전해 내려오는……."

"보물이지. 하지만 가문의 보물이 이것 하나도 아니고, 어차피 내가 간직하고 관리하는 물건이다. 더구나 내 뒤를 이을 네게 주는데 누가 무어라 할 수 있겠느냐?"

"그래도……."

나는 아버지가 영지로 돌아가 곤란한 일을 당할까봐 걱정스러워 망설였다. 내가 가문을 이어받는 문제가 결정된 것도 아닌데, 문제의 씨앗이 되는 건 아닐까.

"언젠가 나를 찾아오겠다고 했지?"

시선이 마주쳤다. 내 결심을 확인하려는 눈빛을 본 순간, 나 또한 아버지의 의도를 깨달은 느낌이 들었다.

"언제가 될지는 모른다. 하지만 그때가 오면, 반드시 이것을 갖고 오너라. 이 목걸이를, 내가 너를 내 아들로 인정했다는 표지로 삼을 생각이다. 기사단도, 나의 가문도, 이것을 가진 네가 내게 오는 것을 막을 수 없을 것이다."

아버지의 말 속에 숨겨진 뜻을 알듯했다. 그게 언제였든, 내가 아버지 앞에 나타나면 분명히 분란이 일어날 것이다. 인정할 수 없다고 떠드는 자들도, 동생의 권리를 지지하는 자들도 시끄럽게 굴 게 틀림없었다. 그렇기에 아버지는 미리 이것을 주어 아버지의 뜻을 확고히 보이려는 것이었다.

"알겠습니다."

나는 목걸이를 주머니에 넣어 내 목에 걸었다. 그리고 아버지가 했듯 겉옷 안쪽으로 넣어 보이지 않게 했다. 아버지가 빙그레 웃더니 말했다.

"갖고 있는 김에 다른 보석도 찾아내어 와 주면 더 고맙고."

나도 마주 웃었다.

"제가 그렇게 할 수 있으면 오죽이나 좋겠어요."

이튿날 아버지는 떠나셨다. 그러나 이 목걸이만은 남아 아버지와 나의 약속이 되었다. 사람들이 아버지를 따라가지 않는 날 보며 멋대로 수군거렸지만 개의치 않았다.

다시 혼자가 되고 나니 아버지가 이걸 내게 남기신 뜻을 좀 더 잘 알 것 같다. 내게는 목표가 생겨났다. 언젠가 찾아가야만 할 그곳에, 반드시 더 훌륭해져서 나타나겠다는 결심 말이다. 이 목걸이를 주신 뜻이 헛되지 않도록. 지금 함께 가지 못하는 부끄러움을 씻을 수 있도록.

그때는 아버지 곁에 서야 할 테니까.

3. 은빛 머리의 유리카

음유시인 아룬드도 거의 끝나가던 18일 오후, 나는 간판을 뒤집어 놓고 목탄 조각을 하나 든 채 생각에 잠겼다.

'파격 대 할인 봉사!', '잡화점 주인은 미쳤다!', 또는 '이보다 더 싸고 좋을 순 없다!' 느낌표를 여러 개 달아볼까?

'대륙 최고의 보물들, 창고 정리 대매출!!!'

좀 과장이 심했나? 그럼 동정심 유발 글귀.

'참화가 휩쓸고 간 땅에 다시 태어난 삶의 의지', '재앙의 땅에도 생명은 살아간다'……. 이건 또 신파조가 심하네.

음유시인 아룬드가 후반에 접어들 무렵이면 누구나 하는 착각, 금방 봄이 올 것만 같은 기분에 나도 젖어 있었다. 이 시기에는 눈조차 잘 내리지 않는다. 그래서 이런 날씨가 계속되다가 점차 따뜻해져 봄으로 이어지려니 싶어지는 것이다.

그러나 천만의 말씀. 봄이 시작되는 아르나 아룬드(3월)와의 사이에는 엄연히 암흑 아룬드(2월)가 버티고 있다. 1년 중 가장 끔찍한 날씨를 자랑하는 달 말이다.

나는 떨어진 간판을 앞에 놓고 봄이 주는 온화한 기분에 사로잡혀 하염없이 시간을 낭비하고 있었다.

가게를 정리한다.

음유시인 아룬드가 가기 전에 남은 물건들을 모조리 정리할 생각이었다. 다시 하비야나크에 올라오지 않겠다고 생각한 날도 있었는데, 결국 돈 주고 산 물건들을 버린다는 것은 내 성미에 맞지 않았다. 어머니가 이날 이때까지 가르쳐 오신 것이 있는데. 신데볼프 씨는 엉망이 된 물건들을 남김없이 수습하는 나를 보고 '지독한 녀석' 이라고 말했는데, 칭찬이라고 생각하기로 했다.

물건이 대충 정리되면 어머니의 유품이나 나한테 필요한 물건 몇 가지를 남기고 나머지는 태우거나 혹 필요한 사람이 있으면 줄 작정이었다. 가게는 못을 칠까, 아예 태워버릴까 아직 결정을 하지 못했다. 곧 결정하게 되겠지만.

엠버리를 떠나기로 결심한 것이다.

아버지를 따라가는 것도 아니면서, 고향을 떠나기로 결정한 자신이 자못 우습기도 하고 대견하기도 하다. 어떤 날은 엠버리를 떠나라고 한 어머니의 유언을 지키려는 거라고 생각해 보기로 했다. 하지만 가장 큰 이유는 결국 아버지와의 약속이었다.

마을 안에서 잡화점이나 운영해서는 아버지 곁에 설 만한 아들이 될 수 없었다. 그렇다고 아버지에게 이것저것 해달라고 손을 벌리는 것은 18년 동안 어머니와 잡화점을 운영하며 행복하게 살아온 나 자신에게 염치가 없다고 생각했다. 두 생활 모두 중요했다. 아버지의 곁이든, 어머니의 곁이든. 양쪽 모두에 어울리는 아들이 될 생각이었다.

지붕 너머에 별 하늘이 펼쳐진 것을 알았는데, 언제까지나 쪽방에 남아 있을 순 없었다. 아득히 먼 듯한 두 세계의 간격을…… 내가 좁힐 수 있을까?

우리 가게 앞에서는 하비야나크 마을이 구석구석 잘 내려다보였다. 비탈 위에 세워진 집이었고, 그랬기에 스노보드를 타고 내려가기에도 좋았었다. 잠시 손을 놓고 멍하니 내려다보았다. 엠버로 내려가는 둔덕, 지붕이 부서져 나간 목수의 방, 사람 하나 없는 휘어진 골목, 하얀 산맥으로 이어지는 비탈. 눈에 들어오는 것마다 나를 떠난 것이 무엇인지 상기시켜 주었다.

그러나 이제 나를 구속하지는 못했다.

아직은 차갑게 느껴지는 새파란 하늘을 검은 겨울새가 갈랐다. 나는 폐허 가운데에서 몸을 일으키며 하늘을 올려다보았다. 좋은 공기였다. 한껏 마셨다. 머리카락을 날리는 산바람에도 흡족하게 옷자락을 맡겼다.

이제 나는 괜찮아. 내가 알던 사람들이 한꺼번에 다른 세상으로 가버렸어도 나는 괜찮아. 어머니의 복수를 할 능력이 없어도, 복수하겠다는 불굴의 의지로 온몸을 채우지 못해도, 나는 내가 할 수 있는 일을 하고 있어. 잃은 것은 잃은 것일 뿐, 이제 얻을 것을 위해 세상으로 나아갈 거야.

봄을 예견하게 하는 시원한 바람.

그것이 오류에 불과한 기분일지라도.

어제는 하루 종일 그릴라드로 물건들을 옮겨 놓았고, 오늘은 드디어 장사 시작이었다. 유령 마을이 되다시피 한 하비야나크로 물건 사러 올 사람이 있을 리가 없으니 말이다.

"자, 싸게 팔아요, 싸게 판다니까요! 어서 오세요, 뭘 드릴까요? 자아, 이쪽으로 아가씨. 안에 더 좋은 물건들이 있다니까요. 그렇게 지나가지만 마시고 한 번쯤 둘러보세요. 이런 기회가 또 온다고 생각하시면 착각이십니다. 저기 가시는 아주머니! 여기 평생 쓰고도 남을 좋은 물건들이 산더미예요, 산더미."

내 말에는 좀 과장이 있지만 그 정도 과장도 않고서 물건을 팔 수는 없는 일이다. 내가 내놓은 상품들이란 약초, 가죽모자, 사슬 장갑, 가죽 장갑, 부싯돌, 횃불 대, 램프, 기름, 양피지, 종이, 깃펜, 잉크, 눈신발, 여행용 배낭, 각종 그물, 밧줄, 줄사다리, 색실, 장화, 가죽에 칠하는 기름, 모래시계, 각종 교본들, 조잡한 악기, 인형…… 이것들을 제외하고도 수십 가지 이상이었다.

물건들은 잘 팔렸다. 비싼 것은 정가의 오분의 일 정도 빼주고, 싼 것들은 슬쩍슬쩍 제값을 다 받았지만, 어젯밤에 생각해놓은 수법을 썼더니 여행 계획 때려치우고 계속 장사나 하고 싶어질 정도로 엄청나게 잘 팔렸다.

내 전략은 이렇다. 비싼 것 몇 가지를 왕창 싸게 팔아주면서 이야기를 널리 퍼뜨려서 일단 눈길을 끈다. 사람들이 모이고 나면 일상생활에서 괜히 필요해 보이는 자잘한 것들을 눈에 잘 띄는 곳에 내놓고 덩달아 사게끔 만든다. 그리고 그 외의 어중간한 물건들에 대해서만 입선전을 떠들어댄다. 정말이지 멋진 삼박자 아냐? 나는 아무리 급히 떠나야 하는 입장이라 해도 손해 보고 파는 짓은 못 하거든.

"자, 가게 정리예요, 정리! 완전 손해 보고 파는 중! 원가의 반값밖에 안 되는 물건들이 주인을 찾고 있어요. 기간은 단 사흘! 기회를 놓치지 마세요."

저녁때가 되어 계산을 해 보니 사흘을 예상하고 나눠 놓은 물건들 중 절반 이상이 첫날에 팔려버렸다. 잡화점에 이렇게 많은 인파가 몰려 있는 것을 처음 본 사람들이 뭔가 싶어 모여들면서, 나는 기간을 닷새 정도로 늘리고 신데볼프 씨네 물건들을 넘겨받아 파는 것을 심각하게 고려해야 할 지경이 되었다.

다음날 점심때쯤, 물건은 거의 동이 났다. 나는 목도 아프고 피곤하기도 해서 밖에 내다 놓은 나무 상자에 걸터앉아 사과를 베어 물었다. 저 멀리 검 연습을 하던 언덕이 보이고, 그 옆으로 녹색 호수가 반짝거리는 것도 보였다. 햇볕은 따뜻하고 바람도 차지 않았다.

오늘은 음유시인 아룬드 20일. 음유시인들이 소녀들에게 미래의 남편을 암시하는 노래를 불러 준다는 날이었다. 나야 소녀가 아니니까 신경 쓸 것은 없지만 오늘은 젊은 여자들이 별로 눈에 띄지 않았다. 다들 마을 어귀에라도 나가 있나.

출발일은 내일로 잡았다. 엠버리 영지를 떠나는 것은 두 번째지만, 지난번과는 달랐다. 목적지도 모르고, 언제 돌아올지도 모르는 길이었다. 평소처럼 느긋하게 앉아 사과나 먹고 있자니 실감이 덜하긴 해도, 어젯밤에 여장을 챙겨 놓았으니 떠난다는 사실만은 분명했다.

되도록 아침 일찍 떠날 생각이었다. 사람들과 마주쳐 구구절절 설명하게 될 일이 싫어서다. 몇 명 안 되지만 인사해야 할 사람들에게는 이미 알려 놓았으니 조용히 사라져도 상관없었다. 하긴 내가 이대로 돌아오지 않는다고 해도 문제가 될 것은 없었다. 빚을 진 것도 아니고, 남기고 가는 것도 전혀 없으니까.

내일도 이렇게 날씨가 맑다면 좋으련만.

손님도 끊어져 심심한데, 연습 삼아 휘둘러볼까 싶어 가게 안에서 검을 꺼내왔다. 언제부턴가 예전만큼 무겁게 느껴지지는 않았다. 손잡이의 감촉도 익숙했다.

"히압, 합!"

양손으로 검을 쥐고 앞을 겨냥한 채, 올렸다가 내렸다가 하는 일을 반복했다. 이 검의 무게에 익숙해지면서, 동시에 팔 힘을 기르기 위해서 생각해 낸 방법이었다. 위아래로 움직이는 것이라 그렇게 부담이 크지도 않았다.

"……허업, 흐으업……."

……부담이 전혀 없지는 않았다. 50번쯤 휘두른 뒤에 잠시 검을 내리고 쉬었다. 장사하느라 체력을 소진한 탓인지 팔이 뻐근했다. 나머지 50번은 저녁 먹고 나서 해야겠다 싶었다.

"그렇게 해서 무슨 연습이 되겠니?"

땅바닥에 주저앉았던 나는 돌아보기가 귀찮아서 대신 머리를 굴려 봤다. 여자, 그것도 소녀의 목소리다. 그런데 최근에 들어본 목소리는 아닌 것 같다. 하긴 당연한 일이었다. 나한테 저런 식으로 말을 걸 만한 여자애들은 이미 한 달 전에 다 죽어 없어졌으니.

"겨우 50번 만에 나가떨어지다니, 그런 검은 내버리고 도망치는 편이 낫겠다."

나는 그제야 몸을 돌려 방문객의 얼굴을 보았다. 모르는 얼굴이었다.

"모르는 얼굴인데?"

있지도 않은 다른 사람에게 설명하는 것처럼 소감을 말하자, 여자애는 어이가 없었던 모양이었다.

"모르는 얼굴이니 말을 걸면 안 된다는 뜻이야?"

"왜 초면에 반말이십니까, 를 완곡하게 돌려 한 말인데."

"그러는 너도 반말을 하고 있잖아?"

"사람은 뿌린 대로 거두는 법이란 사실을 또한 완곡하게 알려 주고자 했을 뿐이야."

어머니 돌아가신 후로 이런 식의 대화는 참 오랜만이었다. 하지만 갑자기 나타나 옛 기분을 느끼게 해 준 소녀는 그런 사실에 관심이 없어 보였다. 대신 미심쩍은 표정으로 눈썹을 가볍게 찡그렸다.

선이 아름답고 선명한, 마치 그린 것 같은 눈썹이었다.

"이런 대화는 참…… 오랜만인 것 같네."

어라, 나하고 똑같은 생각을 하고 있었네.

소녀는 내 곁으로 오더니 내가 아까 앉아 있던 상자에 거리낌 없이 걸터앉았다. 그러더니 내 사과 중에 한 개를 집어 들어 깨물기 시작했다. 나는 어이가 없었다.

"맛있는데. 사과 먹어본 지 정말 오래됐다."

"난 사과 먹어본 지 몇 분밖에 안됐는데."

"그래서 뭐?"

"뭐, 먹으려면 먹으라는 거지."

어라, 내가 왜 이러지?

"고마워."

소녀는 나를 보며 단정하게 웃어 보였다. 사과의 붉은 빛과 드러난 하얀 이의 대비가 놀랍도록 선명했다.

자그마한 얼굴은 턱의 선이 또렷하고, 그리고…… 오후 햇빛 아래 환영처럼 반짝이는 은빛 머리칼은 겨울의 빛깔, 그 아래 엘프의 초록돌처럼 아로새겨진 녹색 눈동자는 봄의 빛.

……내가 언제부터 대낮에 넋 놓고 시나 쓰게 됐지.

"사과 하나 더 먹어도 되니?"

"아, 물론."

아까는 안 물어보고 그냥 집어먹더니.

소녀는 한 손에 다 쥐이지도 않을 만큼 커다란 사과를 골라 다시 입으로 가져갔다. 사각, 사과의 향기로운 살이 시원하게 떼어져 나가는 소리.

선명한 현실감에도 불구하고 헛것을 보는 게 아닌가 싶은 의심이 드는 이유가 뭘까. 오늘은 소녀들이 미래의 남편을 점지 받는 날일 뿐, 미래의 아내 쪽과는 관계없는데.

하지만 사과 먹는 소녀를 얼빠진 듯이 쳐다보는 내 모습부터가 현실감이 전혀 없었다. 왜 이렇게 멍해 있는 건지 모르겠다.

"아, 맛있어, 맛있어. 살아있는 것은 맛있어."

소녀가 연신 중얼대는 소리에 저도 모르게 물었다.

"이상한 취미구나. 사과가 살아 있어?"

"그럼, 이 사과가 나한테 살려달라고 애원하는 소리가 들리는걸."

"헤에……."

정신이 좀 이상한 아이인가? 다시 한 번 물어봐야겠다.

"그래, 사과가 뭐라든?"

"자긴 벌써 죽기에는 너무 젊고 예쁘다는데."

사과는 이미 절반 정도가 여자애의 입안으로 들어가 버리고 없었다. 그렇다면 저 말은 반쪽 남은 사과의 의견일까?

얘기를 들을수록 이상한 애라는 생각에 나는 슬슬 뒷걸음질을 쳤다. 그렇게 생각하고 보니 특이한 점이 한두 가지가 아니었다. 일단, 몸차림부터 흔한 소녀들과는 달랐다.

먼저 긴소매 웃옷과 바지를 입었고, 그 위에 치마 같기도 하고 외투 같기도 한 겉옷을 겹쳐 입었다. 애매한 말이긴 하지만 치마로 보기에는 트임이 외투의 여밈만큼이나 길었고, 그렇다고 외투로 보려니 소매가 없어서 점퍼스커트처럼 보이는 바람에 달리 설명할 방법이 없었다. 게다가 여행자답게 두건까지 달려 있었다.

푸른빛이 도는 바지 외에는 모든 옷이 여자애 옷치고는 드물게 무늬 하나 없이 새까맣다는 것도 이색적이었다. 여행용 짧은 장화도 마찬가지로 검었다.

허리에는 은장식들이 죽 연결된 띠가 걸려 있었다. 은으로 된 링 팔찌를 두 개씩 끼었고, 귀에도 은 귀고리를 끼고 있었는데 소녀의 은빛 머리와 무척 잘 어울렸다.

"사과 잘 먹었어. 안 죽겠다고 발버둥치는 녀석이라 그런지 더 맛이 있었어."

나는 검지를 머리 옆에서 빙글 돌려 보였다.

"너, 이거니?"

소녀가 입술을 비죽거렸다.

"으이그 촌스럽긴. 하여튼 나는 뭘 시작하려 할 때마다 쉽게 되는 법이 없어. 늘 고생문이 훤하지."

"그게 무슨 소리야?"

"나는 유리, 유리카."

대화가 완전히 엉망이었다. 나는 잘못 들은 것이 아닌가 싶어 되물었다.

"뭐라고?"

"아, 유리카라니까. 유리카 오베르뉴. 유리라고 불러도 좋아."

무심코 입안으로 굴려보니 이름이 무척 예뻤다. 참, 이게 주제가 아니지.

"그게 아니고, 고생문은 도대체 무슨 소리야?"

"미리 많은 걸 알려고 하지 마. 너는 파브…… 아니, 네 이름은 뭐니?"

내가 잘못 들었을까. 방금 저 애가 내 이름을 말하려 한 것 같은데. 설마 내가 잘못 들었겠지.

"파비안."

"성 없어?"

"크리스차넨."

아버지에게 당당히 돌아갈 수 있게 되기까지는 어머니의 성—물론 잘못된 것이지만 이쪽이 익숙하니까—을 쓸 생각이었다. 가명을 쓰는 셈도 되고 말이다.

"응, 그렇구나. 만나서 반가워."

자신을 유리카라고 밝힌 소녀는 상자에서 일어나더니 왼손에 마지막 남은 사과 한 개를 쥔 채로 악수를 청했다. 손을 잡고 흔들자 유리카의 손목에서 은고리들이 찰랑거렸다. 은이라 그런가 부딪치는 소리가 무척 맑았다.

"그건 그렇고, 무슨 볼일이야?"

"아, 여기 물건이 싸다고 하기에 좀 살까 하고."

"별로 남은 게 없는데."

"있는 것 중에서 찾아보지 뭐."

관대하게 말을 시작한 유리카였지만, 그런 관대함과 그녀의 까다로운 안목은 무관하다는 것을 나는 곧 깨달았다. 유리카는 신데볼프 씨네 상점 앞마당을 이리저리 돌아다니면서 내가 아직 못 판 물건들을 살펴보았다. 죄다 안 팔릴 만한 이유가 있는 것들이라 그녀의 눈에 찰 턱이 없었다.

유리카는 빈손으로 돌아와 어깨를 으쓱해 보였다.

"뭐야. 싸다고 해서 왔더니만. 쓸 만한 건 하나도 없네."

"일찍 못 온 네가 잘못이지. 괜찮은 게 많았지만 다 팔렸다고. 좋은 걸 고르려면 부지런해야지."

"일찍 왔더라도 고를 만한 건 없었을 거 같은데."

"무슨 근거로 하는 소리야?"

"딱 보니까 가게 정리하는 물건들인데 뭘."

딱 맞췄는데? 새삼 숨길 일은 아닌지라 사실대로 말해 주었다.

"맞아. 오늘로 가게 정리 끝. 내일이면 닫을 거야."

"왜?"

"이사 갈 거야."

"어디로?"

"음, 세상 속으로."

이렇게 말해놓고 보니 내가 뭐라도 된 것 같다. 그러나 유리카가 입술을 비죽이다가 지은 표정에는 잘난 체 하는군, 하는 의미가 적나라하게 담겨 있었다. 저, 저렇게 솔직한 표정을 짓다니, 사람 무안하게.

"그래, 이사 잘 가라. 나도 그만 가볼 테니."

유리카는 마지막 사과를 쥔 채 간단히 작별의 눈짓을 했다. 그제야 눈치챈 거지만 유리카는 몸놀림이 굉장히 가볍고 재빨랐다. 내가 제대로 인사하기도 전에 마을 안쪽으로 통하는 길로 접어들더니, 뒤도 돌아보지 않고 사라져 버렸다.

저런 옷차림으로 돌아다니면 눈에 띌 텐데. 혹시 도시에서는 유행일지 몰라도, 이런 시골에서는 아무리 아가씨들 옷이라 해도 모양이 거기서 거기거든. 거기다가 사람들이 쳐다보게도 생겼고 말야. 멀리서 온 여행자일까?

에이, 괜한 관심은 꺼라, 꺼.

확실히 그릴라드에 사는 애는 아니었는데.

나는 낮의 결심—쓸데없는 관심은 끄자는—을 지키는 데 실패하고 말았다. 저녁 먹을 때가 되어 신데볼프 씨의 놀기 좋아하는 아들 스바 형이 나를 부르러 왔는데, 재미있는 일이라도 있는지 얼굴이 상기되어 있었다.

"파비안, 그 애 봤냐?"

"웬 애?"

시치미를 뗐지만, 나는 이미 스바 형이 말하는 그 애가 누구인지 짐작했다.

"아, 점심때 지나서 마을로 들어온 여자애 말야. 은빛 머리에 까만 치마 입은 애 못 봤어?"

"아."

그제야 아는 시늉을 했다. 스바 형은 스물일곱이나 먹도록 장가도 못 가고 있는 실속 없는 미남이다. 문제는 아직도 정신 못 차리고 눈만 높으시다는 거지.

"봤지? 예쁘지? 내가 지금까지 스물일곱 해 살면서 그렇게 예쁜 애는 처음 봤다. 누가 말을 걸어도 도도하게 입도 안 여는데, 그 뾰족한 입술이 얼마나 귀엽던지……."

잘난 체 하고 싶은 생각이 머리를 쳐드는 바람에 나는 짓궂게 대꾸했다.

"유리? 나한테는 말만 잘 하드만."

"뭐? 걔 이름이 유리야?"

실수였다. 지금 나를 유심히 보면서 할 말을 구상하고 있는 스바 형을 보니 내일 아침에 이 마을을 떠날 수 있을지 조금 걱정된다.

류지아의 집은 금방 찾았다.

저번에도 별로 헤매지는 않았지만, 다시 보니 처음 찾아가던 날이 떠올라서 감회가 남달랐다. 지난 18년 동안 상상도 못했던 일들이 갑자기 일어나기 시작한 날이 바로 그날이었으니까.

류지아는 내가 찾아갔던 날로부터 전혀 움직이지도 않은 것처럼 앉아 있었다.

"아…… 안녕."

저도 모르게 말을 더듬었다. 여관에서 봤던 때가 생각나서다. 류지아는 앉은 채 고개만 까딱해 보였다. 변함없이 예의하고는 무관한 그녀였다.

"기다리고 있었어. 네가 내일 떠난다는 이야기도 들었고."

아마 나우케 의사한테 들었을 것이다. 류지아가 오늘 오라고 했다는 말을 전해준 사람도 나우케 의사였다.

"따라와. 뒷방으로 가자."

류지아가 일어나 지난번에 봤던 큼직한 태피스트리를 젖히자, 그 뒤에 바로 문이 있었다. 문이 작아서 나는 허리를 굽히고서야 안으로 들어섰다.

낯설게 생긴 좌식 방이었다. 정면에 무늬 없는 흰 천이 걸려 있는 것이 먼저 눈에 띄었다. 그 앞에 앉은뱅이 탁자가 있고, 탁자 뒤에 류지아의 자리가 마련되어 있었다. 탁자 위에 의식용치고는 날카로워 보이는 나이프 한 자루가 단정하게 놓인 것이 보였다. 다만 좌우에 초 두 개 밝힌 것이 빛의 전부라서 좀 어두웠다.

"여기 앉아."

나는 시킨 대로 붉은 방석 위에 주저앉았다. 그런 다음 늘 갖고 다니는 검을 등에서 풀어 왼쪽에 내려놓았다. 오른쪽에 내려놓아선 안 된다. 숙련된 전사는 그렇게 하는 법이 아니거든.

그런데 앉고 보니 내 자리는 방 한가운데였다. 구경하는 사람도 없는데 구경거리가 된 것 같아 은근히 불편했다.

류지아는 자기 자리로 가더니 무릎을 꿇고 벽 쪽으로 돌아앉았다. 그리고 새끼손톱만 한 보석 네 개를 품에서 꺼내어 탁자 위에 차례로 얹어 놓았다. 첫 번째 것은 보라색, 두 번째 것은 노란색, 세 번째 것은 갈색, 마지막 것은 타는 듯한 붉은 색이었다.

보석을 보는 순간 나는 본능적으로 진지해졌다. 류지아도 뜨개질을 하다 말고 점을 쳐줬던 지난번과는 사뭇 다른 분위기였다. 헐렁한 갈색

원피스에는 장식 하나 없었고, 허리까지 오는 갈색 머리도 풀어헤쳐서 조금 무섭게 느껴지기까지 했다.

"파비안, 내가 의식을 시작하면 움직이거나 말을 해선 안 돼. 그리고 이따가 내가 달라고 하면 저 안에 든 술병을 갖다 줘."

류지아가 가리킨 쪽을 돌아보니 문이 닫힌 작은 벽장이 보였다.

"그럼 시작하겠어."

움직여서도, 말을 해서도 안 된다고 하니 갑자기 불안해지기 시작했다. 이러다 몇 시간 동안 온몸을 꼬게 될 것 같은 불길한 예감이 드는데.

류지아는 무릎을 꿇은 채 상체를 일으켜 세우더니 입을 열었다.

이스나에-드라니아라스,
시간이 열리고 처음으로 존재한 이.
사슬에서 벗어나 세상을 굽어보는 이.
어린 예니체트리의 딸에게 대화를 허락한
그대 ……이여
'영원히 평안하며 다시는 아룬드에 얽혀들지 않기를.'
그대의 예지를 빌리고자 예를 갖추었나니
잊었던 인간의 애증에 잠시 발을 담가주소서.

나는 당황해서 눈을 깜빡거렸다. 낯선 내용인 것은 둘째치고 '그대, ……이여' 라고 하는 부분에서 이름을 말한 것 같은데 알아듣지 못했던 것이다. 발음이 어렵다기보다는 괴이해서 내가 아는 말로는 옮겨지지 가 않았다. 굳이 흉내 내자면 '에르렐르우' 정도일까? 하지만 내가 흉내 내고도 진짜와 절반도 비슷하지 않은 느낌이었다.

발음을 되씹고 있는 사이, 류지아의 앞에 걸린 천에 변화가 생겼다. 조그만 것이 움직이는 듯도 하고, 뭔가 비치는 것도 같고…… 점점 커지는…… 불이잖아!

나는 깜짝 놀라 벌떡 일어설 뻔했다. 아무 흔적도 없던 천에서 작은 불씨가 나타나더니, 금세 모닥불처럼 커져서 타오르고 있었다. 저게 어디서 타고 있는 거지? 그림도 아니고, 비친 것도 아니고, 저 천 뒤에 뭔가 있는 건가?

그때 눈을 감고 있던 류지아가 갑자기 소리 내어 웃었다.

"아무리 섭섭했더라도 장난이 지나쳐요."

나한테 한 말 같지는 않았다. 하지만 이곳에 나 말고 누가 있단 말인가.

"파비안, 병을 갖다 줘."

나는 심부름꾼 어린애가 된 기분으로 벽장을 열러 갔다. 안에는 목이 긴 유리병과 작은 잔이 들어 있었다. 유리병 안에는 주홍빛 감도는 노르스름한 액체가 반쯤 담겨 있었다.

"고마워."

류지아는 탁자 위에 병과 잔을 내려놓는 소리만 듣고 그렇게 말했다. 대꾸도 하면 안 되겠지 싶어 착한 아이답게 자리로 돌아갔다.

"그럼 일단 술을 한 잔."

류지아는 여전히 눈을 감은 채 병을 잡더니 어디 놓았는지 보지도 못했을 술잔에 정확히 노란 액체를 따랐다. 그리고 잔이 가득 찰 즈음, 역시 정확하게 병을 멈추었다. 나는 그 광경을 얼이 빠진 채 쳐다보고 있었다. 꽃향기 같은 냄새가 방을 가득 채웠다. 향이 매우 강한 술인 모양이었다. 냄새만으로도 취한 기분이 들 정도로.

류지아는 술잔을 집어 들고 흰 천을 향해 휙 뿌렸다. 그런데 놀랍게도 천은 전혀 젖지 않았다. 바닥에 쏟아진 것도 아니었다. 하지만 술이 부어지는 순간, 불꽃이 한층 크게 타오르기 시작하더니 방을 대낮처럼 환하게 밝혔다.

"어때요? 얼마 만에 마셔보는 환영주(幻影酒)인지 모르겠죠? 내 생각엔 꽤 오래된 것 같은데."

천 가운데에서 환영 같은 불길을 내고 있던 불덩이가 한층 선명한 윤곽을 그리며 이글거렸다.

"그럼 봉헌물을 드려야죠. 마음에 안 든다고 투정은 말고요."

보랏빛 보석을 집은 류지아는 또다시 시 비슷한 것을 외웠다.

그대와 이야기를 나누는
오늘은 어떤 날인가.
해의 시작이자 니스로엘드(겨울)의 중심.
옛 노래가 새로이 태어나며
새 노래가 스스로를 드러내는
문을 여는 자, 음유시인의 아룬드.

하늘에는 세상을 노래하는 라 트루바 드루에
고귀한 보랏빛 봉헌물이 어울리는 때.

류지아는 술을 부을 때처럼 보랏빛 보석을 천 속으로 던져 넣었다. '넣었다' 라는 말에는 좀 어폐가 있지만 달리 마땅한 표현도 없었다. 보석은 불길 속으로 사라져 버렸다. 나는 이제 놀라지도 않고 그저 눈을 한 번 깜빡였다.

류지아는 두 번째 보석을 집었다.

나와 이야기를 나누는
그대는 어떤 자인가.
고귀한 영혼 이스나에 가운데
가장 고귀한 이스나에-드라니아라스.
아룬드의 속박에서 벗어나
인간의 내일을 들여다보는 자.
하늘에는 미래를 이야기하는 키티아니
은밀한 노란빛 봉헌물이 어울리는 자.

마찬가지로 노란 보석도 천 속으로 사라져 버렸다. 나는 생각하기 시작했다. 저거 한 개에 얼마짜리일까.

그대 앞에 예를 갖추는

나는 어떤 자인가.
인간의 의지가 빚고 다듬어
신성한 예지의 숨결로 세례 받고
미망의 골목을 불빛 하나로 헤매는.
오래된 어머니 예니체트리의 딸
하늘에는 과거를 기억하는 푸비아니
변함없는 갈색빛 봉헌물이 어울리는 자.

류지아 자신을 이야기하는 것일까? '푸비아니' 라면 문자 아룬드(12월)에 태어난 모양이다. 그러면 저 마지막 보석은…….

내가 미처 생각을 끝내기도 전에 류지아는 마지막 읊조림에 들어갔다.

나와 그대가 이야기하려는
그는 어떤 자인가.
긴 운명의 도박에 사로잡힌 그를
기다리는 것은 풀어야만 할 과거.
그의 의지는 파비안느의 불꽃이며
그가 잡은 검은 시간을 베는 손.
하늘에는 가로막는 자 멸하는 파비안느
열렬한 붉은빛 봉헌물이 어울리는 자.

나를 두고 하는 말이 틀림없었다. 나는 파비안느 아룬드에 태어났으니까. 그런데 심각하게 파란만장한 분위기다. 이거 앞날이 걱정스럽네.

그렇게 생각한 순간, 목소리가 들려 왔다.

「그래, 자네가 파비안?」

나는 갑작스런 낯선 목소리에 거의 기절할 만큼 놀랐다. 황급히 두리번거렸지만 새로 나타난 사람은 없었다. 류지아가 드디어 눈을 뜨더니 내 쪽을 돌아보며 말했다.

"인사해. ……하고."

저 이름을 알아먹어야 '안녕하세요 …… 씨' 라고 하든 말든 할 텐데. 게다가 어디에 있는지 모습부터 드러내고 이야기했으면 좋겠는데.

「어이, 인사도 안 할 텐가? 나는 ……라고 하네. 만나서 반가워.」

남자 목소리였다. 대략 서른 안팎의 남자. 나는 부지런히 우물쭈물하면서 뭔가 보이는 게 있는가 두리번거려댔다. 하지만 노력의 보람도 없이 계속 우물쭈물할 수밖에 없었다.

"언제까지 우물쭈물할 거야?"

류지아가 핵심을 잘 찌르는 것은 예전부터 알고 있었다. 나는 별 수 없이 어디에 시선을 두어야 할지 고민하면서 입술을 뗐다.

"아, 저…… 그러니까 안녕하신지…… 그런데 이름을 못 알아듣겠어요."

「…….」

"아, 예……."

미칠 노릇이었다. 어떻게 귀로 듣고 있으면서 입으로는 발음이 안될 수가 있을까.

류지아가 피식 웃었다.

"당신 이름은 너무 어려워요. 그냥 저 사람한테는 '헤렐' 이라고 부르라고 하지요."

「헤렐? 나 참, 바꿔도 좀 고상하게 바꿀 수 없어?」

"당신 이름이 너무 고상해서 이 난리잖아요. 여기서 더 고상하게 바꿨다간 이름 부르다가 오늘 대화 종 치겠어요."

「류지아가 그렇게 말한다면 별 수 없지. 이봐, 젊은 친구, 나는 헤렐이라고 하네. 에이 참, 멋대가리라고는 없구만.」

"그게…… 그런가요?"

이런 황당한 상황에서 무슨 말을 해야 좋을지 알 수가 없었다. 나는 류지아와 보이지 않는 '헤렐' 이 부지런히 농담을 주고받는 불길한 상황에서 나름대로 타개책을 구상하려 애썼다. 그러나 다행히 두 사람은 오래 놀고 있지 않았다.

「그래, 그래, 헤렐이고 '베··ㄹ이··' 고 간에-'헤렐' 이 생각해 낸 고상한 발음은, 류지아가 예상한대로 절반도 알아들을 수 없었다-중요한 건 그게 아니니까 본론으로 들어가자고.」

"잘 생각했네요, ……. 시간이 그렇게 많은 건 아니니까."

천 속에서 타오르는 불, 저기서 나는 소리일까? 그 쪽으로 고개를 돌리고 귀를 기울여보는 참인데, 내 왼쪽에서 목소리가 들렸다.

「파비안, 이름 좋군.」

나는 불쌍하게도 완전히 혼란에 빠져서 어딘가에 시선을 집중시키는 것을 포기하고 말았다.

"그래요, 좋아요, 이야기하죠."

「그런데 왜 자네는 허공을 보고 이야기하나?」

아니, 그럼 나한테 무슨 대안이 있단 거야? 약이 올라서 목소리가 들린 쪽으로 고개를 홱 돌렸는데, 뭔가 희끄무레한 잔상이 스치는 것이 느껴졌다.

기, 기분 더 나빠.

"그래요 헤렐 씨, 당신이 일종의 안 보이는 귀신이라고 쳐요. 그래도 가능하면 한 자리에 가만히 있어서 저를 도와주실 생각은 없으신가요? 제 혼란을 이해하신다면 말예요."

「난 귀신이 아닐세, 이 친구야.」

정말 까다로운 귀신이었다.

"아, 알았다고요. 그럼 신성한 영혼."

내가 생각해도 좀 지나치게 멋진 말이었다.

「그건 괜찮군 그래. 그럼 여기, 류지아 왼쪽에 앉아 있지 뭐.」

"나한테 몸 붙이지 말아요!"

「아, 알았어. 그래그래.」

이거야 정말, 뭐가 뭔지.

류지아는 정말로 붙어 앉는 게 싫은 표정을 하고서 왼쪽을 노려보고 있었다. 그러니 그 '헤렐'이 그녀 눈에는 보이는 모양이라고 판단할 수밖에 없었다. 판단을 내리면서도 내 머리가 이상해진 게 아닐까 하는 의심이 든다.

「그래, 이제 우리 무슨 재미있는 이야기를 할까나?」

"부른 용건이 있는데 무슨 딴청이에요?"

「알았으니까 성질부리지 마, 류지아.」

멀거니 있기도 뭣해서 나는 눈을 천장으로 굴리며 입을 열었다.

"저, 그런데 당신은 뭐죠? 귀신도 아니랬고."

「나? 나는 류지아 시중 들어주는 별거 아닌 영혼인데, 요새 류지아가 얼마나 무서운지 말도 제대로 못 붙이고 있어서…….」

"당신은 말을 해도 그렇게 밖에 못해요?"

둘이 무슨 사이인지 점점 의심스러워졌다.

"영혼이라면 귀신이 맞잖아요?"

류지아가 대신 대답했다.

"파비안, 헤렐은 '이스나에'야. 그것도 이스나에-드라니아라스, 굳이 설명하자면 귀족 이스나에라고 불러야 될 걸. 그런데도 행동하는 건 저 모양이니, 너 아니라 누군들 이 소릴 믿겠어?"

나는 내 상식대로 반응했다.

"이스나에도 귀신의 일종 아냐?"

「아니라니까!」

이스나에였던 뭐였든, 귀신이라는 말에 무척 민감한 것만은 틀림없었다. 이스나에라면, 내 상식으로는 다시 태어나지 않고 영혼의 상태로 죽 살아가는 자들인데.아, 그래서 아까 아룬드를 벗어난 자라고 불렀구나. 그런데 심지어 귀족이라 이건가.

"아, 그래요. 잘 모르겠지만 당신이 이스나에인가 뭐 그런 것이라고 해 두고, 당신이 예언을 해 준다 이거죠? 일단 빨리 들어보죠."

내가 무슨 배짱으로 보이지도 않는 놈한테 이렇게 태평하게 말을 하고 있는지 모르겠다.

"파비안, 행동이 저래도 나이는 셀 수 없을 만큼 많아."

「핫핫, 류지아 말이 많아. 나도 내가 언제 태어났는지 모르겠거든. 하지만 적어도 이 나라가 건국된 때보다는 오래되었다고 할 수 있지. 그러니까 난 자네들의 나라보다 나이가 많아. 이스나미르의 기초를 귀족 이스나에들이 쌓았다는 것은 자네도 들어서 알고 있겠지? 나도 그 중의 하나였다고. 어흠.」

건국의 이스나에에 대해서는 들어본 일이 있었다. 우리나라의 이름인 '이스나미르'가 고대의 언어로 '이스나에들이 세운 나라'라는 뜻이기도 하고. 하지만 그 얘기를 듣고 드는 생각은 한 가지 밖에 없었다. 어쩌다가 저렇게 비참하게 전락한 거냐.

「어쨌든 류지아가 다른 사람 앞에서 나를 부른 건 처음이야. 게다가 희귀한 하쉬 미오사 술까지 만들어서 대접하고 말이지. 모르긴 해도 자네도 대단한…….」

헤렐은 갑자기 말을 끊었다. 문득 방안에 불안한 기운이 감도는 것이 느껴졌다. 이게 가까이에 있는 이스나에의 감정이 근처 사람들에게 전해진다는 바로 그것인가?

한참 만에 다시 목소리가 들렸다.

「자네, 그 검 좀 보여주겠나?」

나는 친절한 마음에서 검을 집어 헤렐이 있으리라고 생각되는 방향으로 내밀었다.

「아냐, 난 이미 자네 옆에 와 있다고. 허어, 이거 신기한데.」

“이봐요, 약속을 했으면 지키라고요.”

불평해봤자 소용없었다. 류지아는 나를 바라보고만—어쩌면 헤렐을 보고 있었는지도 모른다—있을 뿐 참견하지 않았다. 하지만 난 보이지 않는 녀석이 내 근처에서 은밀하게 얼씬거리고 있다고 생각하니 온몸이 스멀거렸다.

「놀랍군. 강력한 힘이 안에서 잠자고 있는데. 나오고 싶어서 온몸을 꼬고 있지만, 주인이 그 힘을 해방시켜 줄 능력이 있어야 말이지.」

“그 말, 좀 요상하게 들리네요?”

헤렐은 대꾸 없이 흠흠, 하는 소리를 내었다. 이번에는 내 뒤쪽에서 말이다.

「그래. 저 검은 정말 때를 잘못 탔군. 좀 더 멋진 시절에 깨어서 돌아다녔으면 좋았으련만, 잠을 너무 오래 자고 말았어. 요즘에는 뭐 재미있는 일이 있어야 말이지. 재미있는 주인도 물론 없고. 차라리 주인이 좀더 능력이 생겼을 때 만났더라면 저렇게 고생할 필요도 없었을 텐데.」

듣자니 슬슬 기분이 나빠졌다.

“아, 알았으니까, 그럼 내가 어떻게 하면 되죠?”

「자네가 검하고 수준을 맞춰야지.」

“무슨! 그쪽이 물건이고 난 사람인데, 당연히 나한테 맞춰야 될 거 아닙니까?”

「무슨! 말도 안 되는 소리를 하는군. 저 녀석이 자네를 택한 걸 감지덕지하게 생각하라고. 저 검의 나이는 내 나이하고도 맞먹는 것 같으니까. 어디 보자, 이 늙은 검의 얘기로는…… 한때 멋진 생애를 보냈지만 봄날은 가버리고 멀리 융스크-리테의 동굴집에서 몇백 년 동안 썩고 있다가, 어떤 친구가 무식한 방법으로 해방시켜 줘서, 그 친구랑 5년쯤 대륙을 떠돌다가, 이제야 주인을 만나서 힘들여 목매달고 있다는 거로군. 고생이 이만저만이 아닌데. 크흑, 듣는 것만으로도 눈물 난다.」

희극적으로 중얼거린 헤렐은 다시 검의 이야기를 듣는지 입을 다물었다. 나는 머뭇거리다가 류지아를 쳐다봤다.

"말도 안 되는 이야기긴 한데, 지금 헤렐이 말이야, 검하고 대화라도 하고 있는 거야? 검이 살아 있다거나 그래서?"

"아니."

그럴 줄 알았지.

"그러면 뭘 하고 있는 거야? 혼자서 북 치고 피리 불고?"

"오래된 물건은 스스로의 역사를 갖고 있어. 역사가 쌓이면서 살아 있지 않더라도 서서히 의지를 갖게 되는 거지. 헤렐은 그걸 꿰뚫어볼 수 있고. 물론 헤렐이 자기 취향대로 과장과 농담을 잔뜩 섞어서 해석하고 있긴 하지만."

"물건이 의지를 갖고 있다고? 의견도 있고? 그거 참 믿어지지 않는 얘긴데."

"그럼 헤렐의 이야기에 틀린 점이 있니?"

그러고 보니 헤렐이 한 이야기는 미르보한테 들은 내용과 똑같았다.

내가 말문이 막혀 머리를 굴리고 있는 동안 류지아가 고개를 돌리며 말했다.

"헤렐, 적당히 해요. 오늘 너무 자주 곁길로 새잖아."

헤렐은 혼자 놀다가도 류지아의 말에는 즉각 반응했다. 알았다는 듯 고개를 끄덕여…… 아니, 내가 헤렐이 고개를 끄덕인 걸 어떻게 알았지?

「우선 이 검에 대한 이야기를 해줘야 할 것 같군.」

그제야 상황을 깨달았다. 헤렐이 내 검에 손을 대자 그의 모습이 희미하게나마 보이기 시작한 것이다. 다만 검에 닿은 손과 팔 부분은 비교적 확실하게 보이고, 검에서 먼 발치께는 연기로 변해 사라지는 듯한 모양이었다.

헤렐은 고작 20대 후반의 젊은이 같은 얼굴에 큰 키와 금빛 머리를 가진 상당한 미남자였다. 우리나라만큼 나이를 먹었는데 저런 모습이라니 이만저만 불공평한 것이 아니었다.

"하지만 아까 한 얘기는 전부 아는 건데요."

「그래? 그럼 새로운 이야기. 이 검한테는 쌍둥이 여동생이 있대.」

검한테 무슨 동생, 그것도 여동생이 있냐! 아니, 동생은 원래가 있을 수 없으니까…… 그게 여동생이라도 이상할 것은 없는 건가?

내 표정을 본 류지아가 말했다.

"파비안, 쌍둥이 검이라는 말은 들어봤지? 훌륭한 장인들은 가끔 그렇게 검을 만들기도 하지."

류지아의 설명을 듣고 보니 조금 말이 되는 듯도 했다.

"그래, 그럼 그 동생, 아니 여동생은 어디 있대요?"

「모른대.」

장난하지 말라고 외치고 싶은 걸 꾹 참았다. 헤렐의 말이 이어졌다.

「검의 얘기로는 자기의 속성이 불과 바람, 즉 두 가지의 남성성이라면 여동생의 속성은 땅과 물, 두 가지의 여성성이라는군. 대비되는 양(陽)과 음(陰)의 성질을 가진 함께 태어난 검, 그래서 여동생이라고 불렀다는 거야. 검한테 실제로 성별이 있는 건 아니니까 너무 걱정하지 말라는데.」

"누가 걱정한대요?"

그런데 동시에 태어났다면 말이야, 혹시 그 여동생을 만나면 자기 쪽이 누나라고 주장하는 거 아닐까? 그런 놈들이 종종 있던데.

「그리고 자긴 여동생이 아니고서는 절대 파괴될 일이 없다는 거야. 그 점에서는 안심해도 좋다는군. 자기가 이렇게 튼튼한 것이 자랑스럽지 않냐는데?」

"자, 자랑스럽군요. 그럼 여동생한테는 진대요?"

어린애들이 '앞집 형이랑 뒷집 형이랑 싸우면 누가 이겨?' 하고 물어대는 꼴이었지만 달리 좋은 질문을 생각해낼 수가 없었다.

「아니. 두 검은 우열을 가릴 수 없도록 만들어졌을 뿐더러, 아직 싸워본 일이 없으니 어느 쪽이 강할지는 잘 모르겠대. 아, 물론 검을 든 사람이 얼마나 능력 있는 검사인가가 무엇보다도 중요하고 말이야. 어쨌거나 푸른 얼음의 기운을 가진 검을 만나면 조심해 달래. 평상시에는 지금처럼 대화가 되질 않으니 미리 말해 둔다나 뭐라나.」

헤렐의 말을 들을수록 처음에 류지아가 한 이야기는 잊히고, 검이 살아 있는 것 같은 기분이 커져갔다. 비위를 잘 맞춰야 되는 게 아닐까. 어느 날 화가 나서 '아무래도 주인을 바꿔야겠어.' 라고 마음먹어 버리면 나만 곤란해지잖아. 상상력을 발휘해 보니 그런 일도 충분히 가능할 것 같았다.

그래서 이렇게 어이없는 질문도 하게 됐다.

"저기…… 내가 마음에 드는 주인인지 좀 물어볼 수 있을까요?"

「나쁘진 않다는데. 하지만 네가 수련을 열심히 해서 전투 시에 자기 힘을 다 발휘하면서 싸워보는 것이 소원이래. 아, 그리고 네가 요즘 혼자 중얼중얼대면서 자기한테 말을 잘 거는데 그거 몹시 재밌다더군. 개의치 않고 듣고 있으니 앞으로도 심심하지 않게 계속 했으면 좋겠다는데.」

엉뚱한 버릇이 들통 나는 바람에 얼굴이 근질거렸지만 꿋꿋이 버티는 수밖에 없었다. 말상대할 사람을 다 잃다보니 사람이 망가졌지, 젠장.

"쩝, 이름이라도 가르쳐 달라고 해봐요."

대단한 검에는 항상 이름이 있기 마련이었다. 물론 정말 대단한 검이라면 말이다.

「뭐, 이름?」

헤렐은 잠시 후 혼자서 키들거리기 시작했다. 자기는 즐거워서 웃는 거겠지만, 듣는 나는 소름이 끼쳐 왔다.

「자기 이름이 '멋쟁이 검' 이라는데?」

"풋!"

나는 뒤로 나자빠질 뻔했다가 간신히 자세를 바로잡았다. 멋쟁이라니. '무식거대' 같은 거라면 혹시 모를까, 도대체 어울리는 이름을 지어야 할 거 아냐, 이 친구야. 아니 이 친구를 만든 대장장이야.

"혹시 여동생은 '이쁜이 검' 이래요?"

「이쁜이 검? 우하하하…….」

헤렐은 한참 동안 허리를 꺾어가며 웃어대다가 겨우 설명해 주었다.

「멋쟁이 검이란 얘긴 농담이고, 아, 아니 농담이 아니라 별명이고, 진짜 이름이 좀 거창해서 그랬다는 거야. '영원한 푸른 강물을 가르는 찬란한 광휘' 라고 한다는군.」

이쯤 되면 안 물을 수 없지.

"동생은요?"

「'순간의 붉은 화염을 삼키는 싸늘한 파도'.」

귀한 댁 남매였군.

이름 긴 놈은 무조건 귀족이라는 고정관념을 가진 나는 그렇게 단정 짓고는 예의 바르게 둘—검과 헤렐—을 노려보면서 말을 이었다.

"그냥, 멋쟁이 검, 이쁜이 검으로 부르도록 하죠."

「뭐, 좋을 대로. 자, 그럼 검과의 대화는 이만 접고…….」

헤렐이 검에서 손을 떼자마자, 그렇지 않아도 희미하던 그의 모습은 물로 씻은 것처럼 사라져 버렸다.

「파비안느 아룬드에 태어난 파비안. 이름 한번 잘 지었군 그래. 어머니 작품인가? 뭐, 어쨌든 좋아. 여덟 번째 아룬드 파비안느, 여름 중에서도 폭염을 자랑하는 때로군. 자네의 운명과 맞아떨어지는 면이 있어. 자네의 검과도 확실히 어울리는군.」

더울 때 낳느라 고생했다고 푸념만 하시던데요, 어머닌.

「파비안느 아룬드의 의미는 자네도 알고 있겠지?」

"의미라니요? 파비안느가 여자 전사라는 것밖에는……"

내가 말을 맺기도 전에 헤렐의 입에서 청산유수로 말이 쏟아져 나왔다.

「자신의 얕은 능력을 과신함, 자신감이 높은 성취 혹은 지독한 패배를 부름, 스스로에게 주어진 사명의 가치를 지나치게 크게 생각함, 타인을 위해 모든 것을 희생함, 죽음의 고비를 알지 못하고 지나침, 중대한 잘못을 알고도 무시함, 난관을 빠르게 돌파함, 적에게 강력한 피해를 줌과 동시에 치명적인 상처를 입음, 잘못을 죽음으로 보상함, 온화함을 잃어 중요한 것을 놓치게 됨.」

나는 그럴듯한 말을 들었다는 듯한 표정을 유지했지만, 실제로는 순식간에 지나가 버려서 제대로 들은 것도 없었다.

「자, 여행을 떠나려고 하는구만?」

"다 아는 이야기는 해봤자 복채도 안 줘요."

「호, 그런가? 그럼 남쪽으로 가리란 것도?」

역시 지지 않고 대답해 줬다.

"여기가 대륙의 북쪽 끝인데 남쪽으로 가지 어디로 가요?"

「세르무즈로 가야 한다는 것도?」

이것만은 확실히 몰랐던 사실이었다. 하지만 달가운 소식은 아니었다.

"세르무즈라뇨? 어디쯤 얘기예요?"

나는 우리나라와 세르무즈의 국경 언저리라면 좋겠다는 생각을 하면서 물었지만 내 희망은 완전히 빗나갔다.

「융스크-리테, 그곳으로 가게.」

"거긴 이 검이 발견되었다는 산…… 아니, 거긴 세르무즈 남쪽 끝이잖아요!"

융스크-리테가 있는 남 스조렌 산맥은 세르무즈 땅을 횡단해 가야만 다다를 수 있는 곳이었다.

「왜, 거기가 어때서. 나라 이름도 '세르네즈(여름)의 꽃'이라는 뜻인데다, 비길 데 없이 아름다운 수도 하라시바도 있잖나. 꽃의 하라시바에 대해 들어 봤어? 일명 '세르네즈의 화관'이라고도 하는 근사한 도시지. 요새는 이스나미르 촌구석에 박혀 있느라고 가본지 오래됐지만 아직도 그곳에 핀 천상의 꽃들의 향기는 잊을 수가 없다고.」

"이스나미르 촌구석이라니, 말 다했어요?"

내가 우리나라에 대단한 애정을 가진 건 아니다만, 그래도 이웃의 세르무즈보다 못하다는 말은 듣기 싫었다. 대륙에 전쟁의 바람이 불던 시대는 지나갔지만, 엘라비다 족의 피를 이어받은 이상 세르무즈의 마브릴 족이 얼마나 엘라비다를 무시하는지 모를 수는 없었다. 내가 비록 하얀 산맥 아래 촌구석에 사는 잡화점 점원이지만… 참, 이젠 잡화점도 없군.

「물론 이스나미르도 좋은 곳이지. 내가 그 기초를 다질 때 같이 있었는데, 오죽하겠어?」

류지아마저 참견했다.

"이스나미르의 수도 달크로즈도 '순백의 보석'이라고 불릴 가치가 있는 곳이라고요."

「아, 알았어. 이스나미르의 두 애국자님. 내가 말을 실수했어. 참으라고들.」

헤렐은 대충 웃어가며 위기를 모면하려 했지만 그것과는 별개로 내 심정은 착잡했다. 내가 마브릴 족을 이렇게 싫어하는데 마브릴이라고 엘라비다를 좋아할 리가 없었다. 하긴 똑같은 마브릴 족이 세운 나라인 로존디아 사람하고 세르무즈 사람을 붙여 놓으면 둘이 싸우느라 옆에 있는 이스나미르 사람은 본 척도 안 한다던데. 그러니까 이건 순전히 마브릴 족의 성격이 나쁜 탓이지, 엘라비다 족의 탓은 아닐 거다.

"알긴 했는데, 세르무즈에선 안전한가요? 사고가 나거나, 죽거나 하는 건 아니겠죠?"

「그것까지 내가 어떻게 알아. 다 네 탓이지.」

"그런 것도 모르는 게 무슨 예언이에요!"

헤렐은 내 말은 들은 척도 하지 않았다.

「융스크-리테에서 도와줄 사람을 만날 거야. 아주 중요한 사람이지. 어디 보자, 그러고 보니 이 마을을 나가자마자 중요한 사람을 한 명 만날 듯도 한데? 어쨌든 그들을 잘 잡아. 그 사람들을 놓치면 네 임무는 무위로 돌아갈 수도 있어.」

"잠깐, 임무라니요?"

난 아무 임무도 받은 바 없었으므로 어리둥절했다. 어머니가 돌아가

시기 전에 시킨 심부름이라도 있었던가? 아니면 아버지 곁으로 돌아가기로 한 그 계획 얘긴가?

「그런 게 있어. 곧 알게 돼.」

"그게 뭔데요? 누가 시키는 건데요? 거참, 그런 걸 구체적으로 얘기해줘야 예언이 되는 거 아니에요?"

「시끄러워. 세르무즈에 가면 다 해결돼. 자세한 얘기는 거기서 다 듣게 된다고. 처음에는 아무것도 모르고 가게 되겠지만.」

"안 가요! 내가 왜 가야돼! 무슨 볼일인지도 모르고, 가서 살아 돌아올지도 모르는 그런 데 절대 안 가요!"

내가 발끈해서 소리쳤지만 헤렐은 태연했다.

「어차피 가게 돼 있어. 네가 가려고 하지 않아도, 결국 가게 되니까 그냥 느긋하게 기다리라고.」

"쳇, 내가 가나 봐라."

그때 헤렐이 처음으로 가라앉은 목소리를 냈다.

「그러고 있을 때가 좋은 때겠지. 하지만 닥쳐올 난관들이 보여. 몇 가지는 자네 힘으로 헤쳐 나갈 수도 있겠지만, 마지막 것은 '마음'의 문제라, 어떻게 될지 장담을 못 하겠는데. 마지막 시험은 아마 오랫동안 끝나지 않겠지. 자네의 임무에는 육체적인 고통보다 정신적 고통이 많이 닥칠 것으로 보이는군. 임무를 끝낸 뒤에도 이것을 이겨내어야 해. 몇 번이나 시험을 당하게 될 거야. 믿어야 할 사람과 믿지 말아야 할 사람을 잘 택하도록.」

"어쩐지 겁주는 것 같네요?"

「오, 그럼. 나는 지금 경고하고 있는 거네. 겁을 먹는 것도 당연한 일이야.」

"하지만 당신 예언은 너무 애매모호해서 확실한 건 한 가지도 없잖아요!"

「애매한가. 하긴 자네 운명에 대해 자세하게 이야기하지 못하는 데는 이유가 있다네.」

"이유요?"

류지아가 언제부터인가 내 눈을 보고 있었다.

「예언을 위해 자네 마음을 들여다보려 하니 누군가가 막아 놓았더군. 그런 것을 '휘장이 쳐져 있다' 고 하지. 자네 같은 경우 워낙 많은 문제들이 얽힌 운명인지라, 실타래의 중심을 보지 못하면 시작과 끝밖에 알 수 없어. 게다가 앞뒤 관계를 모르니 무얼 봐도 불명확할 수밖에. 저 엉킨 실을 풀어내어 알아볼 수 있는 그림으로 짜낼 사람은 나나 류지아가 아닌 다른 사람, 바로 자네 마음을 막아 놓은 그자일 것 같군.」

"그렇지만 류지아의 예언력이 나하고 연결되어 있다던데요?"

예언의 근원은 소멸되지 않고 되풀이되는 인간의 오래된 영혼이라 했다. 그리고 전생에 영혼이 얽혔던 사람의 운명을, 어디선가 읽은 소설처럼 이야기할 수 있는 예언자가 있다고 들어 왔었다. 병상에서 류지아가 한 말도 그렇게 이해하고 있었다. 지금까지는.

헤렐은 잠시 말이 없었다. 류지아도.

「휘장이 쳐져 있는데 이만한 이야기를 알아낸 것도 류지아의 예언력이 자네의 기운과 맞아떨어졌기 때문이었어. 하지만 보아하니 자네한테는 류지아보다 더 강한 예언자가 연결돼 있는 모양이군. 아직 만나지 못한 상대일 수도 있지만 어쨌든 그자의 엄청난, 심지어 나조차도 꿰뚫어 볼 수 없는 지배력이 드리워져서 다른 예지력이 뚫고 들어갈 틈이 없어. 나조차도 꿰뚫어 보지 못하는 휘장을 치는 걸 보면 새로운 예언자는 보통 사람이 아닌데.」

"그럼 류지아는요?"

「자네처럼 폭넓은 운명을 가진 자의 미래는 류지아의 능력으로 들여다볼 수 없어. 하긴 새로운 예언자에 비해 류지아의 힘이 약해서 자네와의 연결 고리에서 밀려난 것일 수도 있고. 만약 그렇다면 자네의 운명은 최근에 꽤 거창하게 뒤바뀌었나 보군.」

내 운명이 최근에 완전히 뒤집힌 것은 사실이다. 그러나 나는 류지아의 얼굴을 먼저 쳐다보았다. 헤렐은 류지아에게 친하게 굴 때는 언제고, 저런 말을 쉽게도 해버린다 싶었다. 예언자에게 능력이 부족하다는 건 얼마나 자존심 상하는 말인 걸까.

「'소중한 것을 잃은 후에야 임무를 완성한다', 이것을 피하려면 버릴 것을 버려야 하는 순간을 알아야만 하네. 잊지 말게나. 이것이 내가 해줄 수 있는 마지막 말이지. 버려야 하는 것은 과감하게 버려. 자네 마음을 믿고 따르게. 석연치 않은 것은 반드시 이유가 있는 법.」

헤렐은 끝까지 애매하게 말을 맺더니 다시 기운찬 목소리로 돌아왔다. 나와 류지아가 말문이 막힌 채 마주 쳐다보고 있는 동안에도.

「끝. 그럼 류지아, 약속한 선물 줘.」

"말 안 해도 줄 거니까 보채지 말아요."

류지아는 드디어 나에게서 눈을 떼었다. 무릎 꿇은 채로 몸을 일으키더니 탁자 위에 놓아 둔 나이프를 집어 들었다. 뭘 하려는 거야?

그녀는 나이프를 목 근처로 가져갔다.

"류, 류지아!"

류지아는 내 외침은 들은 체도 하지 않고 나이프를 잡지 않은 왼손으로 긴 머리채를 모아 쥐었다. 칼날을 가져가자 투둑, 하고 끊어졌다. 짧아진 머리카락들이 류지아의 목 언저리에서 맥없이 흔들렸다. 머리를 자른 류지아는 그렇지 않아도 작은 얼굴이 더욱 초라해 보였다.

놀란 내가 할 말을 찾아내기 전에 류지아는 잘라낸 머리채를 한 번 꼬아 묶더니 여전히 타고 있는 천 속의 불에 던져 버렸다. 결과는 지금까지와 마찬가지로, 불에 닿는가 싶더니 그대로 사라져 버렸다.

"왜 머리카락을……."

그제야 나는 헤렐이 말한 선물이 무엇인지 깨달았다. 갑자기 화가 치밀었다. 도대체 인간의 머리카락이 이스나에에게 왜 필요한 거야? 무엇에 쓰려고 가져가는 건데?

난 저렇게 오랫동안 정성 들여 기른 머리카락을 별 것 아니라고 말할 만한 용기가 없었다.

"헤렐, 아니 당신은 정확한 이야기를 해주지도 못하고서 이런 걸 요구해도 되는 겁니까?"

"이미 계약한 거야. 계약은 어길 수 없어. 어떤 경우에든 그렇지만, 특히 예언자가 계약을 어기는 것은 치명적이지."

류지아가 대신 대답하고 있었다. 류지아도 이런 결과가 올 줄은 몰랐던 건가? 이번에는 수다 떨기 좋아하는 헤렐이 아무 대꾸도 없었다.

"헤렐! 헤렐! 나하고 이야기 좀 하자고요! 어디 있는 거야?"

"그는 갔어."

"뭐라고?"

나는 정신없이 방안을 두리번거렸다. 그때 천 속의 불꽃이 꺼졌다. 방안은 순식간에 어두워졌다.

"헤렐! 이것 봐, 헤렐!"

"이미 갔으니까 못 들어. 소리 질러도 소용없으니 조용히 해."

류지아는 언제나처럼 차분하게 잘라 말했다. 그러나 나는 조용히 하고 있을 수가 없었다.

"아니 처음에는 인사도 안 하냐고 하더니, 이번엔 인사도 없이 가버려? 게다가 경우가 없어도 분수가 있지, 계약을 했어도 좀 조정할 수 있는 거 아냐! 나도 모든 손님한테 물건값을 다 받지는 않는다고! 게다가 물건에 하자가 있을 땐 깎아주는 날도 있고, 반품도 받아 준단 말야! 그러니까…… 그 예언 반품하자!"

이거 내가 제대로 예를 들고 있는 거 맞아?

류지아는 별 반응이 없는 얼굴로 일어나더니 손을 휘둘러 촛불을 껐다. 주위는 완전히 캄캄해졌다.

"나가자."

류지아가 앞장서서 문을 밀었다. 류지아의 뒷모습이 밖에 켜둔 등불의 역광을 받아 빛났다. 어깨에도 닿지 않는 달랑한 머리카락을 보며 착잡한 심정이 되어 나는 말을 잊었다.

내 착잡한 심정 속에는 '저 모습을 보고 나우케 의사가 뭐라고 하면 어쩌나' 하는 것도 포함되어 있었음을 고백해야겠다. 대안이 있다면 이른 새벽에 일어나 아무도 만나지 않고 잽싸게 마을을 뜨는 거다.

아니, 더 나은 대안이 있다면 어차피 시간이 모자라 잠자기도 틀렸는데, 싸놓은 짐을 들고 당장 사라지는 거다. 인사도 다 해놓았겠다, 못 할 것도 없지.

……라고 생각하면서 나는 지금 신데볼프 씨 집의 문을 나서는 중이다. 깊은 밤, 어깨 너머로 긴 끈을 늘인 가죽 가방 하나 달랑 메고, 내가 18년이나 살던 동네를 떠나면서 이것밖에 가져갈 것이 없다는 사실을 조금은 아프게 느끼고 있다.

내 짐이래봐야 담요, 갈아입을 옷 한두 벌, 부시쌈지와 가죽주머니에 넣은 기름 약간, 집구석 어딘가에서 찾아낸 낡은 지도, 물주머니, 약간의 말린 식량, 그 정도가 전부다. 우리 가게에서 팔던 것 중 가장 튼튼한 사슴가죽 반장화를 남겨두었다가 신었고, 주머니 속에는 산에서 작은 짐승을 잡을 때 쓰곤 하던 손익은 가죽 돌팔매, 허리춤에는 단검 한 자루, 등 뒤에는 나의 위대한 친구 멋쟁이 검이 매달려 있다.

무슨 일이 있을지도 모르는데 가벼운 갑옷이라도 사서 걸칠까 궁리하다가 그만두었다. 우리 마을의 갑옷 만드는 기술은 솔직히 형편없었다. 평소 싸움 같은 싸움을 겪은 일이 없는 평화로운 영지의 문제점인 셈이다. 다른 번화한 영지에 가면 좀 더 싼값으로 훨씬 나은 물건을 구할 수 있겠지.

어머니의 유품으로는 손때 묻은 조그만 장부를 챙겼다. 다른 것을 찾아봤지만 어머니는 평소 비싸고 그럴듯한 것을 몸에 지니신 일이 없었다. 장부는 제일 자주 만지시던 것이고 나도 중요하게 생각하던 물건이다 보니 버릴 수가 없어서 남겨 두었던 것이다. 가게도 망한 마당에 장부라니, 남들이 보면 웃을지 몰라도 내게는 분명 소중한 물건이기 때문에 가져가는 것도 내 맘대로다.

어머니가 남긴 약간의 돈과 이틀 동안 재고를 팔아치워 번 돈 3천 존드는 여비이자 전 재산이기도 했다. 대부분 부피가 적은 금화로 바꿔 배낭 안의 염소가죽 주머니 안에 넣었고, 은화로 바꾼 것들은 내 허리춤에 꿰매 놓은 전대 안에 넣었다.

그리고 아버지가 준 목걸이를 소중하게 옷 안쪽에 걸었다. 하긴 받은 후로 한 번도 몸에서 떼어놓은 일이 없었다. 혹시라도 잃어버릴까봐 말이다. 미르보가 준 푸른 보석도 잊을세라 잘 챙겼다.

어제 저녁, 나는 폐허가 된 큰사슴 잡화에 불을 질렀다.

올 겨울 들어 어머니와 둘이서 큰마음 먹고 손질했던 굴뚝, 칠 좀 새로 하라고 입버릇 삼아 잔소리하시던 얕은 울타리, 너무 잘 망가져서 고칠 때마다 투덜거렸던 고물 손수레, 매일 식사하던 나무접시와 그릇, 손때 묻은 물건들.

오랫동안 내 보물이던 스노보드는 스텐보름 마을에서 살아남은 친구 녀석에게 넘겨주었다. 가져가고 싶기도 했지만, 겨울이 긴 북쪽 지방이 아니고서는 쓸모가 없겠지.

나는 일부러 안을 들여다보지 않고 기름을 뿌렸다. 남은 물건들을 모조리 팔아버리면서도 여기에 쓸 기름만은 일부러 계산해서 남겨 뒀었다. 이미 반쯤 허물어진 큰사슴 잡화는 차가운 저녁 바람에도 불구하고 잘 타더니, 잠시 만에 내가 물끄러미 바라보고 있던 모든 것들을 없애 버렸다.

불은 굉장히 깨끗한 친구다.

녹색 호수가 보이는 언덕길을 내려갔다. 달빛에 하얗게 빛나는 저것이 호수겠지. 내가 들고 있는 램프는 기름을 가득 채워 넣었는데도 사방 천지가 캄캄한 이곳에서는 별로 힘을 발휘하지 못했다. 빛나는 저 별들 중 한 개 만큼도 안 되는 듯했다.

어머니, 무덤을 한동안 못 돌볼 것 같아요. 만든 지 얼마나 됐다고 벌써 게으름이냐고요? 에이, 사정 다 아시면서.

하비야나크의 모든 사람들, 잊지 않을 테니까 괜히 거기서 눈물 짜지 말아요. 뭐라고요? 귀신은 눈물이 안 나온다고요?

고르만 부인, 이제 다시 몸 가누셔야죠. 그리고 정신도 가다듬으시고. 우리 마을은 누가 다시 살리라고요. 흐음, 혼자 살리시려면 고초가 좀 많으시겠지만.

신데볼프 씨, 신세 많이 졌어요. 아주머니가 내일 고집 안 꺾으시고 제 아침도 차리시거들랑 말씀 좀 잘 전해주세요.

스바 형, 내년엔 장가가게 예쁜 아가씨 잘 꼬셔봐요. 유리카같이 어린 애 말고. 나이를 생각하셔야지.

나우케 선생님, 질문에는 대답하는 것 잊지 마세요.

그리고 류지아, 머리가 빨리 자라길 빌겠어.

또 없나……

그래. 예전 같았으면 몰라도 지금은 더 없다. 그럼 잠시 안녕, 나의 하비야나크…….

"뭐야, 앞을 보란 말야!"

녹색 호수를 바라보며 한껏 분위기를 잡고 있는데, 눈앞에서 누가 불쑥 나타나는 바람에 기겁을 했다. 뭐, 뭐야! 이 밤에 돌아다니는 사람이 나 말고 또 있단 말야?

"유리…… 카?"

"그래."

램프를 비춰보고서야 눈썹을 잔뜩 찌푸린 채 쏘아보고 있는 소녀를 알아보았다. 이렇게 가까운 곳에서 사람을 만나고 보니 램프가 하늘의 별빛만도 못하다는 말은 좀 정정해야겠다. 유리카의 은빛 머리카락은 램프의 붉은 빛을 받아 발그스름하게 빛이 났고 얼굴도 마찬가지였다.

"램프만 들면 다야? 앞을 봐야지."

"앞을 보고 있었어. 램프를 옆으로 들고 있었을 뿐이지."

얘는 마을로 들어간 지 얼마나 되었다고 벌써 나가는 길목에서 얼씬거리는 거지? 작은 천 가방을 어깨에 걸고 있는 걸 보니 벌써 여행길인 것 같은데.

내가 궁금하게 여긴 점을 유리카가 먼저 질문했다.

"벌써 떠나는 거야?"

"응, 일정을 좀 변경했어."

변경한 이유에 대해서는 말하지 않아도 되겠지.

"그러는 넌? 벌써 떠나니? 우리 마을이 별 볼일 없든?"

"마을은 좋은데, 사람들이 이상하던걸."

유리카가 냉큼 대답하는 것을 들으니까 갑자기 스바 형이 떠올랐다. 쫓아가 본다더니 정말이었나? 어쨌거나 이미 마을을 나왔으니까 다른 나이 찬 아가씨 찾아보시라고요. 근데 내가 왜 남의 일에 이렇게 신경을 쓴담.

"그러나 저러나 잘 됐네. 난 램프가 없거든. 밤 동안만 동행해도 될까?"

나는 어깨를 으쓱하며 고개를 끄덕였다. 기회 닿는 김에 베푸는 척 해보는 것도 괜찮고, 오랜만에 어머니와의 추억이 되살아나는 대화를 나누어보는 것도 나쁘지 않을 거야.

내 생각은 정확히 반만 들어맞았다. 우리는 탁 트인 고원 길을 나란히 걸으면서 몹시 화기애애한 대화를 나누는 중이었다.

"그래, 목적지는 정했니?"

"남쪽으로 갈 거야."

"지금 가고 있는 쪽이 남쪽이니까 그런 대답은 해 봤자잖니."

"혹시 알아? 내가 지금부터 동쪽으로 방향을 틀지."

"응, 그러면 내가 다시 남쪽으로 틀게 해 줄게."

"헤, 네가 무슨 수로?"

"밤 동안 동행하기로 약속했잖아? 난 계속 남쪽으로 갈 거거든."

나는 그 사이에 밤 동안 동행해주는 호의를 베푸는 사람이 아니라, 밤

동안 동행하겠다는 의무를 성실히 이행하는 사람으로 바뀌어 있었다.

"파비안, 배고프지 않니?"

"낮에 먹은 사과가 모자랐냐? 말을 하지. 내 것도 아닌데, 마을 떠나는 마당에 남의 걸로 인심 좀 썼을 텐데."

"밤중이 다 되어서 낮에 먹은 사과를 찾는 넌 내일이면 다시 배고파질 텐데 저녁은 왜 먹었니?"

"네가 사과를 몽땅 가져가서 점심이 모자랐거든. 그러니 아쉬운 대로 저녁이라도 먹을 밖에."

"뭐야? 내가 사과 몇 개 먹은 게 그렇게 억울했니?"

"아니. 미안해하는 시늉이라도 하려나 싶어 한 말인데, 네 반응을 보니 영 가망이 없구나."

"……."

이렇듯 유리카와 나는 한 번 주면 한 번 받고, 한 번 이기면 한 번 지고 하는 식으로 티격태격하며 호수 변을 걸었다. 평소 어머니와 상당히 전투적으로 대화를 나눴다고 생각해 왔는데 오늘 부로 생각이 바뀌었다. 세상엔 언제나 더한 사람이 있기 마련이야. 세대가 내려갈수록 세상은 발전하고 있다니까.

도톰한 달에 파르스름한 빛이 걸렸다.

넓은 들판을 걷고 있지만, 아무것도 보이지 않으니 검은 뚜껑이 덮인 가마솥 안 같았다. 꽤 낡은 가마솥인지 저 위에는 구멍이 많이도 뚫려 있구나. 저 새어 들어오는 빛들 좀 봐. 어이, 이런 가마솥으로 뭘 끓인다면 장작만 낭비라고요.

사방 풍경이 낯선 것도 새삼 놀라웠다. 다시 말해 나 자신에게 놀랐다. 세상에, 같은 영지에서 18년을 살았으면서 녹색 호수 너머로는 모조리 모르는 곳이라니.

호숫가를 따라 휘어진 나뭇가지들이 길게 드리워져 있었다. 그릴라드 언덕에서 보이던, 가장 멀리 보이던 것들이다. 그 너머로는 지루할 정도로 넓은 들판이 펼쳐져 있다고만 생각했다. 그 시절 난 저렇게 넓은 평야가 있는데 왜 우리 영지 사람들은 이 녹색 호수 안쪽의 산비탈에서만 살아가려고 하는 걸까, 하고 생각했던 것 같다. 그러고 보니 정말 왜 그렇지? 게다가 듣기로 저 들판은 이름도 없다던데.

그렇게 한참 걷다가 뒤를 돌아보았을 때, 이제 익숙한 것은 아무것도 보이지 않았다.

네 개의 신발이 바닥을 차는 소리 외엔 완전한 고요.

사실을 말하자면 그 외에도 내 배낭 안에 든 무언가가 신경 쓰이게 달그락댔고, 등 뒤의 검은 걸음에 맞춰 절걱댔으며, 나지막한 유리카의 숨소리 또한 있었다. 밤길을 여자애와 단 둘이 걷는 기분은 꽤 괜찮았다. 게다가 달빛 머리의 요정 같은 소녀와 함께라면 말이다.

물론 유리카는 겉보기처럼 곱기만 한 소녀가 아니다. 나는 유리카가 처음 만났을 때부터 다짜고짜 반말을 하기 시작해서, 지금까지도 그러는 것을 떠올리고 이거야말로 내가 이길 거라는 확신 속에 화제를 꺼냈다.

"넌 몇 살이야?"

"나? 너보다는 많이 먹었을걸."

"어라, 무슨 근거로 하는 말이야?"

"너의 어린애 같은 눈매, 처음 여행 나온 사람 같은 서투른 몸차림, 그리고 믿을 수 없는 나와 동행하는 것, 뭐 그런 것들."

"그게 무슨 근거가 되냐?"

열여덟 살이나 먹었는데 어린애 같은 눈매라는 얘기는 칭찬이 아니었다. 게다가 서투른 몸차림이라니, 얼마나 열심히 준비한 건데.

"내 몸차림이 뭐가 어때서?"

"응, 네 부츠가 새 것 같아서."

"물론 새 거지."

"바보야, 도보 여행을 나서면서 새 신발을 신는 법이 어딨니? 좀 있으면 발이 다 물러터질 거야. 그때쯤 후회하며 고향에서 멀리 떨어진 데서 헌 신발을 찾은들, 찾아질 리가 없지."

그런가? 나는 내 신발을 내려다보았다. 확실히 코도 제대로 닳지 않은 새것이었다. 여행 준비를 하면서 몇 번 신어보기는 했지만 오래 걸은 일은 없었다. 그렇지만 발이 아픈 것 같지는 않았다.

"난 발 안 아픈데."

"그야 아직 별로 걷지 않았잖아. 게다가 네 발 가죽이 좀 두꺼운 모양이지."

만난 지 얼마 되지도 않은 소녀와 발 가죽에 대해 논하고 싶지는 않아서 다음 얘기로 넘어갔다.

"너하고 동행한 것도 잘못이란 말이야?"

“어제 처음 본 사이인 주제에, 마을에서 한참이나 떨어진 장소에서 우연히 마주쳤잖아? 이런 식으로 이상하게 접근해서 네가 잠든 사이에 슬쩍 돈이나 빼가려는 소매치기 계집애인지 어떻게 아니?”

음…… 확실히 그런 점이 없지도 않군. 하지만 내가 여행자로서는 경험이 부족한지 몰라도, 어떤 상황에서나 임기응변으로 대답하는 데는 꽤 경력자라고 할 수 있지.

“글쎄다, 그건 아닌 것 같은데.”

“어째서?”

“네가 그럴 계획이라면 내 앞에서 지금 같은 이야기를 떠벌리겠냐?”

“혹시 알아? 새로 개발된 접근법인지.”

“글쎄, 나 같은 얼뜨기 여행자한테는 전통적인 방법 쪽이 더 잘 통할 것 같은데. 만일 그렇게 생각하지 않는다면 너도 전문가는 아닐 걸.”

“맞았어. 난 전문가가 아니야.”

저 말은 전문가는 아닌데 그런 일을 할 수는 있다는 건가, 아니면 처음부터 그냥 해본 소리였단 건가.

“어쨌든 몇 살인데?”

“무례하긴. 만난 지 얼마나 되었다고 나이를 자꾸 묻는 거니? 어쨌든 너보다 많으니까 그런 줄로만 알면 돼. 자꾸 물으면 누나라고 부르라고 하는 수가 있어.”

나는 이야기 시작해 놓고 본전도 못 건지고 말았다.

다른 화제가 없을까 머리를 굴려 봤다. 유리카는 한참 동안 걷기만 할 뿐 말이 없었다. 별다른 무기도 지니지 않은, 나보다도 어려 보이는—분명 그렇다!—여자아이가 무슨 일로 이렇게 돌아다니고 있을까?

뺨과 코의 선이 달빛에 매끈하게 빛나는 것을 보니 저런 얼굴이면 위험도 많았을 거란 생각이 들었다. 유리카는 오랫동안 여행을 했을까?

"오래 여행했니?"

"응."

"얼마나?"

"수백, 수천 년을 늘 여행해 왔지. 헤아릴 수도 없는 긴 시간."

나는 '장난 하냐, 너?' 라는 표정을 지어 보이려고 했지만, 어차피 안 보일 것 같아 그만뒀다. 어둠이 농밀하다보니 탁 트인 벌판인데도 휘장 속에 갇혀 있는 느낌이었다. 결국 입을 열어 말하는 수밖에 없었다.

"뭐야, 장난해?"

"응."

"도대체……."

"파비안 너, 여기가 무슨 들판인지 알아?"

갑자기 엉뚱한 소리였다. 하긴 저번에도 무슨 소리인가 하다가 다짜고짜 자기 이름을 말했지. 너도 듣는 자세에는 문제가 많구나.

"여긴 이름 같은 거 없어."

"웃기는구나. 이름이 없으면 존재하지도 않는 거야."

저번에도 느낀 거지만 유리카는 소녀다운 말투로 할머니 같은 이야기를 할 때가 있었다. 하지만 그렇다면 이름이 있단 건가?

"그럼 넌 이름을 알아?"

"몰라. 너희 동네 앞이잖아. 네가 모르는 걸 내가 어떻게 알겠어?"

"그럼 우린 지금 이 세상에 없는 들판을 걷고 있군 그래."

유리카는 내 쪽을 쳐다보지 않았지만 대답은 해 왔다.

"우리에겐 딱히 쓸모도 없고 지나치는 곳일 뿐이라 이름을 몰라도 상관없는 거지. 꼭 알아야겠단 생각도 없고. 하지만 누군가가, 이 들판이 필요했던 누군가가 이름을 지어 두었을 것 아니겠어. 그 사람의 들판과, 너와 나의 들판을 꼭 같은 들판이라고 할 수는 없겠지만 말야."

"어째서 다른 들판이냐? 들판은 들판일 뿐이라고. 들판에 이름이 없다고 이름을 붙이려 궁리하는 사람은, 영주나 왕이나 아니면 그들의 지도 제작자 정도라고 봐, 난."

유리카는 피식 웃었다. 뭘 모르는구나, 하는 듯한 태도라 나는 어이가 없었다. 유리카가 말했다.

"너하고 나한테, 지금 여긴 '이름 없는 들판' 이지."

"그걸 누가 몰라?"

"아니, 그게 아니고, 현재로선 들판 이름이 '이름 없는 들판' 인 거나 마찬가지라고. 너나 나나 나중에 여기를 떠올릴 일이 있다면 뭐라고 생각하겠어? 아, 우리는 그때 이름 없는 들판을 걸었었다, 뭐 그런 식 아니겠어? 그렇지만 우리가 다른 사람에게 여기를 설명하려면 그런 식으로는 안 될 거야. 아마 엠버리 영지 앞의 녹색 호수 남쪽에 있는 어떤 이름 없는 들판, 뭐 그렇게 말하겠지."

"그거야 그렇겠지. 무슨 당연한 말을 그렇게 복잡하게 하냐?"

어둡고, 다른 일행도 없고, 할 일도 없고, 게다가 심심하기까지 하니 내가 네 말을 듣고 있는 거지. 유리카도 나와 같은 심정이었는지, 말을 멈출 생각이 없어 보였다. 내용이야 궤변 아니면 말장난인 것 같았지만.

"넌 이 들판을 생각하다가 너네 고향 영지가 떠오를 테고, 그러면 너에겐 여기가 향수 어린 장소가 되는 거지. 그러나 만약에 이 들판에 너나 내가 모르는 진짜 이름이 있다면, 그걸 아는 사람과 이 들판에 대해 같은 감상을 갖기는 어려울 거야. 그 사람의 머릿속에 든 생각과, 너와 나의 생각은 전혀 다르니까. 만일 그 사람이 여기를 '황량한 들판' 이라고 이름 붙였다면, 그의 머릿속에는 그 이름을 떠올릴 때 나름대로 생각나는 인상이 있겠지. 그건 분명 우리와는 달라. 그래도 그 사람하고, 너와 나의 '이름 없는 들판' 이 같은 곳이야?"

"당연히 같은 곳이지. 들판은 한 개니까."

나는 세상의 평범한 사람들을 대표해서 그렇게 말했다. 이야기가 꽤 길었는지, 둘러보니 어둠이 엷어진 듯했다.

"생각해 봐, 파비안. 누군가가 겨울을 놓고 눈이 오는 날은 '구울' 이라고 부르고, 얼음이 어는 날은 '기울' , 바람이 많이 부는 날은 '고울' 이라고 부르자고 한다면 어떻게 생각하겠어?"

"그런 쓸데없는 짓을 하는 녀석은 내가 혼내 줄 테니까, 걱정하지 마."

유리카는 어안이 벙벙한 모양이었다. 내 세련된 유머를 못 알아듣는군. 아쉽구나.

"이건 앞의 경우랑 마찬가지란 말야. 만약 눈을 맞으면 그 자리에서 즉사하는 종족이 있다면 그 종족은 그런 날을 특별히 구별해서 '구울'

이라고 부를 필요가 생기지 않을까? 자식들한테 '구울' 에는 절대 나가면 안 된다, 뭐 그렇게 가르칠 수 있잖아."

"그게 뭐 중요해? 그 사람들도 그냥 '눈 오는 날' 이라고 부르면 될 거 아냐? 이 들판 역시 어디로 날아가지 않는 한, 같은 덴 같은 데지. 혹시 백 년이나 천 년쯤 지나서 여기가 산으로 바뀐다면, 그때는 다른 데라고 생각하기로 하겠어."

"그래, 좋은 대답이야."

유리카는 말없이 다시 걸었다. 그렇게 봐선지 그녀의 걸음이 약간 느려진 것 같다. 분명 또 복잡한 말할 거리를 생각해 내느라 그렇겠지. 유리카, 네 머리가 왜 은빛인지 알겠다. 매일 그런 생각이나 하고 있으니 머리가 다 하얗게 셀 밖에.

내 생각은 틀리지 않았다.

"그럼 이 들판이 없어져버리면, 예를 들어 한 2백 년쯤 지나서 여기가 호수로 바뀌어 버린다면, 그 2백 년 뒤 미래 사람들의 호수와 너와 나의 이 '이름 없는 들판', 그리고 아까 말한 '황량한 들판' 은 다른 데니?"

"장소는 같지만, 다른 데지. 호수와 들판이 같다고 하는 사람이 있다면 그 사람이 바보게."

"2백 년 뒤에도 그냥 들판이라면?"

"이름이 달라졌으면 다르게 부르겠지, 뭐. 그렇지만 실체는 그대로 잖아."

"2백 년쯤 지났다면 그 들판을 구성하는 흙과 풀과 나무 같은 것들은 모조리 새 것으로 바뀌었을 텐데도? 그 안에 든 것들이 모조리 바뀌어도 겉만 비슷하면 그냥 그 사람이야?"

들판 이야기 하다가 갑자기 사람이라니?

"뭐 그거야…… 글쎄, 그런데 갑자기 사람이라니 무슨 소리야?"

"아…… 니야, 내가 말을 실수했어."

표정이 보이지 않으니 장담할 수 없지만 유리카는 약간 당황한 듯했다. 목소리의 기색이 그랬다. 그럼에도 불구하고 포기하는 기색은 없었다. 참 끈질기기도 하다.

"그럼, 반대로 겉이 완전히 달라졌어도 속이 같으면?"

처음에는 단순하고 당연한 말의 연속이었는데 이쯤 오고 나니 내 머리까지 복잡해지는 느낌이 들었다. 이 들판을 이루고 있는 것들이 모조리 어디론가 옮겨가 있다면 거기다가 이 들판의 이름—사실 있는지 없는지조차 모르지만—을 붙여도 좋은 건가? 아니, 이 들판의 흙을 퍼다가 집을 지었다고 그게 이 들판인 건 아니잖아?

그럼 사람으로 생각했을 때, 어떤 사람이 죽어서 이스나에가 되었다면 그건 그 사람과 같은 존재가? 기억을 잃어서 새로운 삶을 살게 된 사람은? 으아아, 난 모르겠어.

그래서 난 솔직하게 대답했다.

"잘 모르겠어."

"그래, 모르겠지……. 나도 모르겠어."

날이 희미하게 밝아 왔다. 신발 코에 스쳐 사각거리는 것은 겨울의 노란 풀들, 코끝에 닿는 찬 기운은 아침 안개겠지. 모르는 곳에 와 있지만 이런 것들은 어디서나 같구나.

이상한 이야기를 하면서 왔기 때문인지, 하룻밤 내내 걸으면서 꿈을 꾼 것처럼 느껴졌다. 그런데 유리카가 한참 동안 조용했다. 이런, 갑자기 아무 말도 안 하니까 좀 그러네. 오뉴월 곁불도 쬐다 물러나면 섭섭하다는 얘긴 이런 걸 두고 하는 말인가.

내 생각을 읽기라도 했는지, 유리카가 다시 입을 열었다.

"내가 처음 만났을 때 네 이름을 물은 것은 당연해. 안 그랬으면 나중에 달라져버린 널 만나거나, 내가 본 것과 다른 면모의 너만을 알고 있는 사람을 만날 때, 내가 너를 안다는 사실을 설명할 길이 없어. 우리가 걷지 않은 세상의 다른 곳들은 모두 이름만으로 존재하거나 아니면 존재하지 않아. 적어도 너와 나의 세상에서는 존재하지 않지. 즉, 우리 세상에서는 없는 거나 마찬가지야."

"그래도 그냥 있다 치고 살잖아. 만날 일이 없어도."

"있다 치기라도 하려면 우선 상대를 알아야만 해. 상대의 이름을. 너는 2백 년 전 사람들을 알고 있니? 몇 대 전 조상들의 이름을 알고 있니? 그들이 갑자기 네 앞에 나타나면 뭐라고 부를래?"

"뭐, 그쪽에서 이름을 말해주지 않을까? 상대의 입장을 고려할 줄 아는 현명한 이스나에라면 말이야."

몇 대나 지난 조상이 내 앞에 나타난다면 분명 이스나에겠지 싶어서 나는 그렇게 대답했다. 그러나 유리카는 시원치 않은 표정이었다.

"언제 내가 이스나에 말했니? 그냥 사람 말야, 사람."

나는 약간 짜증이 나서 되는 대로 대답해 주었다.

"그런 사람이 나타나긴 왜 나타나. 죽었으면 가만히 죽은 대로 잠이나 잘 일이지. 괜스레 나타나서 후세 사람들 골치나 아프게 할 일 있냐."

유리카는 걸음을 멈췄다.

"정말 그렇게 생각해?"

어스름이 많이 걷혀 유리카의 얼굴이 어느 정도 보였다. 그런데 추위에 얼어붙은 것인지, 얼굴이 굳어져 있었다.

"과거의 사람들이 얼마나 많은 지혜를 간직하고 있을지 상상해 봤어?"

"뭐, 참견 말라는 뜻에서 한 말은 아니지만, 한 시대의 일은 그 시대 사람들이 해결해야 되는 것 아닐까? 옛날 사람들이 많은 지혜를 갖고 있어도, 그 지혜는 과거의 문제를 해결하는 데 유용할 뿐이라고 생각해."

"그렇단 말이지?"

내 말에 대답하는 유리카의 목소리는 약간 격앙되어 있었다. 이유를 모르겠다. 내가 무슨 잘못을 했지?

유리카가 말을 이었다.

"이 세상은 과거, 현재, 미래의 사람들이 다 같이 살아가는 곳이야. 없어지는 것은 없어. 너에게 들판 이야기를 했지? 그 들판을 이루는 것들이나 겉모습이 바뀌어도, 왜 사람들이 같은 들판이라고 생각하는지 알아? 그건 들판의 이름을 붙이는 사람들이, 그 들판을 이루고 있는 흙이나 나무나 풀이 아니라, 그 들판이 어디에 있는가에 관심이 있기 때문이야. 그 장소에 그대로 있는 것이 사람들에겐 가장 중요하기 때문에, 그 장소에 그대로만 있다면 같은 들판인 거지. 아마 호수가 생겨도 마찬가지일걸? 만일 여기가 엠버리 들판이었다면 엠버리 호수라고 이름 붙이게 되겠지. 그게 같은 장소라는 걸 알아듣는 데 가장 편리하니까."

"그래서?"

"그렇지만 사람만은 달라. 만약에 네가 엠버리 영지를 떠났다고 해서 파비안 크리스차넨이 아니라고 한다면 너는 뭐라고 할까?"

"뭐야, 당연히 말도 안 되는 소리지."

"너는 그것만 말이 안 되는 것 같니? 물론 사람의 이름이란 건 어느 장소에 있느냐를 고려하여 만들어진 것이 아니지만, 넌 네가 사람이니까 그걸 당연하다고 생각하는 거야. 사람들은 자기 눈에 보이는 것, 자기 곁에 있는 것, 자기한테 필요한 것, 그리고 자기 시대에 있는 것들만 중요하다고 생각해. 너는 엠버리 영지에 있거나 저 멀리 세르무즈로 가거나 똑같이 파비안 크리스차넨이야. 그런 것처럼 2백 년이 흘렀다고 옛 사람들의 존재가 사라지는 건 아니야. 바뀌는 것도 아니야. 단지 네가 그들을, 그들의 이름을 모를 뿐. 하지만 너 같은 사람들에겐 지나간 시대나 앞으로 올 시대 따위는 중요하지도 않겠지. 옛 시대에 살았던 사람이나 또 다른 시대에 살아갈 사람들에 대한 생각은 더 말할 것도 없고. 넌 그들의 이름을 알고 싶은 마음이 전혀 없겠지."

유리카는 마지막 말을 딱딱 끊어서 발음했다. 난 유리카가 화가 난 까닭을 몰랐다. 그래서 되물었다.

“자꾸 사람, 사람 하는데 너도 사람이잖아?”

“적어도 죽은 사람 따위는 계속 죽어 있으라고 하는 너와는 다른 사람이야!”

유리카는 고개를 홱 돌리더니 주위를 두리번거렸다. 아침 햇빛이 들판에 스며드는 시각이었다. 도대체 이 이야기가 왜 시작됐지? 그래, 그 이름 없는 들판. 에이 참, 고작 들판 이름이 뭐 그렇게 중요하다고.

유리카는 내게 말도 없이 앞질러 걷기 시작했다.

“어디 가?”

“너 안 보이는 곳으로 간다.”

“동행한다면서?”

“이제 날 샜잖아.”

그 말이 끝이었다. 유리카는 호리호리한 몸에서 어떻게 그런 속도가 나는지, 걸음을 서두르니 나는 것처럼 빨랐다. 지금까지 어떻게 나하고 보조를 맞춰 걸었는지 궁금하네. 잠깐 사이에 어디로 갔는지 보이지도 않았다. 먼발치에는 아직 어둠이 깔려 있기 때문일테지만.

정말 뭐가 잘못되었다는 거야? 들판 이름이 없어서 문제야? 까짓 거 없으면 지으면 되지.

그 뭐냐, ‘유리카하고 헤어진 들판’ 이라고 불러주면 되잖아.

나는 램프 불을 껐다. 이제 아침이다.

4. 엘프의 이름을 가진 도시

「가지 마.」

그녀는 기둥에 기댄 채 숨을 멈추었다. 그런 식으로라도 시간을 멈추고 싶은 것처럼. 그러나 시간은 단지 잿빛으로 변해버렸을 뿐이다.

「가야 해.」

바람이 그의 어깨 위의 금빛을 쓸며 사라져간다. 그의 눈빛은 영원히 푸를 듯하다.

천년을 산다는 엘프의 수명은 이제 축복이 아니었다. 인간들처럼, 그를 기다려야 하는 시간이 수십 년에 불과하다면 얼마나 좋을까. 그러나 하루도 천년처럼 길다면, 물리적 시간의 길이는 의미가 없을지도 모르지.

줄지어 세워진 기둥들은 세월을 타지 않는 회색 팔과 무심한 얼굴을 가졌다. 그 사이로 모나드(가을)의 잎들이 슬픈 얼굴을 하고 떨어져 있다.

「미칼리스 마르나치야, 시간이 되었소.」

그를 데려가려는 마법사의 말소리가, 닥쳐오는 세계의 종말보다도 더 지독한 선고로 들린다. 미칼리스는 고개를 돌린다. 그리고 말한다.

「잊어버려.」

불가능해.

입 밖에 내지 못한 말을 입술만으로 뇌까려 본다. 듣지 못한 그는 몸을 돌려 멀어져 간다. 모나드의 잎 속으로, 갈색의 발자국만을 남기고.

「나를 기억하겠어?」

– 기억 II

"우와아아, 도시다!"

내가 스스로 발견한 첫 도시였다. 물론 지도에 나온 대로 찾은 것뿐이니 발견이라는 말에는 어폐가 있지만, 감동하면 안 될 것은 없잖아? 난 여행 초보라고. 아무도 칭찬해 주지 않으니 나라도 나를 칭찬해 줄밖에. 도시를 발견했다! 특히 발이 짓무르도록 아프다가 겨우 나아져 가는 이때 말이다.

고작 닷새 만에 말린 식량에는 질려버렸다. 요리를 하면서 여행하는 방법은 없을까 궁리해 봤지만, 일행도 없으면서 혼자 취사도구까지 지고 다니긴 곤란했다. 하지만 시냇물과 함께 먹는 말린 고기만은 앞으로 열흘만 안 먹었으면 좋겠다. 식사가 아니고 꼭 간식 같아서 나는 먹을 만큼 먹고도 줄곧 배가 고프다는 환상에 시달렸다.

저 도시는 힘보른 시였다. 물론 지도에 쓰인 이름을 읽었을 뿐이지만. 도시는 꽤 커 보였다. 집들도 크고 훌륭하게 지어진 걸로 보아 재주 있는 장인들도 많이 살고 있으리란 생각이 들었다. 이런 평을 할 수 있는 이유는 내가 힘보른 시에서 가장 높은 건물—종탑이었다—조차 굽어볼 수 있을 정도로 높은 곳에 서 있기 때문이다.

무슨 소리냐고?

"오늘 내로 내려갈 수 있으려나."

지도 보는 법에 대해서는 깜깜이었기 때문에 힘보른 시 앞에 이런 절벽이 있는 줄은 상상도 못했다. 만일 알았더라면 여기보다 멀긴 하지만, 그래 어디야, 음…… 훼제르담 시로 갔을 것이다. 젠장, 이름 한번 발음하기 어렵네. 어쨌든 이런 위치에 있고 보니 발견자로서 기쁨의 함성을 지르기에는 안성맞춤이었지만, 그 외엔 좋은 점이 하나도 없었다.

나는 내 반장화를 점검해 보았다. 절벽을 내려가기에 좋은 신발이 아닌 것 같긴 했지만, 별 수 없이 눈 자국이 남아있는 절벽에 발을 살짝 디뎌본 순간…….

"으아앗! 사람 살려!"

나는 단숨에 약 서른 걸음 정도를 내려올 수 있었다. 하지만 이제 점검해야 할 것은 신발 밑창이 아니라 바지 엉덩이라는 생각이 든다. 주위를 둘러보니 내가 멈춘 곳은 정말 멋진 곳이었다. 본격적인 고생이 시작되기 전의 마지막 휴식처라고 할까.

힘보른 시가 내려다보이는 이곳의 지형은 하얀 산맥이 끝나고 한동안 이어지던 평야가 사실은 고원이었다는 것을 반증했다. 죽 이어져 오던 평탄한 지형이 갑자기 아래로 곤두박질치고 있는 것이다.

문득 한 가지 사실에 생각이 미쳤다. 이런 지형이 어제오늘 생긴 건 아닐 텐데, 다른 사람들은 어떻게 내려갔담?

절벽 뒤를 빙 돌아가자 울창한 숲이 나왔다. 약초 뜯으러 올라가곤 했던 하얀 산맥은 떨기나무들이 대부분인 바위산이라 이렇게 꽉 찬 수림(樹林)은 처음이었다.

바람 소리도 달랐다. 멀리서부터 달려오는 듯하더니, 나무 사이사이를 한참 만에 뚫고서 내 뺨에 도달했다. 날카롭게 솟은 나무들이 하늘에 꽂힌 화살뭉치 같다. 눈이 얼어붙은 잎은 희었다. 때로 얼음조각이 후드득 떨어져 머리를 때리기도 했다. 내리막이 이어지자 이대로 절벽 아래로 내려갈 수 있을 듯한 희망이 솟았다. 그러다가 우연히 나무 사이로 난 길을 발견했다. 아, 내가 드디어 나무꾼들의 길을 발견했구나. 이제부터는 한결 수월하겠는데.

길로 접어들고 보니 바닥도 잘 다져져 있고, 튀어나온 나뭇가지들도 죄다 부러져 있어 누군지 몰라도 참 친절하다 싶었다. 그런데 잠시 후, 이상한 울림이 느껴졌다. 바닥에서 말이다.

두두두두…….

그건 그렇고 이상한 점이 있는데, 이 길을 뚫은 사람은 무척 키가 작은 것 같아. 내 허리 아래로는 정리가 잘 되어 있는데, 가슴 위쪽은 엉망이거든.

투두두두!

"어……."

놀라고 있을 사이도 없었다. 반사적으로 몸을 오른쪽으로 날렸다. 나무둥치에 부딪치는 것을 아슬아슬하게 피해 눈과 떨기나무 속으로 뒹굴었다. 얼음 조각들과 뾰족한 잔가지들이 우수수 부서지면서 내 몸 위로 떨어졌다. 무척 따가웠기 때문에 저도 모르게 벌떡 일어나 사방을 두리번거렸다. 방금 뭐가 지나갔지?

"메, 메, 멧……."

입과는 달리 마음속의 목소리는 훨씬 명료하게 외치고 있었다. 멧돼지다!

멧돼지는 내가 조금 전 서 있던 빈터까지 단숨에 달려가더니 겨우 멈춰 섰다. 그러더니 내 간절한 바람을 완전히 저버리고 내 쪽으로 돌아섰다. 내게 길 닦은 값을 받고 싶은 모양이었다.

달려온다!

이번에는 죽자 사자 왼쪽으로 몸을 날렸다. 바닥에 발이 닿는 것을 느끼는 순간, 나뭇가지를 뚫고 달려가기 시작했다. 주먹 쥔 손을 마구 휘저어 길을 내면서. 검을 꺼내고 어쩌고 할 만한 여유도 없었다. 그러나 장애물을 헤치고 달리는 데는 멧돼지를 당할 도리가 없다는 것을 막 깨달으려는 순간…….

절벽이다!

갑자기 숲에서 튀어나온 나는 까마득하게 펼쳐진 거대한 하늘, 그리고 그 아래 도시의 전경과 맞닥뜨려야 했다. 조금 전의 절벽으로 도로 나온 것 같진 않은데?

맹렬하게 돌진해오던 멧돼지는 숲을 벗어나기 직전에 멈췄다. 저 몸집에 저런 정지가 가능하다니, 멧돼지한테 한 수 배워야 할 판이다. 게다가 이 절벽을 알고서 나를 몰아붙인 것 같은데?

이렇게 나는 멧돼지를 전략가로 착각하는 망상 속에서—게다가 이쪽으로 달려오기 시작한 건 나라는 사실까지 망각했다—멧돼지와 마주보고 섰다. 초승달 모양으로 튀어나온 절벽이었다. 거리는 약 스무 걸음.

탁 트인 곳에서 달아날 수 없는 것이, 막다른 곳보다 더 끔찍할 수 있다는 것도 처음 알았다. 검, 검을 꺼내야지. 이제 일대일이잖아. 참, 아까도 일대일이었지.

멧돼지란 놈은 무조건 앞으로만 달려가는 짐승이다. 따라서 옆으로 비키면 될 것 같지만, 지금까지 관찰한 속도와 이곳의 지형으로 보아

내가 어느 쪽으로 달린다 해도 사정거리를 벗어나기는 힘들 것 같았다. 상황은 절망적이고…… 그런데 이 꼴을 당하고도 여행을 떠나 처음 마주친 적수가 겨우 멧돼지라는 게 실망스러운 걸 보면, 정말 난 웃기지도 않는 놈이다.

검을 뽑아 들긴 했지만, 등 뒤가 절벽인지라 멧돼지와 사투를 벌일 생각은 조금도 없었다. 그런데 멧돼지는 절벽이 두렵지 않은 모양이었다. 다시 직선으로…… 그렇지, 절벽!

검의 날을 아래로 돌려 잡았다. 바닥에 돌덩이가 들었는지 쇳덩이가 들었는지는 모르지만 일단 해보는 수밖에 없었다. 한껏 쳐들었다가, 아래로 내리찍었다. 이 검도 자신의 첫 임무가 고작 이런 것이어서 크게 실망하고 있을 게 틀림없었다.

내리 찍히는 순간, 양손, 양팔, 그리고 양어깨, 곧 이어 가슴 위 온몸으로 기가 막히게 짜릿한 전율이 흘렀다. 고개를 들자 달려드는 멧돼지가 보였다. 검은 제대로 박혔겠지? 이제 와서 뽑아 확인할 수도 없는 노릇이다. 다시 박아 넣을 시간이 없으니까.

퍼억!

"으으윽……."

온 힘을 다해 검 손잡이를 부여잡은 내게, 몸무게와 속도를 실은 멧돼지가 부딪쳐왔다. 결과가 어땠냐고?

예상한 대로지 뭐.

"으아악!"

검은 내 간절한 소원을 무시하고, 냉큼 뒤로 뽑혀 버렸다. 다시 말해

몸과 검이 함께 절벽 뒤로 넘어갔다는 말이다. 멧돼지는? 그쪽이라고 별 수 있겠어.

잘 가라.

멧돼지의 괴성이 아련히 멀어져 갔다. 절벽이 꽤나 높긴 한 모양이다. 느긋하게 멧돼지 울음소리나 감상하고 있는 나는 어디에 있는 거냐고?

사실 그리 느긋하진 않았다.

"으으으……."

물론 나도 절벽으로 떨어졌다. 이제 죽었다는 생각이 머리를 스치는 순간 느낀 감정은 이루 말할 수 없었다. 짧은 순간 동안 어머니, 아버지, 그리고 온갖 사람들…… 유리카 얼굴까지 내 눈앞을 스치고 지나갔다. 어머니 무덤도 돌봐야 하고, 아버지도 만나야 하고, 유리카도 다시 보고 싶…… 엥? 하여튼 내 인생 얘기 시작도 못했는데 벌써 죽을 순 없는 노릇이었다.

절벽 아래에는 힘보른 시를 발견했던 절벽에서 미끄러지다가 멈췄던 곳처럼, 좁은 공간이 튀어나와 있었다. 나는 떨어지면서 거기에 한 발을 디뎠고, 동시에 조금 전처럼 검을 바닥에 내리꽂았다. 팔 저림 따위 느낄 새도 없었다. 내가 뭘 하는지도 모르는 상태에서 저지른 일이니까. 아까는 안 됐는데 지금은 될 법한 까닭을 논리적으로 생각했던 것은 절대 아니었다.

그런데 기적이 일어났다. 멋쟁이 검은 정말 '멋지게도' 버터처럼 바위를 가르고 박혔던 것이다. 그것도 날의 절반이나!

그리하여 나는 검 손잡이에 간신히 매달린 채 목숨을 건진 감격을 그럭저럭 맛보는 중이다. 절벽의 차가운 바람이 내 얼굴에 흐른 땀을 식혀 주며 지나갔다. 사, 살아있는 건 역시 기쁜 일이야. 기쁨만 느끼기에는 좀 험한 상황이긴 하지만 말이야.

절벽에 박힌 검에 매달려 허공을 느끼는 일이 쉬울 것 같은가? 천만의 말씀이지.

절벽에서 어떻게 올라왔느냐고 묻지 마라. 지금은 벌써 저녁때다.

가장 힘든 일이 뭐였을 것 같은가? 절벽 위로 기어 올라가는 것? 왔던 길 찾아가는 것? 아니다. 검을 도로 뽑아야 할 것 아닌가! 그런데 박힐 때는 버터처럼 바위를 뚫고 들어간 멋쟁이 검이 도대체 뽑힐 생각을 하지 않았다.

"급할 때만 일하겠다는 거야, 뭐야? 이런다고 너한테 남는 것 있어? 버리고 가라 이거야? 네가 기껏 이딴 바위에 박혀서 무슨 영화를 누리는지 내가 나중에 와서 볼 거야. 암, 꼭 보고말고!"

꼬박 두 시간 동안 고함까지 질러가며 뽑아내고 나니 정말로 기진맥진해져버렸다. 그런 뒤에는 검을 뽑아낸 바위를 한참 동안 들여다봤다. 정말 신기한 일이었다. 금도 가지 않았고, 검의 날 모양 그대로 깨끗한 자국이 남았던 것이다. 바위를 통째로 들고 가서 보여주지 않는 한 아무도 안 믿겠지.

평지로 돌아와 걷기 시작했지만, 온몸의 근육과 관절이 비명을 질러댔다. 날마다 이런 일만 겪을 것 같으면, 일찌감치 고향으로 돌아가는 편이 낫겠어. 진짜로.

내 목적지는 처음 힘보른 시를 내려다본 그 절벽이었다. 바위에 박힌 검에 매달려 한참 동안 사투를 벌이다가, 저만치 보이는 그 절벽 아래에 동굴 형태로 뚫린 길을 발견했던 것이다. 아까는 어째서 아래를 내려다볼 생각도 못해냈던 걸까? 고생을 벌러 다니는구만.

동굴 앞에 도달해 보니, 다른 사람들도 이 길로 다닌다고 보기엔 좀 좁은 감이 있었다. 하지만 또 다른 길을 찾으러 갈 생각이 전혀 없었으므로 나는 안으로 들어갔다. 어둡긴 했지만 램프를 굳이 켜기엔 좀 아깝다 싶었다.

동굴은 들어갈수록 넓어졌다. 다행이 바닥은 평탄해서 손으로 벽을 더듬으며 나아갔다. 눈이 어둠에 익을 즈음 어디선가 물 흐르는 소리가 들렸다. 설마 고인 물로 막혀 있진 않겠지?

배도 고프고, 몸도 여기저기 쑤시고, 땀이 마르느라 으슬으슬 춥기까지 했다. 나는 신데볼프 씨네 방구석의 털 담요가 그리워지기 시작했다.

"하아암……."

졸음이 급속도로 몰려왔다. 어둠 때문에 밤처럼 느껴져서 더 그런지도 모르겠다. 배고픈 것도 잊혀 가고, 한잠 푹 자는 것 말고는 다른 생각이 나지 않…… 뭐라고? 아, 물론 자면 안 되지…….

쪼로록, 찌릭 찍, 쪼록.

하아암…… 이게 무슨 소리지?

어렴풋이 잠에서 깬 내 귀에 수상한 소리가 들려왔다. 조그만 것들이 요리조리 돌아다니는 듯한 소리인데, 하나도 아니고 여러 마리인 것 같았다. 발치에서 고물고물 움직이는 것이 느껴졌다. 쥐? 조그만 새? 혹시 뱀인가!

놀라 벌떡 몸을 일으키다가 통증으로 비명을 지를 뻔했다. 잠결에 내 몸 상태를 잊었던 것이다. 덕택에 눈만은 번쩍 떠졌다. 조그만 기척들이 썰물처럼 빠져나가는 것이 느껴졌다. 오른손을 등 뒤의 검으로 가져가면서 반사적으로 발을 뻗어 주위를 훑었다.

"꺅!"

신발 끝에 채인 뭔가가 화닥닥 놀란 모양이었다. 비명 소리까지 나잖아? 이것들이 뭐지? 불을 켜야겠다. 불안해.

램프를 켜고 보니 발밑에 뭔가가 있었다. 쥐도 새도 뱀도 아니다. 언뜻 갈색 털 뭉치처럼 보였는데, 자세히 보니 헝클어진 갈색 머리카락과 팔다리…… 게다가 옷까지 입었잖아!

"에엑?"

누가 더 놀랐는지 모르겠다. 둘 다 표정이 가관이었다. 나는 도대체 저런 생물이, 하고 경악한 표정, 저쪽은 이제 죽었네, 하고 공포에 질린 표정. 둘 다 그런 얼굴로 한참 노려보고 있다가 내가 먼저 입을 열었다.

"너…… 넌 뭐냐?"

묵묵부답이었다. 검 때문에 겁을 먹은 건가 싶어, 검을 놓고 양손을 앞으로 내밀어 보였다. 저렇게 생긴 녀석이 설마 위험하진 않겠지.

손바닥에 올라올 정도로 작긴 해도 어쨌든 인간과 거의 같은 모습이었다. 다만 발끝에 닿도록 긴 갈색 머리카락이 털실 뭉치처럼 엉켜 있고, 나뭇잎도 아니고 털가죽도 아닌 괴상한 재료로 된 옷을 걸쳤다는 정도가 묘할 뿐이다. 짤막한 다리와 팔, 간신히 윤곽을 알아볼 만한 코와 뺨, 겁에 질려 올려다보는 까맣고 큰 눈, 귀여운 ……것 같기도 하고.

"이거 봐, 이거. 나 무기 없어. 너 해칠 생각 없어."

"……."

여전히 대답이 없었다. 난 다른 녀석들은 어디 가고 저 녀석만 남았을까 생각하다가 발로 바닥을 훑었던 것을 생각해 냈다.

"내가 혹시 널 쳤니? 이걸로?"

발을 가리켜 보였다. 말을 안 하면 고개라도 움직여야 되는데, '끄덕' 도 없고 '도리' 도 없으니 답답했다. 별 수 없이 자문자답으로 말을 이어갔다.

"다쳤으면 치료를 해야지. 응? 치료."

베고 잤던 배낭으로 천천히 손을 뻗었다. 또록또록한 눈동자가 내 손을 따라왔다.

상당히 귀여운데.

배낭을 뒤져서 간직해 두었던 약초 묶음을 꺼냈다. 가게가 엉망이 되면서 약초 같은 건 거의 못쓰게 되어버렸지만, 내가 조금씩 빼돌려 창고 밑바닥에 간수해 둔 것들은 그대로 있었던 것이다. 일단 샐비어(salvia) 잎사귀, 즉 세이지(sage)풀이면 만병통치나 다름없다고 들었으니까 그걸 끄집어냈다. 물론 이것만 갖고 당장 뭘 어쩔 수는 없는 일이지만, 안심이라도 시킬 요량으로 앞에서 흔들어 보였다.

"이건 약초. 미안하니까 이거 줄게. 너한테도 소용이 있는 거니?"

내가 흔드는 세이지 잎사귀를 따라 눈동자가 왔다 갔다 하는 걸 보니 피식 웃음이 나왔다.

"필요하면 말해. 줄 테니까."

세이지는 따뜻한 기후에서 잘 자라기 때문에 추운 지방에서는 귀한 약초였다. 햇빛에 바짝 말려야 북쪽까지 오게 되는데, 내가 꺼낸 것도 주름진 세이지의 잎이 쪼글쪼글하도록 잘 말린 것이었다.

"싫어? 필요 없어?"

받을 생각이 없어 보여서 손을 약간 뺐다. 그러자 기다렸다는 듯 조그마한 손바닥이 앞으로 내밀어졌다. 내가 손을 멈추자 내민 손바닥이 다시 움찔했다. 정말 겁도 많구나.

"가져가라고."

나는 주의 깊게 세이지 풀을 그 조그마한 손에 건넸다. 저걸 다 쓰려면 평생이라도 힘들겠다고 생각하면서.

"끽!"

이상한 소리를 내더니 떨어뜨려 버렸다. 말린 거니까 가볍긴 하지만 그래도 자기 키만 한 풀이니 말이다. 그런데 다시 슬슬 끌어당기더니 자기 몸 뒤에 숨겼다. 푸하, 이 친구야, 다시 뺏진 않아. 난 그런 놈이 아니라고.

"이름이 뭐니?"

물론 대답이 없었다. 내가 왜 대답하지 않는 건지 갖가지 추측을 하는 동안 꼬마 친구는 가려고 꼬물거렸다. 초면에 실례되는 말일 수도 있지만 그거 말고 적당한 표현이 없었다.

"이름도 안 말하고 가?"

내 목소리가 컸는지 꼬마 친구가 화닥닥 놀랐다. 그런데 가만히 보니 확실히 움직임이 이상했다. 발을 절고 있는 것이 아닌가. 아, 그래서 저 녀석은 도망을 못 갔구나.

"네 발, 원래 그래?"

물론 내 예상대로의 대답이 돌아왔다. 묵묵부답.

"내가 그런 거야? 내가 다치게 했어?"

역시 묵묵부답.

실랑이에 지친 나는 지금이 몇 시쯤일지 머리를 굴려봤다. 동굴 속은 어두워서 얼마나 잤을지 감이 잡히지 않았다. 담요를 꺼내 둘둘 만 것까진 기억나는데, 그 다음엔 죽은 것처럼 곯아떨어졌던 모양이다. 그런데 졸음이 해소되고 나니 숨었던 배고픔이 재차 공격을 시작했다.

꾸르르륵…….

생각과 동시에 뱃속에서 반응이 왔고, 그 소리에 대한 꼬마 친구의 반응도 재빨랐다. 황급히 도망치려다가 절고 있는 발 때문에 앞으로 고꾸라졌던 것이다. 그 와중에도 세이지 풀은 놓치지 않았다.

"킥!"

비명 소리도 참 특이했다. 나는 지금껏 조심하던 것을 까맣게 잊고 얼떨결에 꼬마 친구를 잡아 올렸다. 폭신한 게 고양이 꼬리 같은 감촉이네.

그런데 표정이 무척 안 좋았다. 음, 그 기분 알 것 같다. 도망가려고 하는데 산더미 같은 괴물이 낚아챘다 이거겠지. 아하, 또 하나 알았다.

너, 내가 배고프면 잡아먹을 줄 알았구나!

"풋, 푸훗, 푸하하하……."

저도 모르게 웃음을 터뜨리고 말았다. 내가 유쾌하게 웃어대는 동안 내 손에 잡힌 조그만 친구가 얼마나 불안에 떨고 있을지는 깜빡 잊고서.

"놓아 줘……."

흠칫 놀라 다른 데서 들린 소리가 아닌지 의심했다. 그러나 소리는 내 손바닥 사이에서 나고 있었다.

"놓아 줘, 놓아 줘……."

변성이 안 된 꼬마 같은 목소리였다. 그런데, 말을 할 줄 아신다는 거군. 그런데 지금까지 대답을 안 하셨단 말이지. 이거, 예의 바른 여행자들끼리 그러면 안 되죠.

"이름이 뭔데?"

"……놓아……."

"아, 이름을 말해. 놓아줄지 안 놓아줄지는 내가 결정한다고."

제법 고압적으로 말하면서 눈을 치떴다. 이 상황에서 효과적인 건지는 모르겠지만, 하여튼 효과음도 하나 울렸다.

꾸르륵!

천둥치는 소리처럼 들렸을지도 모른다. 꼬마 친구를 쥔 양손을 배 위에 얹어놓고 있었으니 말이다. 예상대로 녀석은 황급히 꼬물대면서 제 갈 길로 가고 싶어 했다. 하지만 내 손에 잡힌 이상 어림없었다.

한참을 떨더니 꼬마 친구는 입을 열었다, 아니 열 수밖에 없는 상황이 되었다.

"주아니."

"응, 그래? 나는 파비안 크리스차넨이야. 만나서 반갑다."

악수를 청했다가는 도망쳐 버릴 것 같아서 대신 싱긋 웃어 보였다. 그러면서 웃는 얼굴이 효과가 있는지 슬쩍 살펴보았지만 별로 그런 것 같지 않았다.

"너는 무슨 종족이니?"

자세히 보려고 얼굴을 가까이 가져가니까, 황급히 몸을 비틀면서 화닥닥하는 것이 손으로 느껴졌다. 겁내는 건지, 수줍어하는 건지 모르겠다. 잠깐, 수줍어한다고?

"너, 혹시 여자니?"

대답이 없기에 여자들한테 나이를 묻는 법이 아니라는 말을 떠올렸다가, 이건 다른 질문이지 않나 싶어 고개를 갸웃거리고 있는데, 드디어 대답이 들려왔다.

"내가 남자로 보였단 말이야?"

가만히 생각해 보니 이건 여자 나이를 묻는 것보다 더 실례였다. 여자인지도 못 알아봤다는 말이잖아.

"하, 하하, 미안하구나, 주아니 아가씨. 긴 머리도 이쁘고 눈동자도 이렇게 이쁜데, 그럼 네가 너를 남자로 봤겠냐? 오해니까 화 풀라고."

나는 뒤늦게나마 변명을 늘어놓아 사태를 무마하려 했지만…….

"화 안 났어."

"어, 그렇다면 다행이고."

언제부터 내가 비위를 맞추는 쪽이 됐지?

주아니의 조그마한 얼굴을 요리조리 뜯어본 결과, 화가 난 것이 분명하다는 결론을 내렸다. 얼굴이 잔뜩 붉어져 있었으니까. 게다가 경험상 여자들은 화가 났으면서도 화 안 났다고 하는 경우가 많아서 말이다.

"많이 화났어? 아냐, 정말 예쁘다니까. 으음…… 그러니까 이렇게 귀엽고 깜찍한 아가씨는 처음 봐."

문득 아가씨가 아니고 아줌마일지도 모른다는 생각이 들었지만, 아줌마한테 아가씨라고 부르는 건 별 문제가 없을 것 같았다.

"화나지 않았어……."

목소리도 점점 이상해지고, 몸에서 열까지 나기 시작했다. 정말 화가 머리끝까지 단단히 났나 보다.

"주아니, 내가 잘못했어. 응? 그렇게 열 내지 말라고."

누가 들으면 내가 주아니 손에 잡혀 있는 줄 알겠군.

"파비안, 너 바보니?"

"에…… 엣?"

나는 깜짝 놀라 주아니를 내려다봤다. 내가 뭘 잘못한 거지? 이렇게 열심히 사과하고 있는데.

"화가 안 났다면 안 난 줄 알아야 할 것 아냐. 남의 말을 그렇게 못 믿어?"

대답 안 하던 어눌한 주아니는 어디로 가고, 갑자기 유리카 같은 말투가 돼버렸다. 쨍쨍한 게 '유리카하고 헤어진 들판'에서 마지막으로 들은 목소리 같다.

"아, 미안해. 미안해."

"됐어."

주아니는 고개까지 홱 돌려 버렸다. 아이고, 나 참. 화 안 났다면서 그 말 안 믿는다고 화가 나다니. 알다가도 모르겠는걸 보니 여자가 맞긴 맞구나.

나는 얼빠진 표정으로 생각에 잠겼다. 어디서부터 입장이 바뀌었더라. 그래, 거기였어. 이런 상황에서 가장 좋은 요령은 말야, 아무 일도 없었던 것처럼 하던 질문을 계속하는 것이지.

"그래, 주아니. 난 인간이거든? 너는 무슨 종족이니?"

혹시 페어리 족이 아닐까 생각해 봤지만, 조그맣다는 것 말고는 일치점이 없어 보였다. 첫째, 날개도 없고, 둘째, 날개가 있다 해도 날아다닐 몸매가 아니잖아?

예상대로 낯선 대답이 나왔다.

"로아에."

"로아에?"

처음 들어보는 종족이었다. 이런 경우 나도 인간족을 대표하는 기분으로 예의바르게 행동해야 하지 않을까 싶다.

"으응, 그럼 너희 로아에들은 동굴 속에서 사니? 솔직히 난 로아에라는 종족을 처음 들어보거든? 나한테 얘기해 줄래?"

"파비안, 난 어린애가 아니야. 그러니까 그렇게 애들한테 묻듯이 하지 않았으면 좋겠어."

"아, 미안해."

주아니는 점점 생각지 못한 점들로 나를 놀라게 만들었다.

"어린애가 아니면 몇 살인데?"

"예순다섯 살. 그리고 예의바른 말씨는 좋지만, 일단 내 몸을 바닥에 내려놓고 이야기하는 것이 예의의 기본 아닐까?"

예순다섯! 나는 즉시 주아니를 바닥에 내려놓았다.

내가 생각해도 우습다. 예순다섯 살짜리 쥐라면 갑자기 이런 태도를 보이지는 않을 텐데. 말이 통한다는 게 예의를 만드는구나.

"너, 너, 정말 예순다섯 살이야?"

"그럼. 그리 나이가 많은 것도 아니지. 적당한 숙녀의 나이라고 생각해."

저렇게 말하는 것을 보니 주아니에게 예순다섯 살쯤은 별 것이 아닌 모양이었다. 그래서 나는 조심스럽게 말을 꺼냈다. 아무래도 내 신변 정보를 밝히기 전에 먼저 알아두는 것이 좋을 것 같아서다.

"로아에들은 보통 몇 살까지 사니?"

"뭐, 한 2백 살 정도 살면 다 살았다고 봐야지."

처음의 겁먹은 태도는 온데간데없이 사라지고, 완전히 변한 주아니는 당당하게 바닥에 놓인 세이지 잎을 집어 들었다.

"예순다섯 평생에 인간하고는 처음 얘기해 봐."

저런 건 쪼글쪼글 할머니가 하면 어울릴만한 대사잖아..

"나도 열…… 아니, 로아에는 하여튼 처음 봐."

주아니는 의심스럽다는 듯 눈을 치켜떴다.

"파비안 너……."

아아, 제발 묻지 마! 그래 난 어리단 말야! 그러니까 제발 할머니, 조상님, 아니 아가씨 앞에서 나이 밝히라곤 말라고!

"몇 살이니?"

……묻고 말았다.

이제 사실대로 말하는 수밖에 없었다. 내가 거짓말을 할 줄 모르는 선량한 사람이라서가 아니다. 바보가 아닌 이상 누구라도 예순다섯 살이나 먹은 할머니, 아니 아가씨—정말 헷갈렸다—앞에서 나이를 높여봤자 금방 들통 난다는 것쯤은 알 거다. 애매하게 열 살쯤 높여봤자 소용도 없을 테고, 그냥 말하는 쪽이 속 편하지. 이왕이면 말하는 거 자신 있게 말하자고.

"난…… 열여덟 살이야."

하지만 내 귀에도 그다지 자신감 있게 들리지는 않았다.

"응, 그렇구나."

반응이 평이한 것이 수상했다. 혹시 백열여덟 살로 들었나?

"뭐. 2백 살 사는 로아에의 예순다섯이나, 기껏해야 6, 70년쯤 사는 인간의 열여덟이나 피차일반이지."

"그, 그래. 생각해줘서 고맙구나."

관대해서 다행이라는 생각하는 순간, 뒤통수를 때리는 말이 들려왔다.

"나이가 뭐 중요해? 서로 생각해주고, 좋아하는 마음이 중요하지."

뭐, 뭐라고?

동굴 속 길은 무척 찾기 쉬웠다.

정말이다. 기가 막히게 쉽다. 모퉁이를 도니까 갈림길이 나오고, 통로를 따라 아래로 내려가고, 또 내려가고, 탁 트인 곳에 기둥 몇 개만 서 있고, 어디서든 나는 어느 쪽으로 가야 할지 정확하게 안다. 동굴, 제까짓 게 복잡하게 꼬여 있어 봤자 내 앞에서는 맥도 못 춘다. 나는 숙련된 탐험가처럼……

……그게 아니라 그 동굴에서 65년이나 산 로아에 앞에서는, 이겠지.

주아니는 정말 동굴 속의 길을 훤히 알고 있었다. 하긴 그럴 만도 하겠다. 나도 하비야나크라면 눈을 감고도 어디든 갔을 테니까. 18년밖에 안 산 나도 그런데, 65년 동안 이 좁은 동굴에서 살았으니 오죽하겠어. 아니지, 조그마한 로아에에겐 꽤 넓은 동굴일지도 모르겠는데.

"어깨 안 아파?"

정말 귀여운 질문이구나. 네 몸무게야 어깨 위에 떨어진 가랑잎 정도밖에 안 되지, 하고 말해주려다가 또 자존심이라도 상하면 어쩌나 싶어 입을 다물었다. 그건 그렇고, 큰일은 큰일이었다.

주아니는 내 왼쪽 어깨 위에 앉아 이쪽으로 가면 어디고, 저쪽은 어디로 이어지고, 하고 연신 조잘거렸다. 그러느라 이렇게 신이 나서 길을 안내해주는 애는 친구들한테 어떻게 돌아갈지 걱정하는 내 마음도 모른다. 저렇게 저는 다리로 어느 세월에 돌아간다냐.

"저쪽에 동굴 틈새 갈라진 데로 들어가면, 5백 년도 넘게 계속 물이 떨어지고 있는 바위가 있어. 가운데가 옴폭 파여 있어서 목욕하기 아주 좋다."

그래, 아예 전용 목욕탕이겠구나. 인형 놀이 하는 꼬마들이 보면 좋아 날뛰겠지.

물론 생각한 대로 대꾸하지는 않았다.

"그래? 겨울인데 안 얼어? 그리고 춥지 않아?"

"로아에는 추위를 별로 안 타."

그러고 보니 주아니가 입은 옷은 팔다리가 다 드러나는 것이었다.

"그 옷은 뭐로 만든 거야?"

"골풀."

골풀을 가늘게 실로 뽑아 저렇게 짤 정도라면 로아에들은 아주 섬세한 종족이거나, 취미가 고약한 아주머니들로 가득한 종족인가 봐.

"너도 짤 줄 아니?"

"그럼. 로아에라면 누구나 짤 줄 알아."

"골풀은 어디서 나니? 이 근처엔 호수도 늪지도 없는 것 같은데."

"전통이라서 어쩔 수 없어. 우리가 키우지."

"힘들겠구나."

본래 호숫가에 사는 종족이었느냐고 물어보려는 순간, 갈라진 틈으로 느닷없이 쏟아져 들어온 별 하늘이 내 말문을 막아버렸다. 하늘에도, 그리고 땅에도 별들이 가득했다. 거리 곳곳을 밝힌 등불들 말이다.

"히야……."

큰 도시의 멋이란 이런 거구나. 저렇게 불을 밝혀 놓은 걸 보니 그럴듯한 요리를 파는 식당도 있겠지?

한달음에 달려가려다가 주아니 생각이 났다.

"너 돌아가야지? 내가 오는 길을 기억해 뒀으니까 데려다 줄게. 네

다리로는 하루 종일 가도 못 돌아갈 것 같아서…….”

그렇게 말하는데 왼쪽 어깨 위의 분위기가 심상치 않았다.

“주아니?”

“파비안 너…… 벌써 나를 버리려고?”

이, 이게 무슨 소리냐.

어이가 없어 주아니의 얼굴을 돌아보려고 하는 순간, 갑자기 어깨 위에서 뭔가가 폴짝 뛰어내려…… 아니, 뛰어내릴 건 주아니밖에 없잖아! 내 키가 얼만데 여기서 뛰어내려!

“주아니!”

누가 들으면 절벽 밑으로 떨어지기라도 한 줄 알 정도로 처절한 외침이었다. 하지만 주아니 입장에서는 절벽이라 해도 이상하지 않을 높이니까. 무릎을 꿇고 두 손으로 바닥을 헤집었다. 하다 보니 이거 쥐 잡는 자세네.

“주아니, 대답해! 주아니!”

이번엔 망망대해에서 헤어진 연인이라도 부르는 줄 알겠는데.

“주아니! 주아니!”

“귀청 떨어지겠어.”

바로 옆에서 대답이 들렸다.

“주아니?”

손으로 더듬어 주아니를 찾았다. 손가락이 닿는 순간 주아니가 내 손바닥 위로 폴짝 올라탔다. 요령이 늘었는데.

그 와중에도 세이지는 여전히 꼭 쥐고 있었다. 그것만으로도 얘의 대단한 집착을 알고도 남았다.

"그렇게 애타게 부르는 것을 봐서 용서해 주기로 하겠어. 또 한 번만 날 버리고 간다고 해봐. 그땐 나도 가만히 안 있을 거야."

나는 꿀 먹은 벙어리처럼 대꾸도 못한 채 주아니를 어깨에 다시 태울 수밖에 없었다.

내려가기 전에 마지막으로 풍경을 눈에 담았다. 별 하늘 아래 수많은 등불을 밝힌 도시는 초가 가득 켜진 케이크처럼 보였다. 우리 고향 마을 같은 건 사람 사는 데도 아니라는 생각이 들 정도로 멋있구나.

그런데 이상한 점이 떠올랐다. 내 어깨에서 떨어지고도 멀쩡한 주아니인데, 발목은 어쩌다가 저렇게 됐을까?

힘보른 시에 첫 발을 들여놓자마자 나는 이 도시 이름이 '힘보른'이 아니라는 사실을 알게 되었다.

"그럼 여기는 어디죠?"

"여기는 이베카 시야."

길 가던 시민은 별 촌놈 다 보겠다는 듯한 표정으로 가 버렸다. 듣고 보니 꼭 여자 이름 같다 싶어 피식 웃음이 나왔다.

"뭐가 그렇게 웃겨?"

배낭 겉에 달린 주머니 속에서 주아니가 하는 말이다. 주아니 때문에 나는 배낭을 바투 메지 않으면 안 되었다. 한시라도 대화를 나누지 않으면 못 참겠다는 듯이 극성스럽게 끼어드는 주아니, 누가 그녀가 대답을 잘 안 한다고 했던가.

아참, 나였지.

"아, 도시 이름이 좀 우스워서."

"이베카 시?"

"어, 알고 있었어?"

"이 도시를 다스리는 여자 시장 이름이 이베카야."

"그게 정말로 사람 이름이었어?"

내가 놀라자 주아니는 잠시 생각하다가 말을 이었다.

"음, 내가 한 마흔 살밖에 안 되었을 때 이베카였으니까, 지금은 아닐 수도 있겠다. 하지만 내가 서른 살 때도 이베카였고, 스무 살 때도 이베카였거든. 대대로 '이베카'라는 이름을 선호하는 집안일지도 몰라."

"그렇더라도, 성(性)도 아닌 이름을, 게다가 영주도 아닌 시장의 이름을 따서 시 이름을 짓니? 좀 이상하네."

"뭐, 글쎄. 난 인간들의 일에는 관심이 없어서."

자기가 모르는 화제가 나오자 주머니 안으로 쏙 들어가면서 입을 다물어버리는 주아니였다. 인간들의 일에 관심이 없는데, 날 따라온 이유는 뭐냐?

그나저나 이런 식이라면 지도도 못 믿겠구나. 아니, 내가 지도를 보는 능력을 믿으면 안 되겠다. 그럼 기껏 찾았다고 생각한 힘보른 시는 어디쯤 붙어 있는 걸까. 사실 별 상관은 없었다. 꼭 힘보른 시로 가야 되는 건 아니니까. 아무 도시나 도착한 것만으로도 족했다. 지도는 이따가 여유 생기면, 그러니까 식사하고, 씻고, 자고 일어난 다음에 펼쳐 보도록 하자.

사람들이 부산하게 거리를 오가는 것을 보니 아직 늦은 밤은 아닌 모양이었다. 골목을 누비다가 상점 거리에 들어서자 저절로 탄성이 나왔다. 내 기대 이상이었다.

사방에 상식을 깨는 가게들이 즐비했다. 집에서 만들어 먹는 줄로만 알았던 빵을 파는 가게에, 이름도 모르는 과일들을 파는 가게, 보기만 해도 입이 딱 벌어지는 유리 가게, 산더미처럼 책이 쌓인 책가게, 여자들의 장신구 가게, 드레스 가게, 대륙의 약재를 다 모아 놓은 것 같은 약방까지. 우리 영지에도 있었던 대장간, 푸줏간, 구둣방, 목공점, 가죽 가게 등등은 너무 큼직하게 잘 차려져 있어서 촌놈인 내 눈에는 궁궐처럼 보였다.

그런데 거리를 돌아보다가 나는 충격적인 사실을 깨달았다. 글쎄, 잡화점이 없는 것이다!

어렸을 땐 전 대륙의 도시마다 큰사슴 잡화 분점을 내겠다는 생각도 했던 나다. 그런데 잡화점이 없는 도시가 있다니. 아마 여긴 잡화점에서 취급하는 물건들을 여러 가게들이 분담해서 취급하는 모양이었다. 생각만으로도 대단하게 느껴졌다.

이런 근사한 곳을 걷다 보니 얼굴이 간지러워져 온다. 종일토록 걷고 세수도 못 했으며, 멧돼지한테 쫓기다 저녁도 굶은 내 꼴은 방랑 거지를 방불케 했다. 지나가는 사람들이 계속 흘끔흘끔 쳐다보는 것도 무리가 아니었다. 내일은 깨끗하게 갈아입고 여기로 갑옷이나 한 벌 사러 와야겠다.

그럼 슬슬 저녁이라도 먹어 볼까.

사람들에게 물어 여관들이 모여 있는 골목을 찾았다. 마차가 두 대쯤 한꺼번에 지나갈 수 있을 것 같은 널찍한 길에 여관처럼 생긴 집들이 죽 늘어서 있는데, 너무 많아서 어디로 들어가야 좋을지 헷갈렸다. 게다가 들어오라고 부르는 사람도 없었다. 다들 장사 할 마음이 있는 거야, 없는 거야?

물론 그들은 장사할 마음이 있었다. 쉴 곳을 찾아 두리번거리고 있는 말 탄 여행자들, 그럴듯한 차림새에 노련해 보이는 칼잡이들, 짐꾼들을 여럿 부리는 돈 꽤나 있어 보이는 상인, 이런 사람들을 잡느라 바빴을 뿐이다.

"어서 옵쇼, 모험가 나리! 우리 여관은 손님처럼 경험이 풍부한 여행자들이 많이들 오셔서 묵는 곳입니다요. 좋은 동료들을 많이 만나실 수 있을 겝니다."

"상인 나리처럼 값진 짐이 많으신 분은 저희 여관에 오셔야 합니다. 저희는 짐을 지켜드릴 검사를 고용하고 있거든요. 자리도 무지하게 넓습니다."

"맛있는 맥주로 말할 것 같으면 우리 여관 만한 곳이 없습죠. 얘야, 손님 말고삐 잡아 드려라."

본인으로 말할 것 같으면 그들 사이를 천천히 걸으면서 '경험 풍부한 모험가 많아 여관', '자리 넓어 여관', '맥주 맛나 여관' 가운데 어디가 제일 괜찮을까 궁리해 보는 중이다. 다시 말해, 내가 찾고 있는 '딴 데보다 싸 여관' 같은 데는 아무래도 없는 것 같았다.

여관을 알아보려고 두리번거리는 여행자들이나 그들을 유치하려고 처절한 투쟁을 벌이고 있는 주인과 종업원들, 둘 중 어느 무리도 먼지를 뒤집어쓰고 옷은 찢어져 너덜거리는 데다, 곧 '한 푼 줍쇼'를 외칠 것 같은 녀석, 어울리지 않게 큰 검 때문에 곧 쓰러질 것 같은 모양새를 하고 있는 나에게는 눈길도 주지 않았다.

젠장, 내가 말해 놓고도 너무 처량하네.

저 겉모양이 번지르르한 손님들 중에는 슬쩍 여관비나 떼어먹고 달아날까 궁리하는 녀석, 험상궂은 표정을 하고 오늘은 어느 여관을 털어볼까 고민하는 놈, 술 퍼먹고 행패 부리면서 기분이나 풀어 보려는 작자 등 갖가지가 있을 텐데, 나는 그중 어디에도 끼지 않는 매우 건전한 손님, 여관업자로서는 자주 오기를 바랄만한 손님이란 말이다.

"비키란 말이다, 이 녀석! 말발굽에 채이고 싶나!"

나는 깜짝 놀라서 길옆으로 비켜섰다. 내 앞으로 거대한 회색 말이 다섯 마리나 줄지어 달려갔다. 말을 탄 사람들은 모두 검은 망토로 온몸을 가리고 있었다. 호객에 목숨 걸고 있던 여관 주인들도 그들에게는 말을 붙일 엄두를 못 냈다. 그들은 거리에 가득한 여관들에는 눈길도 주지 않은 채 멀어져 갔다.

"시장님을 뵈러 가나 봐."

"아직도 그 누군가를 찾아다니고 있는 모양이네. 저번 도시에서도 저 비슷한 자들을 봤는데."

"시장님은 자기 도시에서 일어나는 일이라면 모르는 게 없잖아. 찾는 사람이 여기 있다면 벌써 알고 있을걸."

사정을 아는 듯한 사람들이 수군댔지만 난 별로 관심 없었다. 나오는 이야기는 대부분 이베카라는 늙은 여자 시장이 신기할 정도로 뛰어난 정보력을 가지고 있다는 얘기였다. 저렇게 대단해 보이는 추적자들이 붙은 걸 보니 꽤 중요한 사람을 찾나보다. 혹시 큰돈이 걸린 현상범?

내가 알게 뭐람.

현상범을 잡을 능력 따위는 없는 내가 다시 여행자들의 흐름 속으로 들어가려는 참인데, 갑자기 등 뒤에서 불쑥 튀어나온 손이 내 어깨를 잡았다.

"잠깐만, 가만히 있으라고."

당장 고개를 돌리려 했더니, 이번에는 반대쪽 손이 내 머리를 잡았다.

"잠깐만, 가만히 있어주게. 제발, 잠깐이면 돼."

말투가 괴상했지만 목소리는 내 또래로 들렸다. 절박한 사정이 있는 듯해서 나는 관대하게 잠깐, 말한 대로 아주 잠깐만 참아 주기로 했다. 다시 말해 눈 세 번 깜빡이자마자 즉시 돌아봤다.

"넌 뭐야?"

미안하다는 듯 양손을 들어 올린 채 싱글싱글 웃고 선 소년이 보였다. 짐작대로 내 또래였는데, 옷차림까지 나와 우열을 가리기 힘들어 보였다.

"무례하게 굴어서 미안하게 됐네. 내 사과를 받아 주겠는가?."

"넌 나이도 몇 살 안 먹은 녀석이 말투가 그게 뭐냐?"

상대는 변명하는 대신 입을 벌리더니 하하 웃었다. 저 녀석, 바보인가? 그러기에는 얼굴이 똑바르게 생겼는데.

먼지투성이이긴 해도 상당히 고운 금발인데다, 물만 좀 바르면 여자들 눈 몇 개는 상시로 뒤통수에 붙이고 다닐 정도로 예쁘장하게 생긴 얼굴이었다. 어쨌든 빌어먹으면 빌어먹었지, 머리가 이상해 보이진 않았다. 그리고 다시 자세히 보니까 입고 걸친 것들도 오랜 여행으로 때가 타서 그렇지, 꽤 괜찮은 것들이었다.

"이해해 주게나. 버릇이라서 어쩔 수가 없다네."

갈수록 태산이었다.

"아까 왜 못 움직이게 한 거야?"

"아, 그게 말이지……. 이야, 굉장히 좋은 검을 가졌는데?"

나는 십몇 년 점원 생활로 다져진 눈치를 십분 발휘하여 대답했다.

"말 딴 데로 돌리려고 하지 마."

"아니야, 아냐, 정말 좋은 검이로군."

녀석은 말리기도 전에 내 검에 손을 대고 말았다. 만사가 제 할 탓이니까 나야 무슨 죄가 있겠어.

"윽, 뜨거워!"

예상된 결과지.

녀석이 예의바르게 손잡이만 살짝 쓰다듬으려 했기에 그 정도로 끝났지, 다짜고짜 잡았더라면 나조차도 책임을 못 질 사태가 발생하는 거였는데.

"미, 미안하군. 남의 검을 허락도 없이 함부로 만져 보려 한 대가를 받는군. 너무 좋은 검을 본 나머지 그만 예의를 잊었네."

녀석은 내가 탓하기도 전에 잘못을 인정하며 두 손을 모았다. 볼수록 이상한 녀석인걸. 살짝 데었는지 손바닥을 연신 문지르기에 내가 말했다.

"어디 가서 물로 씻는 편이 나을 거야."

"아, 자넨 정말 친절하군. 고맙네."

"그런 대답은 좀 편한 말투로 하라고."

"아, 노력하고 있다네."

그러면서도 '수상한 말투의 금발 녀석'은 내 검을 유심히 쳐다보고 있었다. 훔쳐갈 생각은 아예 마셔. 방금 만져보고도 몰라?

그러던 녀석이 갑자기 내 뒤를 흘끔 보더니 말했다.

"어쨌든 고마웠어. 검은 잘 간직하게나. 그럼 안녕히."

인사에 답하기도 전에 녀석은 무섭게 빠른 속도로 사람들을 헤치고 사라져 버렸다. 요즘 내가 만나는 사람들은 다들 나보다 빠르네. 유리카도 그렇고. 예전엔 나도 속도라면 지지 않았는데.

그러나 곧 저 녀석의 진가가 다른 데 있음을 깨닫고 웃고 말았다. 자식, 결국 이유를 안 말하고 사라졌군 그래.

5. 수도에서 온 떠돌이

내가 들어간 여관은 '모험가 많아' 도, '자리 넓어' 도, '맥주 맛나' 도 아닌 '손님 많아' 여관…… 아니, 늦가을 들녘 여관이었다. 새로 지어 겉모양이 번지르르한 것도 아니고, 특별히 딴 데보다 값이 싼 것도 아닌데, 이 많은 여관들 가운데 유난히 손님이 많다면 분명 이유가 있다는 것이 내 소견이었다. 여관에서 일해 본 적도 있는 나 아닌가. 틀림없었다.

가장 가능성이 높은 이유라면 단연 '맛있는 음식'이겠지. 아, 저 향기로운 냄새! '늦가을 들녘' 이란 먹을 것이 많다는 의미일 거야.

"어서……."

손님을 맞으러 달려나온 급사 소년이 나를 보자마자 말꼬리를 흐렸지만 탓할 생각은 없었다. 나도 돈푼 안 내놓게 생긴 손님이 들어오면 귀찮다는 생각을 먼저 한 일이 있으니까. 나는 알아서 빈 테이블을 골라 앉은 다음 말했다.

"한 명 잠 잘 방하고, 저녁 식사요. 주문은 아무거나 되겠죠? 생각 좀 해보고 얘기하죠."

"예……."

쪼르르 주인에게 달려가는 급사의 뒷모습을 보면서 나는 뭘 먹을까 궁리하기 시작했다. 한동안 동고동락해 온 말린 식량한테 좀 미안하긴 하지만, 지금 생각으로는 말린 식량만 빼면 뭘 먹어도 맛있을 것 같다. 내가 몇 가지 알지도 못하는 요리들을 하나하나 떠올리고 있는데, 옆에서 누군가가 주문하는 소리가 들렸다. 참고삼아 귀 기울여 볼까.

"1인용 독실, 용변기가 딸려 있고 창은 여관 뒤쪽으로 난 방으로 주십시오. 식사는 마늘즙에 잰 돼지고기를 구워주시고, 으깬 감자에는 치즈도 좀 얹어 주시고, 레몬 파이 하나에 브로콜리 샐러드도 주십시오. 후식은 마들렌으로 하겠습니다. 아, 맥주도 한 잔 갖다 주시고요. 감사합니다."

능숙한 주문을 듣고 있자니 상대를 돌아보고 싶어졌다.

"아니, 넌?"

"아, 또 만났네."

그 녀석이었다. 아까보다는 비교적 말끔한 모습으로 나를 보며 웃고 있었다. 어디서 머리도 감았는지 젖은 금발이 램프 빛에 휘황하게 빛나고 있었다. 벽걸이를 짠다 해도 그럴듯할 법한 머리였다. 테이블에 엎어지다시피 기댄 나하고는 대조적으로 단정한 자세도 그렇고, 매번 뭐가 그렇게 즐거운지 싱글거리는 표정도 그렇고, 볼수록 수상쩍은 녀석이었다.

"아까부터 자네가 들어오는 것을 보고 있었네. 그런데 나를 알아보지 못하더군."

들다못해 그의 말투를 흉내 내어 말했다.

"제발 그 '자네' 소리 좀 집어치울 수 없겠나? 듣기가 심히 거북하이."

"하하, 그런가?"

이름 모를 금발 녀석은 계속해서 웃고 있었다. 음흉한 미소도 아니고, 소리 내어 껄껄거리는 것도 아니고, 아이처럼 순진하게 싱글거렸다. 고풍스런 말투와 달리 목소리도 맑았다. 하여튼 두 번이나 만났으니 통성명이나 해야겠다.

"난 파비안 크리스차넨이라고 하는데, 넌 이름이 뭐야?"

"나? 나르…… 나르디."

"성은 없냐?"

"아…… 저, 부모님이 일찍 돌아가셔서 성이 없다네."

부모님이 일찍 돌아가시면 성이 없나? 앞뒤가 안 맞는 듯했지만, 그냥 고아라는 말로 알아듣기로 했다. 이어 나르디는 손을 내밀었다.

"만나서 반갑네."

악수를 하는 자세도 절도가 있는 것이, 어디 기사단이나 용병단 같은 데 있다가 나온 친구가 아닌가 싶었다. 손을 흔들며 나르디가 물었다.

"참, 자넨 몇 살인가? 우리 나이가 비슷한 것 같은데?"

"열여덟. 그런데 나르디, 너 혹시 군인 밑에서 컸냐?"

"아, 뭐? 아, 하하하…… 아니, 아, 그래. 잠시 그런 적이 있었어. 나도 열여덟이다. 우리 동갑이구나. 하하하…….”

“그러냐.”

진짜도 거짓말처럼 얘기하는 재주가 있는 녀석이다. 열여덟이란 말까지 거짓말로 들릴 지경인데.

“여행 중이야?”

나르디가 그렇게 묻는데 마침 나르디의 테이블에 수프가 나왔다. 접시를 놓고 갈 줄 알았던 급사가 머쓱한 듯 쭈뼛거리면서 내 옆에 와 섰다. 내가 물었다.

“주문요?”

“아, 그게 아니고… 여관비가 있는지 좀 보여주셨으면 하고…….”

겉모양 갖고 흘끔흘끔 쳐다보는 것은 참아 줬지만, 이렇게까지 나오니 은근히 화가 치밀었다. 하지만 급사야 여관 주인이 시켜서 떠밀려 왔을 테고, 나한테 이 말을 하면서 몹시 미안해하는 눈치였다. 게다가 내 또래 소년이기도 하고 말이다. 까짓 거, 급사를 위해서 보여주고 말지.

“여기요.”

나는 돈주머니에서 따로 빼 놓은 은화 몇 개를 손바닥에 얹어 내보였다. 큰돈이 든 주머니를 꺼내 보였다가 도둑들을 부를 생각은 없었다. 급사는 고개를 끄덕이며 주문을 들을 자세가 되었다.

“음, 뭘 먹을까. 그냥 여기서 가장 잘 하는 것으로 한 코스 갖다 줘요. 돈 보여줬으니까 그 정도는 되겠죠?”

돈을 무척 아끼는 나지만, 오늘만은 제대로 된 음식을 먹어보고 싶었다. 그리고 이런 여관의 최고 특식이 얼마 정도 하는지 대강 아니까 저지를 수 있는 일이기도 했다. 기껏해야 '설산의 불빛 정식' 보다 조금 더 비싸겠지.

급사가 가자 나르디가 내 쪽으로 의자를 끌어당겨 앉으면서 말했다.

"우리 같이 앉을까?"

"좋을 대로."

나르디는 수프 그릇을 들고 내 테이블로 옮겨왔다. 식사하는데 말동무가 있는 것도 나쁠 것 없지. 여행도 꼭 혼자 다닐 필요는 없고.

이야기에 나오는 모험가들을 보면 다들 훌륭한 동료들과 함께 다니지 않던가? 검사가 있으면 옆에 마법사가 있고, 거기다 궁수, 엘프, 드워프(dwarf), 이런 식으로 꼭 무리를 지어서 다니던걸. 하긴 옛날이야기니까 그렇게 역할이 뚜렷한 동료들이 나타나 주는 거겠지. 엘프나 드워프는 이제 구경하기도 힘든 세상이고. 현실에서야 실없이 잘 웃고 말투가 이상한 또래 녀석과 만나게 되는 정도가 평균 아니겠어?

곧 나르디가 시킨 음식이 나왔다.

"고마워요."

음식을 갖다 주고 수프 그릇을 걷어 가는 급사에게도 꼬박꼬박 존대로 인사를 하다니, 참 보기 드문 녀석이다. 물론 예의바른 것은 좋은 일이지. 그런데 나는 예의가 없는 녀석이라 그런지 몰라도 무척 어색했다.

"먼저 먹어도 될까?"

그런 건 안 물어봐도 돼, 라고 말하려다가 그냥 고개를 끄덕였다.

"그럼, 실례지만 먼저 먹도록 할게. 워낙 배가 고파서 말이지. 이해해주기 바라네."

내 음식이 먼저 나오지 않길 천만 다행이지. 하지만 잠시 후, 김이 따끈하게 오르는 돼지고기 구이, 달콤하게 녹은 레몬즙이 코를 자극하는 노릇노릇한 파이, 치즈가 무르녹아 먹음직해 보이는 으깬 감자 등을 보고 있자니 조금 전보다 몇 배나 배가 고파져 왔다.

나르디가 식사하는 모습이 또한 볼만했다. 그는 접시에 나이프 부딪치는 소리도 내지 않고 돼지고기를 자르고, 씹어 삼키고, 레몬 파이도 잘라 먹었다. 나이프도, 포크도 헛손질 한 번 없이 올리고 내렸다. 심지어 냅킨도 무릎 위에 얹은 다음 다리미로 다려놓은 것처럼 똑발랐다.

내가 어쩌자고 이렇게 남 먹는 것을 빤히 쳐다보고 있담.

"혹시 같이 들겠나?"

이런 소리가 나올 만했지. 난 황급히 손을 내저어 아니라는 의사를 전달했다. 상대가 우리 마을 누군가였다면 당장에 '같이 좀 먹자' 그러면서 덤볐겠지만, 네 녀석이다 보니 도저히 그럴 마음이 나지 않는다.

다행히 내게도 수프가 나왔다. 전채 요리 격으로 오믈렛도 따라 나와서 한숨 돌렸다. 나르디가 빙그레 웃으면서 물었다.

"그런데 자넨 어디에서 왔는가?"

"엠버리 영지. 하얀 산맥 아래에 있는 곳이야. 넌?"

"아, 나? 나는…… 수도가 있는 블루 카운티(이스나미르의 행정구역)에 있다가 왔네. 사실 떠돌이라서 어디서 왔다고 말하긴 좀 그렇군."

이번 말은 그나마 진짜처럼 느껴졌다.

"그래? 오랫동안 여행한 거야?"

"뭐, 그런 셈이라네."

문득 블루 카운티는 아버지가 계신 곳이라는 점에 생각이 미쳤다.

"아, 그럼 넌 님-나르시냐크도 가보았겠네?"

"님-나르시냐크라면 구원 기사단으로 유명한 곳?"

내가 하고 싶은 말이 바로 그거였다.

"맞아, 맞아. 구원 기사단은 어떤 곳이야?"

"뭐…… 대단한 기사들이 많은 곳이지. 실력만으로 따지면 왕국 최고의 기사단이라 칭해도 결코 지나친 말은 아닐 것이네. 왕가하고는 그리 사이가 좋지 않은 모양이지만."

왕가라는 것은 경험상 나하고 아무 관계도 없는 곳이었으므로, 나는 먼저 한 말에만 탄성을 지르며 입을 벌렸다.

"야아, 그렇게 대단한 기사단인가?"

나르디는 내가 왜 구원 기사단 일에 감동하는지 전혀 눈치채지 못한 얼굴이었다. 아마 구원 기사단 입단 희망자겠지 하는 정도로 생각한 모양이었다. 즉, 대답이 이랬다.

"거긴 입단이 상당히 까다롭다네. 자주 뽑지도 않고. 지원을 한댔자 결원이 생겨야만 정식 입단이 되는 체제라서, 그 전엔 줄곧 수련 기사로 있어야만 하거든."

"수련 기사?"

"응. 모처럼 어려운 시험을 통과한 사람이라고 해도 처음에는 고작 수련 기사 신세라는 말이지. 수련 기사로만 무려 10년씩 지내는 사람들도 숱하다네. 수련 기사 밑에는 소년들로 이루어진 견습 기사들이 있는데 이들의 수도 만만치 않아. 구원 기사단을 동경하는 젊은이들은 많지만 구원 기사가 되긴 이렇게나 어렵지."

구원 기사단에 들어가는 것은 내 관심사가 아니었으므로, 끔찍한 제도라든가 하는 감상은 대강 느낀 뒤 접어 두었다.

"그럼, 수련 기사나 견습 기사들은 구원 기사단의 일원이 아닌 건가?"

"엄밀히 말하면 그렇지. 물론 봉급도 지불되지 않네. 언젠가 구원 기사단의 일원이 될지도 모른다는 희망을 빼면 갈 데 없는 백수 신세라고나 할까."

"그럼 그 사람들은 뭘 먹고 사냐?"

"나름대로 생계를 이을 방법을 강구하지 않으면 안 되겠지. 그래서 수련 기사들은 대체로 귀족의 자제가 많다고 들었네만. 다른 벌이를 하면서 수련 기사의 법도나 의무들을 지키는 것은 쉬운 일이 아니라서 중도에 포기하는 사람도 많다고 알고 있어."

봉급은 안 주는데 법도와 의무를 지켜야 된다니, 그런 불합리한 제도는 누가 만든 거야? 정말 평민 자식은 꿈도 못 꿀 곳이구나.

하지만 이상했다. 내가 구원 기사단장의 아들이 아니라 전처럼 평범한 잡화점 집 아들이었다면, 기사 하라고 시켜 줘도 싫다고 할 녀석인 주제에 괜스레 이런 이야기에 분개했을 텐데, 우습게도 지금은 기분이 달랐다. 이런 게 핏줄의 힘인지, 또는 그 계급에 속할 자신이 있는 자의 오만인지 잘 모르겠지만, 그렇게 생각하고 보니 그리 유쾌한 기분은 아니었다.

"그렇군……."

내가 말끝을 흐리는데 나르디가 덧붙였다.

"어쨌거나 구원 기사단은 왕가에서도 함부로 못 대하는 곳이지. 독립된 작은 왕국 같다고나 할까. 그래서 그 기사단장에게 귀족 작위를 주지 않는지도 모르지만."

급사가 내 음식을 가져와서 테이블에 내려놓았다. 우리가 합석한 것에는 신경 쓰지 않았지만, 접시들이 하도 많아서 테이블에 놓는 데 골치를 앓았다. 나르디가 시킨 것도 많았는데 내가 시킨 이 집 최고 요리라는 것은…….

"이게 다 뭔가요?"

"피망 말이를 곁들인 양 안심구이와 오리 가슴살 버섯 샐러드, 양배추 소시지 찜과 마늘빵, 크림치즈 케이크, 포도주 한 병, 후식으로 오렌지 타르트와 '떠 있는 섬'이라고 불리는 특별 요리가 나오는 '늦가을 코스' 되겠습니다."

나는 옛날부터 음식의 이름이야 어떻든, 먹을 수 있기만 하면 신경 쓰지 않는 사람인지라, 갑자기 쏟아져 나오는 이름들에 어안이 벙벙해졌다.

"아…… 네."

간단히 대답은 했지만, 이거 무척 비싸겠구나 싶어 황급히 가격을 계산해보기 시작했다. 나르디가 웃었다.

"'떠 있는 섬'을 먹어 본 지도 참 오래됐군. 멋진 요리지."

나르디는 동갑내기치고는 제법 견문이 넓은 모양이었다. 나는 처음 들어보는 이름이었는데. 어쨌거나 맛이 이상하면 나르디한테 주면 딱 되겠네.

"맛있게 드십시오."

처음 태도와는 달리 인사까지 하고 갔다. 주위를 둘러보니까 나와 나르디처럼 거창하게 저녁을 먹는 사람은 한 명도 없었다. 여행 시작 기념이라고 하기엔 너무 과했나.

"음음, 야…… 이거 맛있는걸."

나는 나르디와 달라서 먹을 땐 먹고 있다는 표시를 확실히 해가면서 먹는다. 집에서 어머니가 요리를 해도 '맛있다'를 연발해주는 것이 우리 지방의 예의니까. 그런데 보아하니 나르디는 음식을 깨끗이 먹지 않고 전부 조금씩 남겼다. 저건 저쪽 지방의 예의인가.

"구원 기사단 얘기나 좀 더 해 봐."

"어디까지 얘기했나? 아, 작위 이야기군. 기사단장은 세습되지 않지만 대대로 나르시냐크 집안 사람들이 독점해 왔어. 직계가 아니더라도 최소한 그 성을 가져야 자격이 있다는 평을 들었지. 사실 나르시냐크 가문이 대대로 세운 공적들을 생각하면 벌써 몇 번은 작위를 받고도 남았어야 했지만 예전에는 스스로들 고사했다고 하고, 지금은 달래도 안 줄 판이지."

"달래도 안 준다고?"

나는 입에 버섯 샐러드를 문 채 되물었다.

"이미 그들의 세력은 웬만한 귀족과 비교도 되지 않네. 더 강해질 필요가 없을 정도지. 그 위에 백작 작위 정도 더한다고 해 봤자, 달라질 것도 없다네. 그러니 그들도 굳이 작위를 얻으려고 기를 쓰고 덤비지 않는 것이겠지만 말일세."

그렇게 들어서인지 몰라도 나르디의 어조에는 누구에게인지 모를 불쾌감이 묻어났다. 말투도 더욱 고상해지고 말이다. 내가 음식을 씹으면서 말을 해서 그런가?

"어쨌거나, 현 기사단장도 보통 인물은 아니지."

그 말 한 마디에 나는 도로 기분이 좋아졌다. 그래서 버섯 샐러드를 삼킨 다음에 되물었다.

"어떤 사람인데?"

"기사단장직이 세습되다시피 하긴 해도 구원 기사단의 명성이 워낙 드높고 지위의 기본을 기사의 실력에 두고 있다 보니, 그 점에서 부족한 기사단장은 신망을 얻는 것이 불가능하다네. 현 기사단장인 아르킨 나르시냐크는 최근 몇 대에 걸쳐 가장 탁월한 기사라는 평가를 받고 있지. 그렇다보니 고위 기사에서 수련 기사에 이르는 모든 구성원들이 절대적으로 믿고 따른다고 하네."

음식은 어느 하나 가릴 것 없이 맛있었다. 양고기는 피망 맛과 조화되어 느끼하지 않고 향긋했고, 소시지는 훈훈한 훈제 본연의 맛이 났으며, 케이크는 거의 입에서 녹았다. 버섯은 산골 출신인 나조차도 감탄할 정도다. 어쩌면 아버지를 칭찬하는 말을 들어서 더 입맛이 도는지도 모르지만, 나는 모든 접시를 깨끗하게 비웠다. 아니, 정확히 말하면 나르디가 남긴 음식까지 내 것인 줄로 착각하고 먹어 버렸다. 나르디는 상관없다는 듯 웃고 있었다. 기사단 얘기도 그렇고, 저 녀석은 수도 근방에서 살다 와서 그런지 세상 물정에 밝구나. 나도 아버지에게 어울리는 사람이 되려면 저런 친구에게 배울 건 배워야지.

"한데, 자네 구원 기사단과 무슨 관계가 있나?"

내가 너무 열심히 물었나? 나는 흠칫 놀랐지만 애써 아무렇지도 않은 체하며 되물었다.

"아, 아니? 그건 왜?"

나르디는 내 얼굴을 보며 고개를 갸웃거렸다.

"먼발치에서 본 일이 있는데 말야, 오래됐지만……. 구원 기사단장 말이네."

나는 침을 꿀꺽 삼켰다. 갑자기 신분이 밝혀지고 싶지 않은 것은 물론이고, 아버지를 위해서라도 나중에 찾아가기 전에는 누구의 아들이라고 떠벌리지 않겠다고 마음먹고 있었다. 이런 데서 복병을 만날 줄이야. 수도 떠돌이라더니 정말 별별 것을 다 알잖아.

나르디가 말을 얼른 잇지 않는 사이 궁리한 끝에 내 쪽에서 세게 나가기로 마음먹었다. 어차피 아버지를 본 일이 있다면 닮았다는 것은 숨길 수가 없었다.

"구원 기사단장이 뭐 어떤데? 설마 나랑 닮기라도 했단 거야? 만일 그렇다면 이거 영광인데. 아니지, 구원 기사단장한테 안된 일이겠는데. 나 같은 촌놈과 닮았다는 소리를 듣다니. 그나저나 정말이야? 혹시 닮으면 기사단 특채라도 안 해주나?"

나르디는 내 말을 듣더니 킥킥 웃었다.

"너무 앞서가지는 말게나. 나도 기억이 가물가물하니 말이네. 아, 후식이 나왔군."

나르디가 조개 모양 마들렌을 맛보는 동안, 나는 '떠 있는 섬' 이라는 녀석과 잠시 눈싸움을 했다. 물론 녀석한테 눈 같은 건 없었지만, 하여튼 한참동안 노려보았다.

모양부터 수상쩍었다. 말간 그릇에 노르스름한 액체가 얇게 깔려 있고, 중심에 크림 덩어리 같기도 하고, 하늘에 떠 있는 구름을 잡아다가 그릇 위에 앉혀 놓은 것 같기도 한 괴상한 녀석이 웅크리고 있었다. '떠 있는 섬' 이라는 이름이 왜 붙었는지는 알겠다. 하지만 무슨 맛일지는 전혀 짐작이 안 가는데.

"나르디, 이건 뭐로 만드는 거야?"

"음, 달걀과 우유가 아닐까. 그 외에는 설탕이랑 바닐라 정도? 흔한 요리는 아니지. 이곳에서 제대로 맛을 냈을지는 모르겠네만."

달걀과 우유라면 나하고도 잘 아는 사이인데 못 알아봐서 미안하군. 인상이 여간 달라졌어야 말이지.

일단 숟가락을 대 보니 물렁물렁했다. 망설이다가 먹을 게 먹을 거지 뭐 별맛이겠냐 싶어 한 숟갈 푹 떠서 입안에 넣었다. 그런데 스르르 녹아버리는 이 촉감은…….

미안하구나, 나르디. 줄곧 쳐다보고 있는 네게 한 숟갈 먹어보라고 권했어야 했는데. 생각은 하고 있었지만 실천을 못했네. 이거 지나치게 맛있잖아.

앞서의 일을 만회도 할 겸, 급사에게 잔을 하나 더 갖다 달래서 포도주를 나누어 마시기로 했다. 나르디는 자신의 맥주잔을 다 비운 터라

기꺼이 내 제안에 응했다.

"약간 떫네."

내가 말하자 나르디도 포도주를 한 모금 입에 머금어 보더니 빙긋 웃으면서 고개를 끄덕였다.

"고기 요리에 곁들이는 붉은 포도주는 약간 떫은맛이 나는 것을 내놓는 법이지. 자네가 먹은 것이 양고기 구이였으니 그런 모양이네. 고기라고 해도 차게 해서 내는 요리라면 다르겠지만."

"너 술집에서 일한 일도 있냐?"

"나? 하하, 뭐, 그렇다고 해 두세."

정말 별난 경험이 많은 녀석이었다. 어쨌거나 주거니 받거니 포도주병을 깨끗이 비워 버렸다. 그런데 그 다음이 문제였다.

"한 병 더 할까? 아니면 맥주?"

나르디는 나와는 달리 술에 익숙한 모양이었다. 도시 녀석들은 술을 좋아하는 모양이지? 하지만 난 술이란 먹어봤자 식사대용이 되는 것도 아니고 물배만 차는데다, 자칫하면 실수를 하게 만드는 것이니 돈을 지불해 가며 많이 먹어야겠다고 느낀 일이 없었다. 그런데 그만 마시자고 하려니 왠지 오기 비슷한 것이 생겨서 선뜻 말할 수가 없었다. 그럼, 조금 정도는 괜찮을까?

나는 평상시의 좌우명대로 대답했다.

"싼 걸로."

"좋아. 그럼 맥주."

나르디는 급사를 불러 맥주잔을 내밀며 내 것도 새로 한 잔 가져다

달라고 부탁했다. 술이 오자 잔을 부딪치고는 죽 들이켰다. 우리 둘의 잔은 1파인트짜리였는데, 오늘따라 목구멍으로 넘어가는 맛이 제법 짜릿했다. 저도 모르게 잔을 비워버렸다. 후식으로 나왔던 타르트를 한 개 집어먹으며 말했다.

"시원한걸."

"한 잔 더 하세."

이번에는 의향을 묻는 것도 아니고 다짜고짜 그렇게 하자고 나오기에, 나는 어쩔까 하다가 웃으며 고개를 끄덕였다. 나르디도 잔을 비웠던 모양이었다. 다시 한 잔씩 시켰다.

배도 부르고, 이렇게 동갑내기 친구를 만나 맥주잔을 부딪치고 있자니 제법 유쾌했다. 나는 이 나이가 되도록 즐거워서 술을 마셔 본 일은 없었다.

급사가 맥주를 가져오자 다시 잔을 부딪쳤다. 이번에는 조금만 마시려고 했는데 나르디는 단번에 반이나 들이켜 버렸다. 저 친구, 술을 잘하나? 겉으로는 그래 보이지 않는데.

새삼 나르디의 얼굴을 다시 보았다. 빛이 좋은 금발은 어깨 언저리에서 대충 자른 듯 들쭉날쭉하게 끊겨서 나풀거렸고, 자그마한 얼굴의 윤곽은 또렷하고 기품이 있어서 있는 집 자식처럼 보였다. 금갈색 눈동자는 어린아이처럼 큼직하고 맑았다. 코와 턱은 뾰족해서 눈만 아니라면 날카롭게 보였을지도 모르겠다.

그러나…….

"파비아아안…… 한 잔 더 할 거지?"

이 녀석, 술에 굶주린 것처럼 마셔대잖아. 나는 나르디의 어깨를 툭 툭 쳤다.

"너무 많이 마시는 것 아냐?"

"아냐. 이 정도야 뭘."

갑자기 또렷한 목소리를 내는 걸 보니 웃음만 나왔다.

"평소 마시던 만큼 마셔야지. 갑자기 많이 마시면 네 몸이 주체를 못 하잖아. 몸 상태를 봐 가며 마셔."

물론 나야 술에 대해서는 쥐뿔도 모른다. 우리 마을에서 잘 나가던 어느 술꾼한테 들은 이야기일 뿐이다. 그러고 보니 그 사람은 말은 그럴듯하게 해 놓고 왜 매일 그 따위로 마셔대고 엉망이 됐담. 역시 이론과 실제는 다르단 건가?

그런 생각을 하다가 문득 나르디를 보니 눈빛이 자못 진지했다.

"술은 말이야, 기분이 좋은 날 마시라고 있는 거라네."

"기분이 좋은 날?"

"음, 난……."

말을 잇는 나르디의 뺨이 발그레하게 상기되어 있었다.

"너 같은 동갑내기 친구를 만나게 되어서 참 기뻐."

이런 말을 진지하게 듣게 되다니, 어이가 없었다. 그런 식으로 생각하며 살다간 날마다 기뻐 술만 진탕 마시겠는데.

나르디는 어른들하고만 살았던가 보다. 동갑인 나와 말을 트고, 웃으며 이야기하고 있는 상황이 너무 좋단다. 나도 싫을 건 없지만 그런 이야기를 직접 하는 사람을 처음 만났기에 사실 좀 당황했다. 내 몸에 상인의 피가 흘러서인지 아니면 성격이 그렇게 생겨먹었는지 몰라도, 여하튼 나는 사람을 만나면 적당히 경계한다. 저쪽에서 나를 어떻게 생각하는지 봐서 내 행동을 결정하려 한다는 말이다. 그러니 처음 만난 사람에게 호감이 좀 간다손 쳐도 쉽게 호의를 내비치지는 않는다.

그런데 나르디는 달랐다. 순진한 건지 세상 물정 모르는 건지, 하지만 세상 물정 모른다고 하기엔 아는 것이 많더라만, 하여간 대뜸 터놓고 나를 만나 기쁘단다. 아니, 자기가 나를 알면 얼마나 안다고? 사기꾼인지 도둑인지 알 게 뭐야?

하긴, 나도 나르디가 도둑이 아닐까 걱정하진 않았다. 딱 봐도 그런 사람은 아니다 싶었다. 하긴 이렇게 쉽게 터놓고 접근하는 것이 다 술수일 수도 있는데 말이다. 이러는 걸 보면 결국 나도 이 상황을 나르디하고 똑같이 생각하고 있단 건가? 즉, 너무 기쁘고 좋다고?

으, 으음…… 역시 나하고는 어울리지 않는 말이었어.

나는 기분 난 김에 오늘 멧돼지한테 쫓긴 이야기를 한바탕 늘어놓았고, 나르디는 뭐가 그렇게 신기한지 눈을 반짝거리며 흥미롭게 들었다. 멧돼지가 용감하게 뛰어내려 결과적으로 자살이 되어버렸다는 대목에서는 함께 배꼽을 쥐고 웃어댔다. 아무래도 우리 둘 다 이야기의 재미에 비해서 지나치게 많이 웃는 것 같긴 하지만 말이야.

"사실 좀 아깝긴 해. 우리 동네에 돌아가서 내가 그런 거 잡았다고 말해도 아무도 안 믿어주겠지. 좀 더 잘 했으면 내가 지금 너한테 맥주가 아니라 멧돼지 통구이를 대접하고 있을 텐데."

"하하하하……."

나르디는 너무 웃어서 눈물을 흘리기까지 했다. 술을 마시니 나르디도 처음처럼 절도 있는 자세는 아니었다. 얼굴이 뜨겁다고 잔을 얼굴에 댔다 뗐다 하더니 갑자기 외쳤다.

"에이. 이 정도 마셔서 취할 내가 아니지."

나르디는 반 정도 남은 잔을 다시 단숨에 비웠다. 지금 와서 드는 생각인데, 저 녀석은 객기로 뭉친 녀석일지도 모르겠다. 왜냐면, 상태를 보니 나보다 술이 센 것 같지 않거든.

"아아, 파비안, 과자라도 한 접시 더 달래서 우리 맥주 더 마시자."

벌써 한 사람 당 열 잔 가까이 마셨으니 그만 마실 때도 되었다. 나도 슬슬 취기가 올랐다.

"야, 나르디. 우리 술값 꽤나 나왔겠다. 그치?"

"술값? 에이. 내가 내지."

그만 마시자는 뜻에서 한 말이었는데, 술값 걱정으로 들렸던 모양이었다. 나르디는 곱살스런 얼굴에 어울리지 않게 호탕한 말투로 말하더니 주머니를 뒤적여 뭔가를 끄집어냈다. 돈인가?

"뭐야, 동전들만 나오네."

나르디가 테이블 위에 흘려 놓은 것은 은화들이었다. 슬쩍 보아도 10존드짜리가 일곱 개나 나왔다. 그러고도 더 뒤적거렸다.

"금화가 있었는데……."

나도 은화를 한 줌 꺼내며 말했다.

"나도 있어. 술값은 같이 내면 된다고."

"뭐야. 이미 내가 낸다고 했지 않나. 오늘 기분이 너무 좋군."

나르디는 드디어 찾은 듯 손에 쥔 것들을 테이블 위에 탁, 소리가 나게 엎어놓았다. 이번에는 확실히 금화였다. 무려 열 개나 되는 금화가 모두 1백 존드짜리였다. 나는 취기가 확 가시는 것을 느꼈다.

"야, 이렇게 큰돈을 함부로 꺼내놓으면 어떻게 해."

나르디는 상관없다는며 금화를 내 쪽으로 밀었는데, 두 개나 미끄러져 바닥에 떨어졌다. 나는 언제 술을 마셨나 싶을 정도로 재빨리 주워 올린 다음, 두 손으로 금화들을 그러모았다.

"어서 넣어. 계산은 이걸로도 충분해."

"음…… 파비안……."

녀석은 전혀 말을 듣지 않았다. 아예 맛이 간 건 아닌데, 술에 취하니 고집이 무척 셌다.

"가져. 계산하고 남으면 팁도 주고. 저녁 값도 하고."

"야! 누굴 거지로 아냐?"

물론 화가 난 것은 아니었다. 저 말이 무슨 뜻인지 대충 아니까. 여관에서 일할 때 술 취한 손님들이라면 많이 보았다. 그들 중에는 다음날 아침에 술이 깨면 내 돈 어디 갔냐고 찾으러 다니는 사람들이 꼭 몇 명씩 있는데, 이 녀석도 그런 쪽인가 보다.

그렇지만 나르디는 술에 취해서도 예의가 발랐다.

"아. 미안해. 미안하네. 내가 실수했어. 급사 님, 이쪽으로 좀 와보시겠습니까?"

나르디는 술 취하니까 급사까지 님으로 불러댔다. 그런데 다가온 급사의 눈빛이 좀 달랐다.

"저, 손님들……."

목소리가 너무 작아서 잘 들리지 않았다.

"뭐라고요?"

"조, 조용히…… 제 말 들으세요."

그는 처음에 내게 주문을 받아간 소년 급사였다. 그가 우리 테이블의 잔들을 주섬주섬 주워들고 정리하는 체하면서 조그맣게 말했다. 내 얼굴을 보지도 않고 말이다.

"조심하세요. 노리는 자들이 있어요."

"응?"

내 목소리가 좀 컸나 보다. 급사의 표정이 사색이 되었다.

"제발, 조용히요. 들리면 저 죽어요."

그제야 상황 파악이 됐다. 노리는 자들이라면 깡패들인가 보지?

설산의 불빛 여관에서도 가끔 동네 건달이라고 할 만한 자들이 손님들에게 시비를 걸곤 했다. 하지만 다 한 고향 사람들인데다 하루 이틀 장사해 온 사이가 아니다 보니, 보통은 말로 끝났고 심해 봐야 가벼운 주먹질 정도였다. 그러나 여긴 내 고향이 아니었고, 날 도와줄 사람은 아무도 없었다.

"아까부터 쳐다보고 있었는데 손님들이 돈을 꺼냈으니 이제 그냥 지나가지 않을 겁니다. 제 또래 분들 같고 해서 좀 걱정…… 아니, 그냥 알려드리는 거예요. 저……쪽 구석 테이블."

급사는 눈치를 보며 잔과 빈 접시를 들더니 일없이 테이블 위의 쓰레기들까지 몽땅 치워 주고는 주방으로 돌아갔다. 어쨌든 이야기는 알아들었다. 돈 좀 있는 얼뜨기들로 보였다 이 말이구나. 하긴 어디서 굴러먹다가 왔는지도 모를 애 녀석들이 비싼 음식 시켜먹고 술이나 진탕 마시고 앉아 있으니 목표가 되는 것도 무리는 아닐 테지.

일단 나르디를 좀 깨워야겠다. 내가 한눈을 판 새 테이블에 코를 박고 있으니 말이다.

"야, 나르디. 일어나."

어깨를 몇 번 치니까 고개를 들었지만, 여전히 술기운이 도는 눈빛이었다.

"왜…… 파비안, 왜 그래?"

"네가 돈을 꺼내서 이 말썽이잖아. 우릴 노리는 자들이 있다나 봐."

시골 촌놈과 도시 떠돌이 녀석이 그럴 듯한 식사에 술 좀 마신 것뿐인데, 누가 노린다고 하니까 중요한 인물이라도 된 것 같아 픽 웃음이 나왔다. 사실 웃을 만한 상황은 아니었다. 나도 술기운이 좀 남아 있나 보다. 깡패들이 별거 아닌 것처럼 생각되니까 말이다.

"뭐? 여기까지 쫓아왔어?"

나르디의 반응이 이상하다고 생각하는데, 험상궂은 표정을 한 네 명이 어느새 테이블을 둘러싸다시피 다가오는 것이 보였다.

"어이, 꼬마 손님들."

"뭘 찾으세요?"

저도 모르게 가게에서 손님 받듯 대꾸하고 말았다. 한 직업을 너무 오래 가지는 것도 문제라니까.

"몰라서 묻냐?"

저들끼리 마주보며 낄낄거려서 약간 비위가 상했다. 그런데 나르디가 의아한 표정을 지었다.

"그자들은?"

"앞에 안 보이냐?"

"이 사람들?"

나르디는 고개를 들고 '이 사람들'의 얼굴을 자세히 관찰했다. 관상이라도 보려는 것처럼. 그러더니 고개를 저었다.

"어, 그 친구들을 말하는 게 아니구나? 그럼 이 친구들은 누구지?"

"뭐야, 너 깡패한테 쫓기고 있었단 말이야? 그래서 다른 패거리 하나가 또 나타날 예정이란 거야?"

"아니, 아니, 그런 건 아니고."

우리가 앞뒤 안 맞는 대화를 나누는 동안, 그들은 나르디가 자기들을 무시하고 있음을 알아차렸다.

"뭐야, 이 꼬마 녀석들은. 우리가 별거 아니게 보여?"

"간이 부어서 배 밖으로 나왔구나."

"한번 죽어봐야 정신을 차리겠다 그건가 본데?"

그중 몸집이 큰 거한이 주먹을 들어 테이블을 내리쳤다. 테이블이 쩍 갈라지며 접시들이 양쪽으로 주르르 미끄러졌다. 드디어 싸움이 시작되는구나 싶어 긴장한 나는 숨을…… 아니, 실은 목을 가다듬었다. 고향에서 나는 주먹만큼이나 입심으로 먹고살았던 것이다. 그런데 나르디는 뭘 하고 있었느냐 하면, 떨어지는 접시를 낚아채고 있네?

"깨지면 안 되잖아요. 나라…… 아니, 여관의 재산인데."

나르디는 그 짧은 순간에 떨어지던 접시들을 세 개나 잡아 올렸다. 나는 눈이 휘둥그레져서 녀석을 쳐다봤다. 나뿐이 아니었다.

"넌 뭐야!"

거한이 자기가 한 일을 헛수고로 만든 나르디에게 소리치는 순간, 여관 주인이 헐레벌떡 뛰어나왔다.

"아이고, 싸움은 나가서들 하십쇼. 이게 다 깨지면 돈이 얼만데……."

나는 조금 전까지 코빼기도 보이지 않다가 테이블이 부서지니 황급히 기어 나오는 여관 주인이 못마땅했다. 게다가 내 꼴을 보고는 돈 보여줘야 주문 받겠다고 한 사람이 당신이겠다?

"당신이겠다?"

여관 주인은 무슨 소리냐는 듯 멀뚱히 내 얼굴을 쳐다봤다.

"뭐요?"

"당신이잖아! 내 주머니에 돈 없는 거 딱 보고 한눈에 알아챈 사람 말이죠! 이 친구들은 나한테 뭐가 있다고 생각하는 것 같은데, 당신 만한 안목이 없는 모양이죠? 설명 좀 해주지 그래요?"

여관 주인은 어디서 개가 짖느냐는 표정이었다.

"이 친구가 돌았나."

여관 주인의 주문은 손님을 괴롭히지 말라거나, 소란을 일으키지 말라거나 하는 것이 아니었다. 밖으로 나가주기만 하면 싸우든지 말든지, 즉 깡패들이 애들을 요리해 먹든 날로 먹든 알아서 하라는 이야기였다. 그들의 관계를 대충 알 만했다.

"어허, 썩은 고기 한 조각에 모여드는 독수리들이 너무 많네. 나가서 분배안에 대해 숙의라도 하고 돌아오시죠? 그렇지만 워낙 작은 고기라 토막 쳐 놓고 나면 한 사람인들 먹을 것이 있을까 모르겠네요?"

객기의 대가는 곧 주먹이 되어 날아왔다. 그러나 난 입안이 찢어져 흐른 피를 바닥에 탁 뱉고 계속 말했다.

"썩은 고기이긴 하지만 잘 두드려서 부드럽게 하려고? 샌드위치 속이라도 넣을 참인가?"

그때 나르디가 끼어들었다.

"접시 필요하신 분?"

다음 순간 접시 세 개가 환상적으로 날아가 작렬했다. 깨진 접시 조각을 뒤집어 쓴 깡패들은 비명을 지르며 황급히 얼굴을 털어냈다. 이어 의자 위로 뛰어오른 나르디는, 한 발로 옆 테이블을 딛고 몸을 홱 돌려 몇 걸음 뒤쪽의 홀에 내려섰다. 어찌나 동작이 가볍고 근사한지 조금 전까지 술 먹고 테이블에 엎드려 있던 녀석이라고는 도저히 생각되지 않았다.

나도 멍청히 보고 있지만은 않았다. 벌떡 일어나면서 앉아 있던 의자를 번쩍 들고 한 바퀴 돌리며 외쳤다.

"의자 든 놈한테 테이블 들고 덤비면 바보!"

술 취하지 않았다면 나오지 않았을 유치한 도발이었는데 깡패 녀석은 마음에 들었던 모양이었다. 녀석이 테이블을 집어 들자 나르디가 즉시 비아냥거렸다.

"바보셨군요?"

여관 주인은 자기 힘으로 못 막겠다 싶었는지 주방 안쪽으로 도망쳐 들어갔다. 홀에 남아 있던 다른 손님들도 밖으로 도망치거나 홀 가운데를 순식간에 비워주는 기민한 행동력을 선보이고 있었다. 밖으로 도망친 녀석들 중에는 이 기회를 이용해서 음식값 떼어먹고 가는 놈도 있을 게 틀림없다. 하지만 저 여관 주인 녀석의 돈 따위 알 게 뭐냐.

내 생각을 증명하듯 나는 여관 주인의 재산, 즉, 의자를 힘껏 내던졌다. 바보는 테이블로 막았다.

와장창!

의자가 부서져 좌우 사람들에게 날아갔다. 예상대로 녀석들은 흩어졌고, 나는 그 틈을 타 나르디에게 다가가 속삭였다.

"접시 던지기는 언제 배웠냐? 군대에 술집, 이젠 서커스에 있은 일도 있냐?"

깡패들이 드디어 무기를 꺼내들었다. 별 수 없이 나도 최대한 주의를 기울여 검을 뽑아들었다. 일단 뽑으면 반은 성공이라고 볼 수 있는데…… 다시 말해 검을 뽑는 게 생각처럼 쉬운 일이 아니었다. 내 검은 너무 커서 허리에 찰 수가 없었고, 별 수 없이 등 뒤에 메긴 했지만, 팔이 두 배로 길어지지 않는 한 어깨 뒤에서 단숨에 검을 뽑는 건 무척 어렵단 말이다.

나르디는 나와 달리 순식간에 검을 뽑아 자세를 취했다. 이어 칼날이 허공을 가르자 기세 등등하게 달려들던 녀석들이 후닥닥 물러섰다. 순식간에 두 녀석이나 얻어맞았는데, 무슨 일이 있었는지 보지도 못했다. 귀신같은 솜씨였다.

나르디가 쥔 검은 처음 보는 모양이었다. 세이버치고는 짧고, 레이피어(rapier) 같은 세검으로 보기엔 폭이 넓은데 날이 반달형으로 휘어 있었다. 어쨌든 나는 이제 나르디가 검사를 따라다닌 적도 있다고 굳게 믿게 되었다. 깡패들도 은근히 놀랐는지 얼른 달려들지 않고 소리를 질렀다.

"애송이 꼬마 놈들! 검을 차고 다닌다고 모두 검사인줄 아냐? 진짜 검사라면 어디들 덤벼 봐!"

우리를 도발하려는 걸 보니 저놈은 저들의 참모쯤 되겠다. 우리 팀의 참모는 당연히 나니까, 내가 대답했다.

"초짜 깡패 님들! 돈이나 뺏고 다닌다고 모두 깡패인줄 아슈? 진짜 깡패라면 어디들 덤벼 보시죠?"

"입만 살았으면 뭐하나? 용기도 없으면서! 그런 실력 갖곤 약장사나 하면 모를까, 초원에서 늑대만 한 마리 만나도 냅다 도망칠걸?"

"입만 더러우면 뭐하나, 용기도 없으시면서! 그런 실력 갖곤 약도 못 팔거니와, 여관에서 애송이 둘만 만나도 냅다 도망가겠죠?"

"카악, 저 녀석이! 너 당장 이리로 와! 내가 고깃덩어리로 만들어 줄 테니!"

"어쿠, 저 양반이! 잠시 이리 와 보실래요? 제가 등이라도 긁어드리죠!"

결국 부아가 치민 녀석은 검을 쳐들고 달려들었다. 위협적으로 한 걸음 뛰어오르더니 가슴 높이에서 평행으로 베어 들어왔다. 검끼리 부딪치는 순간 손목이 지릿, 했다. 워낙 세게 부딪쳐서 상대는 휘청거리며 중심을 잡으려 했다. 그 순간을 놓칠 내가 아니었다.

"여기!"

주문한 물건을 내주는 것 같은 기묘한 기합을 외치면서 검을 쳐 올렸다. 치명상을 입히지 않으려고 힘 조절에 주의했다. 져도 문제였지만, 그렇다고 상대를 죽이면 더 곤란한데 문제는 내 검이 너무 위력적이라는 거다. 허벅지를 노리며, 힘을 주어 끊어 쳤다.

파밧!

검이 대동맥을 끊었는지 피가 두 뼘이나 튀어 올랐다. 내가 베었으면서도 진저리가 쳐져서 뒤로 세 걸음이나 물러났다. 그러나 녀석은 상처를 입고도 돌진해 왔다.

"차아!"

내가 어물거리는 사이, 낯선 외침이 울리며 들어오던 적의 검이 비틀거렸다. 짧은 호흡의 기회가 났다. 생각할 겨를도 없이 상대방 어깨를 향해 내질렀다. 뭔가가 턱, 하고 닿더니 뚫고 들어가는 느낌은…… 바위를 버터 자르듯 뚫던 그 기분이잖아!

"으아아……."

누가 소리를 지른 건지 모르겠다. 어쨌든 둘 다 비틀거리며 뒤로 물러났다. 재빨리 눈을 돌려 보니 낯선 외침의 주인공은 나르디였다. 그가 내게 덤벼들던 놈의 왼쪽 다리를 베었다. 그것도 아주 얇게, 포를 떠내듯 말이다.

"죽인다!"

테이블을 부수던 거한이 플레일(flail)을 꺼내 들었다. 곤봉에 쇠 추를 사슬로 연결해 놓은 것 말이다. 윙윙대는 소리가 위협적이었다. 아니, 그것은 이미 여관 천장의 램프를 쳐서 산산조각으로 부숴다. 파편이 사방으로 튀는 가운데, 몸을 굽혔던 나르디가 허리춤에서 새로운 검을 하나 더 꺼내 들면서 바닥을 차고 뛰어올랐다.

"잇!"

아까부터 나르디의 외침은 내가 모르는 나라의 말처럼 낯설었다. 새로 꺼내 든 검은 좀 더 짧았는데, 날이 온통 새카맸다. 그렇게 두 길고 짧은 두 검을 열십자로 교차시키더니, 달려드는 플레일의 추를 막아 쳐냈다.

"이카!"

왼손의 새 무기로 플레일의 사슬을 노리는 것까지 봤을 때, 내게도 새로운 적이 달려들었다. 내리쳐오는 검을 보자마자 왼발을 뒤로 빼면서 몸을 돌렸다. 검을 위로 쳐 올리자 녀석의 팔이 삐끗, 하며 돌아갔다. 그 너머로 나르디의 검이 플레일의 추를 반쯤 부숴 버리는 것이 보였다. 검을 거두는 순간까지, 나르디의 모든 동작은 빠르고도 우아했다. 심지어 흐트러진 머리카락에 가려진 옆얼굴이 보이는 순간, 녀석은 내게 미소까지 보냈다.

자식, 무지하게 여유 있네.

그때였다. 입구에서 새로운 거한이 성큼성큼 들어서더니 소리 질렀다.

"뭣들 하고 있냐!"

험상궂은 면상에 조금 전의 거한보다 한층 더 큰 사내였다. 그는 순식간에 작아져 보이는 깡패들을 향해 호통을 쳤다.

"뭐야, 겨우 어린애 둘 놓고서 이 난리들을 치고 있었던 거냐?"

나르디가 나를 보며 어깨를 움츠려 보였다

"저자도 쓰러뜨려야겠네?"

"그렇지?"

그자가 검을 뽑자 깡패들이 양쪽으로 갈라져 피했다. 그자도 쿵쿵거리며 우리를 향해 달려들었다. 나는 나르디를 흘끗 보았다. 연습도 없이 합동 공격이 될까?

"위!"

통하든 안 통하든 무턱대고 소리를 지르면서, 검을 왼쪽으로 뿌렸다. 그러나 적은 간단히 오른발을 뒤로 빼면서 나르디 쪽으로 불쑥 검을 내밀었다. 다음 공격을 준비하던 나르디는 흠칫하며 피했다.

"어린 녀석이 양손검을 제대로 다룰 수나 있나."

빗나간 내 검을 두고 하는 말인 모양이었다. 대꾸하기도 전에 나르디를 지나쳐 온 검이 내 가슴 앞에 와 있었다. 펄쩍 뛰어 물러나고 보니 나와 나르디 둘 다 한 걸음씩 물러난 꼴이 되었다. 형세는 조금 전과 딴판이었다. 깡패들도 기가 올랐는지 다시 공격해 왔다. 이거 빨리 처치해야겠어! 그때, 내 옆을 스쳐지나가면서 짧게 끊는 외침이 들렸다.

"빨리 끝내야겠군!"

역시 마음이 잘 통하는 녀석이라니까.

나르디는 오른쪽으로 들어오는 깡패 녀석의 검을 오른손 곡도의 면으로 비스듬히 받아내면서 왼손 검으로 녀석의 손목을 그었다. 피싯! 가늘게 튀는 피는 아랑곳하지 않고 곡도의 손잡이 끝으로 그은 손목 위를 힘껏 내리찍었다. 비명 소리가 터져 나왔다.

"으아앗!"

거한이 중얼거렸다.

"그쪽은 좀 낫지만 치명상을 입히는 검법은 못 되는군."

"그럼 그쪽에서 솜씨를 보여 줄 텐가?"

군인, 술집, 서커스, 검사 등등 온갖 경력을 지닌 나르디가 대꾸했다. 느릿한 대답과는 달리 검은 빨랐다.

"하잇!"

동시에 깨진 플레일을 든 놈이 육박해왔다. 윙윙대는 소리가 이미 귓전이었다. 맞았다간 끝장인데! 나는 되는대로 플레일을 내리쳤다. 플레일 추의 속도가 너무 빨라 타이밍을 잴 여유도 없었다. 부딪쳤다!

츠르르…… 챙그렁!

사슬이 날에 감기는 바람에 내 검은 추에 묶인 꼴이 되고 말았다. 당겨도 쉽사리 빠질 것 같지 않았다. 닻처럼 생긴 추의 네 가지 중 한쪽이 검의 날을 단단히 움켜잡아 낚싯바늘에 걸린 물고기 꼴이었다.

저쪽에서 플레일을 잡아당겼다. 질세라 나도 힘껏 당겼다. 그 틈을 타 덤벼든 놈은 자세를 잡기 전에 걷어차 버렸다. 그러느라 앞으로 휘청거리며 엎어질 뻔하다가 겨우 중심을 잡았다. 그러나 그게 오히려 기회가 되었다. 내 모습을 보고 이겼다고 생각했는지 상대는 힘을 뺐고, 그 틈을 타서 냅다 잡아당기자, 녀석은 플레일을 놓치고 말았다.

"그렇지!"

하지만 플레일은 여전히 검에 감긴 채였다. 풀고 있을 새가 없어 그냥 휙휙 돌렸더니 도로 더 감기고 말았다.

"으아앗, 이거 왜 안 떨어지냐!"

마구 휘두르는 사이에 플레일 자루 쪽이 한 녀석의 머리로 날아갔다. 정통으로 얻어맞은 녀석은 뒤로 자빠져 기절해 버렸다. 생각해 보니 이쪽도 괜찮은 방법 같았다.

"에라 모르겠다, 받아라!"

"저, 저리 가!"

상황이 이렇게 되자 플레일을 뺏겼던 녀석이 정신을 차리고 검을 뽑아 덤벼들었다.

"내놔!"

내놔? 어지간히도 웃기는 놈이었다. 그런데 플레일이 달린 채로 검을 휘둘렀더니, 이번엔 플레일 자루가 상대의 검에 얽혀들어 버렸다.

"에잇!"

"에익!"

웃기는 꼴이었지만, 검을 뺏길 순 없으니 줄다리기 말고는 방법이 없었다. 한바탕 잡아당기자 결국 사슬이 끊어져 버렸다. 끊어진 사슬은 운 좋게도 상대방의 머리를 덮쳤다. 이렇게 또 한 명 기절하고, 나는 뒤로 넘어갈 뻔하다가 간신히 자세를 잡고 한숨을 내쉬었다.

그제야 나르디를 돌아볼 틈이 생겼다. 보아하니 나르디 쪽이 공세이긴 한데, 전투가 길어지다 보니 나르디의 이마에도 땀이 배어나 있었다.

아까부터 본 바로 나르디의 검술은 동작 하나하나가 시시한 초보자들의 것이 아니었다. 두 개의 검을 사용하는 방법은 꽤 복잡했지만, 나르디가 하니까 민첩하고 솜씨 있어 보였다. 십자로 두 검을 겹쳤다가 자세를 풀면서 왼손 검을 찔러 들어간다. 오른손은 안쪽으로 당겨 방어 자세를 취하고, 상대의 검이 그쪽으로 들어오자 단번에 쳐내 버렸다. 그러더니 눈에 보이지 않을 정도로 빠르게 양손 위치를 바꿨다. 상대가 당황하는 것을 보고 드디어 이길 수 있겠구나 생각했는데, 내 눈에 뭔가가 보였다.

"나르디, 피해!"

싸움 초반에 우리 둘에게 다리 한 쪽씩 다쳐 쓰러진 뒤 신경 쓰지 않았던 녀석이었다. 그놈이 자기 앞까지 온 나르디의 다리를 베려고 앉은 자세로 칼을 휘둘렀다. 그런데 나르디는 내 말을 들었을 텐데 피하지 않았다. 다급해진 나는 급하게 달려들어 검을 내리찍었다. 그 순간, 나르디는 상대가 보인 빈틈을 놓치지 않고 그자의 턱을 찔러 버렸다.

"이츠!"

상처와 입에서 동시에 피가 쏟아지는 것이 보였다. 내가 찍은 곳을 내려다보니 하필 상대의 검을 제대로 찍어 부숴 버린 모양이었다. 어찌 된 셈인지 날 한가운데를 정확히 쳤다. 찍힌 곳을 중심으로 칼 조각들이 산산이 흩어져 있었다.

"괜찮은가?"

나르디의 목소리가 들렸지만 나는 대답할 겨를도 없이 칼을 놓친 놈의 손을 걷어찼다. 그놈은 문 뒤로 넘어가 버렸다.

그제야 한숨 돌리며 나르디를 돌아봤다.

"너는 괜찮아?"

"아, 나는……."

나르디의 대답이 들리지 않았다. 누군가의 팔이 내 목을 휘감았다. 앞을 보니 나르디의 굳어진 얼굴이 보였다.

"너희는 정말 비겁한 자들이로구나."

내용은 좋은데 그 고색창연한 말투 좀 안 쓸 수 없을까.

내 목에는 단검이 들이대어져 있었다. 살짝 내려다보니 날이 제대로 서 있어서 목이 미칠 듯 간지러워졌다.

"파비안의 목숨이 너희 손 안에 있다면, 너희 목숨도 내 손 안에 있다는 걸 알아둬."

그때까지는 나도 무슨 소린지 몰랐다. 나르디는 왼손 검을 허리에 꽂았다. 꽂고 손을 떼는가 싶더니, 뭔가가 내 귓전을 스쳤다.

"어억!"

내 머리 바로 옆 기둥에 꽂힌 것이 부르르 떨렸다. 그게 뭔지 돌아볼 필요도 없이 나르디의 왼손에 하나 더 쥐어진 것이 보였다. 짧은 단검인데, 손잡이 장식이 기가 막히게 고급스러운 물건이었다. 나르디는 눈썹 하나 까딱하지 않고 태연히 말했다.

"벌레보다는 훨씬 큰 목표물이 남았군요."

나는 무슨 소린지 몰랐지만, 내게 단검을 들이댄 녀석은 알아들은 모양이었다. 녀석은 손을 덜덜 떨다가 검을 치우고 그대로 물러났다. 목이 자유로워진 나는 기둥을 살펴보고 흠칫 놀랐다. 기둥에는 나르디의 손에 들린 것과 꼭 같은 단검이 하나 박혀 있었는데, 그 끝에 커다란 벌레 한 마리가 꽂혀 죽어 있었다.

"그럼, 사정거리 밖으로 안녕히 가시기 바랍니다."

녀석들은 정말로 겁을 먹었는지 대꾸도 없이 서둘러 달아나 버렸다. 이미 여관 주인과 급사도, 손님들도 어디로 갔는지 보이지 않았다. 나르디가 텅 빈 홀을 가로질러 내 쪽으로 왔다.

"괜찮나, 파비안?"

"넌?"

"아니, 저 벌레를 보니 전혀 괜찮지 않네."

나르디는 멀찌감치 서서 인상을 찌푸린 채 한참 동안 기둥에 박힌 단검을 봤다. 결국 단검을 뽑아 보려고 했지만 도대체 빠지지가 않았다. 잠깐 동안 힘을 써 보더니 나르디는 내 쪽을 보며 씨익 웃어 보였다.

"파비안, 자네가 뽑아 보겠나. 너무 깊이 박혔나 봐."

내가 나서서 자루를 잡고 흔들었다가 힘껏 잡아당겼다. 단검은 뽑혔지만, 벌레가 그대로 붙어 나왔다.

"아으윽…… 싫군."

죽은 벌레를 벽에 문질러 떼고 칼끝을 들여다보는 나르디의 표정은 측은해 보일 지경이었다. 그가 중얼거렸다.

"이걸 준 사람 생각만 안 했어도, 버리고 가는 건데."

〈2권에서 계속〉

The Stone of Days

세월의 돌 1

사계절의 목걸이

초판 발행 2004년 12월 22일
3판 6쇄 2022년 9월 22일

저자 전민희
펴낸이 서인석 | **펴낸곳** (주)제우미디어
출판등록 324-1 | **등록일자** 1992년 8월 17일
Tel: 02)3142-6845 | **Fax:** 02)3142-0075
www.jeumedia.com

만든 사람들
출판사업부 총괄 손대현
편집장 전태준 | **책임편집** 윤여은 | **기획** 홍지영, 김혜리, 신한길, 여인우
영업 김영욱, 박임혜 | **제작** 김금남 | **디자인** 디자인그룹올, 디자인수 | **커버일러스트** 쿤요(kunyo)
도움주신 분 김창원

파본은 본사나 구입하신 서점에서 교환해 드립니다.

ISBN 978-89-5952-408-2
ISBN(SET) 978-89-5952-416-7